十日間の不思議

〔新訳版〕

JN092300

登場人物

ディードリッチ（ディーズ）・
　　　　　　　　ヴァン・ホーン……富豪
ハワード（ハウ）・ヴァン・ホーン……ディードリッチの息子。彫刻家
サリー（サル）・ヴァン・ホーン………ディードリッチの妻。ハワードの継母
ウルファート（ウルフ）・
　　　　　　　　ヴァン・ホーン……ディードリッチの弟
クリスティーナ・ヴァン・ホーン………ディードリッチの母
ローラ
アイリーン ｝………………………………ヴァン・ホーン家の使用人
デイキン…………………………………警察署長
エラリイ・クイーン………………………作家

第一部　九日間の不思議

この不思議も（ことわざどおり）九日間つづいた（話題になるのは短期間という意味の「不思議がつづくのは九日間」ということわざがある）。

――ヘイウッド『格言集』

一日目

はじめは形がなく、闇が踊り手たちのごとく動きつづけた。浮かれた奇妙な音楽が遠くからかすかに聞こえたあと、それが途方もない音となって押し寄せる。そのさなか、大音響に調べが呑みこまれ、自分の体が気流に乗った羽虫のように宙を進んでいくが、やがて轟音が消え去ってささやかな音楽がよみがえり、また闇が動きはじめた。

あらゆるものが揺れる。船酔いした気分だった。

あれは大西洋の夜空かもしれない。薄い雲のような影がひとつあり、星空がそこかしこで震えている。そして、あの音楽は船首楼《せんしゅろう》の奏でる歌か、黒い波が砕ける音だろう。現実だとわかるのは、目を閉じれば雲も星も消えるが、揺れはそのままで、音楽も聞こえるからだ。おまけに魚のにおいや、古びた蜂蜜のような得体の知れない味も感じる。

何もかも謎であることが興味深く、また、不穏な光景や音やにおいや味のせいで、かつての自分が無に等しく、いまや新たな重みを帯びた存在になったかのように感じられた。これは誕生に似ている。船上での誕生だ。自分は船に横たわり、揺れる船とともに揺れる夜に包まれて揺れながら、空の天蓋《てんがい》を見あげている。

このまま何もかも変わらないなら、いつまでも心地よく揺れていたいところだが、変化が起こった。空が迫り、星々がおりてきて、別の謎がもたらされた。というのも、近づくにつれて、星は大きくならずに縮んだからだ。揺れ方さえも変わった。いまの揺れには強靱さがあるので、突然こう思った。揺れているのは船ではなく、自分自身なのではないか。

彼は目をあけた。

硬く不安定なものにすわっている。顎に膝がついているのを感じる。すねを両手でしっかりかかえ、体を前後に揺らしている。

だれかが「船なんかじゃない」と言った。聞き覚えのある声にはっとしたが、だれの声だったか、どうしても思い出せなかった。

あたりに鋭く目を走らせる。

部屋にはだれもいない。

部屋。

ここは部屋だ。

それがわかったとき、海水のしぶきを浴びたかのように感じた。

組んだ手を脇におろすと、あたたかくてざらついているが滑りやすいものにふれた。さわり心地がよくないので、両手を顔へやる。こんどはモヘア織のような感触があり、こう思った。ここは室内で、ひげ剃りをしなくてはいけないが、ひげ剃りとはなんだったろうか。それから、ひげ剃りがなんだったかを思い出し、声をあげて笑った。ひげ剃りがなんだったかを考えるなんて、いったいどうしてしまったのか。

もう一度手をおろして滑りやすいものにさわると、それはある種の毛布だとわかった。同時に、あれこれ思うあいだに闇が消えていたことにも気づいた。

眉をひそめる。そもそも闇などあったのか。

すぐに、そんなものはなかったと確信した。空もなかったにちがいない。あれは天井だった。顔をしかめて考える。ひどく汚い天井。そして、星も偽物だ。古びたブラインドの破れ目から日光が漏れ入っただけだろう。どこかから「アイルランド娘の瞳が微笑《ほほえ》むと——」と大声で歌う声が聞こえる。水をはね飛ばす音も。それに、あのにおいは魚、そう、ラードで揚げた魚だ。甘酸っぱい唾を呑みこんで気づいたが、この味がにおいもともない、両方が空中で化学的に結合したものを自分は吸っているらしい。吐き気を催すのも当然だ。

空気はチーズのように饐《す》えている。

靴下を履いたチーズといったところか。笑みが漂う。ここはどこだ？

すわっているのは風変わりな鉄のベッドで、昔は白く塗られていたのに、いまでは湿疹に悩まされているかのようだ。真向かいに、形のはっきりしないひび割れたガラスがある。部屋は珍妙なほどせまく、壁がバナナ色だ。そして、また笑みを浮かべながらこう思った。皮のむけかかったバナナだな。

笑うのは三度目だった。自分にはユーモアのセンスがあるにちがいない。でも、いったいここはどこだろう。

背もたれが楕円形の大きな椅子があった。彫り物細工が施されているが、馬巣織《ばすおり》の緑の座面はいびつにふくらみ、優美な脚はX型に渡した針金で補強されている。いまにも死にそうな長髪の男が、壁に斜めに掛かったカレンダーから見つめてくる。ドアの内側にある欠けた陶製フックがこっちを向いていて、指のように見える。謎を示す指だが、その答は？　フックの先にも椅子の上にも、何も見あたらない。カレンダーの男のことは、船ではないと言った声と同じくらいよく知っている気がするけれど、どちらもあと少しのところで思い出せなかった。

無骨な膝を立ててベッドにいる汚らしい放浪者は自分自身で、殴られた顔を腫れあがらせ、汚れた服を脱ごうともしない。好きでそうしているのか、自分の出した汚物にくるまれてすわっている。痛ましかった。

ベッドにいる男は自分だ。こんな汚らしい放浪者は見たこともないのに、なぜベッドにいるのがこの自分なのか。

難問だ。

自分がどこにいるかわからないばかりか、何者かもわからないのだから。

彼はもう一度声をあげて笑った。

この怪しげなマットレスに倒れこんで、眠るとするか。そうしよう。つぎに気づいたとき、ハワードはふたたび星空の下の船となっていた。

二度目に目覚めると、何もかもが別世界で、ゆっくりと生まれ変わる感覚も、船の幻想やほかのあらゆる荒唐無稽も消えていた。目をあけると、不潔な部屋や、カレンダーに描かれたキリストや、壊れた鏡があるのがわかり、ハワードは実用一点張りのベッドから跳ね起きて、鏡に映った見覚えのある自分をにらみつけた。

頭のなかで、ほとんどすべてがもとどおりにひらめいた。自分はだれなのか、どこから来たのか、そして、なぜニューヨークに来たのかも。スローカムでアトランティック急行に乗ったのを覚えている。溶鉱炉さながらの二十四番線から通路へ出て、竈《かまど》さながらのグランド・セントラル駅にはいったのを覚えている。テラッチ・ギャラリーに電話をかけて、ジェーレンの展覧会の開始時刻を尋ねたところ、ヨーロッパ訛《なま》りのとまどった声で「ジェーレン氏の展覧会は昨日終了しました」と告げられたのを覚えている。そして、この掃き溜めで目をあけたのを覚えている。だが、その声とこの部屋のあいだには黒い霧が立ちこめている。

ハワードは震えた。

震えが来るのは前もってわかっていた。しかし、これほどひどいとは思わなかった。なんとか鎮めようとしたが、力をこめてもさらに激しくなるだけだ。ハワードは欠けた陶製フックがついたドアへ向かった。

今回はたいして長く眠っていなかったはずだ。遠くで水が跳ねる音がまだ聞こえる。ドアをあけた。

廊下には、亡き者たちの足のにおいが消え残っていた。

モップがけをしていた老人が顔をあげた。

「おい、あんた」ハワードは言った。「ここはどこだ」

老人はモップに寄りかかった。目が一方にしかない。「昔、西部へ行ったことがある」

老人は言った。「若いころは旅をしたもんだ。だだっぴろい道のはずれにインディアンがすわってたっけな。古ぼけた掘っ立て小屋のほかには、何マイル見渡しても何もなく、後ろは山だったよ。あれはカンザスだったか――」

「たぶんオクラホマかニューメキシコだろう」そう言いながら、ハワードはいつの間にか壁を押さえていた。あの魚は食べられたにちがいないのに、まだ死骸が近くにあって、心を揺るがしてくる。さっさと食べてしまわなくてはならない。いつもこんな調子だ。「なんの話かな。ぼくはここを出なきゃいけないんだが」

「そのインディアンは小屋を背にして、地面にすわりこみ――」

突然、老人の目玉が額の真ん中へ移ったので、ハワードは言った。「ポリュペーモス（ギリシャ神話に出てくる食人種で一眼の巨人）か」

「いや」老人は言った。「そいつの名前は知らん。ただ、そのインディアンの頭上の壁に看板が打ちつけてあって、でかでかと赤い文字が並んでたんだ。なんと書いてあったと思うね」

「なんだ」

「ホテル・ウォルドルフだ」老人は得意顔で言った。

「ありがとう」ハワードは言った。「とっても役に立ったよ、じいさん。で、ここはいったいどこなんだ」

「ここがどこかって?」老人はつっけんどんに言った。「簡易宿泊所さ。バワリー通りの安宿だよ。スティーヴ・ブロディやティム・サリヴァンには似合いの場所だが、おまえみたいな汚らしい放浪者にはもったいないな」

汚水のはいったバケツが吹っ飛んだ。飛び立つ鳥のように。それから横向きに着地し、心地よい音を立てて水がぶちまけられた。

バケツの代わりに自分が蹴飛ばされたかのように、老人は震えあがった。泡だらけの灰色の水たまりに立ちつくし、いまにも泣きだしそうだ。

「モップを貸してくれ」ハワードは言った。「きれいにするから」

「汚らしい放浪者め!」

ハワードは部屋へもどった。


ベッドに腰かけて両手で口と鼻を覆い、ハワードは強く息を吐いた。吐きたくてたまらなかった。

だが、自分は酒に酔っていたのではなかった。

両手をおろす。

すると、手の全体に血がついていた。

両手が血まみれだった。


ハワードは乱暴に服を探った。薄茶色のギャバジンは破れて皺《しわ》だらけで油っぽく、汚れがこびりついていた。体じゅうから、ツイン・ヒルの向こうにあるジョーキングの農場の家畜小屋のようなにおいがする。子供のころ、あの農場の豚に出くわすのがいやで、スローカム郡区へは遠まわりをして行ったものだ。しかし、いまは気にならない。探しているものではないので、むしろ心地よいほどだった。

虱《しらみ》にたかられた猿のように、自分の体をまさぐった。

そして、突然見つけた。黒っぽい大きな血の塊がある。一部は襟の折り返しに、あとはシャツにひろがっている。そのせいでシャツと上着がくっついている。ハワードはそれを引き剝がした。

血の塊とともに布地もほどける。

勢いよくベッドから立ちあがり、割れた鏡のそばへ急いだ。右目はアボカドの傷んでへこんだ部分にそっくりだ。真っ赤な溝が一本、鼻柱を横切っている。下唇の左側が風船ガムのようにふくらんでいる。そして、左耳が紫で、漫画でしかお目にかかれない代物となっていた。

喧嘩をしたらしい。

いや、そうなのか？

そして、負けた。

それとも勝ったのか？

勝って負けたということもあるだろうか。

震える両手をまともなほうの目の前にかざし、しげしげと見た。こぶしの関節は切り傷と擦り傷だらけで、腫れあがっている。血のせいで金色のうぶ毛が硬く立ち、マスカラをつけたまつ毛のようだった。

しかし、これは自分の血だ。

手のひらを上へ向けたとき、安堵の波が押し寄せた。

手のひらに血はついていない。

人殺しはしなかったらしい、と思って気が楽になった。

けれども、喜びはしだいに遠のいた。血はほかにもある。上着とシャツの血だ。これは自分の血ではないだろう。他人の血だ。こんどこそやってしまったのかもしれない。

もしかしたら……！

このせいで自分は破滅するのではないか。こんなふうに考えていたら、すぐに参ってしまう。

手が痛い。

ハワードはポケットをゆっくりと探った。家を出たときには二百ドル以上持っていたはずだ。中身の確認はおざなりになったが、何か残っているとは期待していなかったので、失望もしなかった。金は消えている。懐中時計もない。時計の鎖には彫刻家の道具を模したミニチュアの金細工の槌《つち》がついていて、フランスへ行く年に父からもらったものだった。去年の誕生日にサリーからプレゼントされた金の万年筆も見あたらない。奪われたのだろう。たぶん阿片窟《あへんくつ》にはいったあとだ。無理もない話だ。前金なしではいれるはずがない。

フロント係やロビーやバワリー通りのことをなんとか思い起こそうとした。昨夜はどんな具合だったのか。

昨夜。あるいは、おとといの夜。あるいは、二週間前。この前のときは六日かかった。数時間ですんだこともあった。あとになって、はじめてわかる。あらゆるものは時の流れのなかで腐敗菌に侵された病斑も同然で、まわりの様子から判断するしかないからだ。

ハワードは暗澹《あんたん》たる思いで、ふたたびドアへ向かった。

「きょうは何日だ」

老人は膝を突いて、モップで水を拭きとっていた。

「何日だと訊いてるんだ」

老人はまだ機嫌を損ねていた。バケツの上へモップを持っていき、頑なに絞りつづける。

自分の歯ぎしりの音がハワードには聞こえた。「きょうは何日だ」

老人は唾を吐いた。「態度が悪いな。バグリーを呼んでやる。おまえなんかこてんぱんだぞ。覚悟しとけ」そのあとで、ハワードのよいほうの目に何かを読みとったのか、愚痴っぽい声で付け足した。「きょうは労働者の日《レイバー・デー》のつぎの日だよ」そしてバケツを持って退散した。

労働者の日は九月の第一月曜日、きょうは翌日の火曜日だ。

ハワードは急いで部屋へ引き返し、カレンダーに駆け寄った。

一九三七年のカレンダーだった。

頭を掻きむしり、声をあげて笑った。漂流者とはまさに自分のことだ。遺骨は海の底で見つかるだろう。

そうか、航海日誌だ！

ハワードは夢中になって探しはじめた。

その航海日誌は、一回目の時空を超えた不可解な旅を終えたあと、すぐにつけはじめたものだった。毎晩記録をつければ、自分のなかの意識が明確な部分をつかむことができ、そうすれば、しっかりした甲板に立って暗い航海を振り返れる。もっとも、それは奇妙な日誌だった。実際に記されているのは、いわば、陸地での出来事だけだ。時間のない海を渡っているあいだ、ページはきれいな白紙のままだった。

日誌は黒く分厚い手帳に記してあり、何冊もたまっている。使い終わった手帳は、わが家の書き物机にしまっておく。けれども、いま使っている手帳はつねに持ち歩いていた。

それも盗まれていたら――！

だがさいわい、それは上着の胸ポケットのなか、アイリッシュリネンのハンカチの奥にあった。

最後の記録によると、今回の航海は十九日間だった。

いつの間にか、汚れた窓越しに外を見つめていた。

ここは地上三階だ。

じゅうぶんな高さがある。

でも、脚を折るだけだったら？

ハワードは廊下へ飛び出した。

エラリイ・クイーンは、まだ何も聞く気はないと言った。苦痛と飢えと疲れに耐えつつ語られる話は、詩人や聖職者の興味を引くかもしれないが、事実を重んじる者にとっては時間の浪費にしかならないからだ。そこで単に自分の欲求から、衣服を剝ぎとってハワードを熱い浴槽へほうりこみ、ひげを剃って傷の手当をし、清潔な服を与え、朝食をあてがった。ウスターソースとタバスコ入りのトマトジュースを大グラス一杯、小さめのステーキ、熱々のバタートースト七切れ、ブラックコーヒー三杯。

「さて、ようやく」エラリイは三杯目のコーヒーを注ぎながら陽気に言った。「本物のきみが現れたぞ。それに、いまなら原始人並みに頭が働くようになったろう。そう言えば、最後に会ったとき、きみは大理石をぶっ叩いていたな。いまはどうしたんだ——相手を肉に変えたのか」

「ぼくの服を調べたんだな」

エラリイはにっこり笑った。「きみは長々と湯に浸かっていたじゃないか」

「長々とバワリー通りからここまで歩いてきたからね」

「無一文なのか」

「わかってるだろ。ポケットを探ったんだろうから」

「まあね。お父上はどうしてる、ハワード」

「元気だよ」そこでハワードは、はっとしてテーブルから離れた。「エラリイ、電話を借りてもいいかな」

　エラリイは書斎へ向かうハワードを目で追った。ドアが少しあいたままになったが、わざわざ閉めなおすまでもない。ハワードは長距離電話をつなごうとしているらしく、ドアの向こうからはしばらく何も聞こえなかった。

　エラリイは朝食後の一服のためにパイプへ手を伸ばし、ハワード・ヴァン・ホーンについて知っていることを思い返した。

　もっとも、たいしたことは知らず、しかもその記憶は戦争と大海と十年の歳月のかなたにぼんやりとあるだけだ。ハワードと出会ったのは、ユシェット通りとサン・ミッシェル大通りの角にあるカフェのテラスだった。戦争前のパリだ。極右カグール団と人民戦線のパリ、途方もない博覧会が催されたパリ。あのころはナチスの連中が精巧なカメラとガイドブックを手にセーヌ川右岸に群れ、われこそは〝超人《ユーバーメンシュ》〟とばかりに、ウィーンやプラハ出身の血色の悪い難民たちを肩で押しのけながら、ピカソの〈ゲルニカ〉を浮かれた観光客のように見物していたものだ。ピレネー山脈の向こうでは各国の内政不干渉のせいでマドリッドが死に瀕《ひん》していたが、パリではスペインについて激論を交わすばかりだった。そんな朽ちゆくパリで、エラリイはヘンゼルという名で知られる男を探していたのだが、それはまた別の昔話で、おそらく語られることはあるまい。ともあれ、ヘンゼルはナチス党員であり、ごくたまにナチスがユシェット通りを訪れるらしかったので、エラリイはそのカフェで見張っていた。

そして、そこに居合わせたのがハワードだった。

ハワードはしばらく前からセーヌ川左岸に住み、鬱々とした日々を送っていた。ユシェット通りの界隈では、パリのほかの地区とちがって、マジノ線が突破されないなどと本気で信じる者はいなかった。あたりには政治をめぐる不穏な空気が流れていた。アメリカから彫刻を学びにやってきて、頭のなかがロダンやブールデルや新古典主義やギリシャ彫刻の線の純粋さでいっぱいの青年にとっては、とまどうことばかりだった。エラリイはハワードを気の毒に思う一方、周囲を観察するときはひとりよりふたりのほうが人目につきにくいので、テラスのテーブルで相席になることを承諾したのだった。三週間にわたって、ふたりは頻繁に顔を合わせたが、ある日、ヘンゼルが十四世紀のフランスそのもののサン・セヴラン通りからふらりと姿を現して、エラリイの手中におさまったので、ハワードとはそれきりになった。

書斎でハワードが話している。「でも、お父さん、だいじょうぶですよ。いや、嘘じゃない」それから笑って言う。「もうそれくらいにしてください。すぐ帰りますから」

あの三週間、ハワードは父親のことを畏怖《いふ》の念をこめて延々と語っていたものだ。エラリイの印象では、〝大〟ヴァン・ホーンは鋼の胸郭と英雄の風格を持つ人物で、力と威厳と人間味と才気と慈愛と寛容を具現した男――まさしく父親のなかの父親だった。そして、エラリイはそれを滑稽に思った。というのも、ハワードの下宿のみごとなアトリエに招かれたとき、そこには完璧な幾何学的基準で石をじかに彫った数々の彫像が並んでいて、それらはゼウス、モーゼ、アダムといった堂々たる男神像ばかりだったからだ。当時、ハワードが母親のことを一度も口にしなかったのも、意味ありげに感じられた。

「いえ、エラリイ・クイーンのところにいるんです」ハワードが話している。「覚えてるでしょう、お父さん――戦争前にぼくがパリで会った、あのすばらしい男……。そう、クイーン……。はい、その男ですよ」そして、険しい声になる。「ぼくのほうから訪ねようと決めました」

パリでの遊学中、ハワードは哀れなほど田舎者に見えた。出身はニューイングランドで――ニューイングランドのどこかはわからずじまいだったが――ニューヨークからそう遠くなかったはずだ。ヴァン・ホーン一家はその町で有数の大邸宅に住んでいるらしい。家族はハワードと父親、それに父親の弟だ。女性の話が出なかったので、母親はずいぶん前に他界したものとエラリイは推測していた。少年時代には住みこみの男女家庭教師何人もの高い壁に囲まれて暮らし、雇われた大人の目から見た世の中のことを山ほど学んだが、それは何も学ばなかったに等しい。現実との接点は自分が住む町だけだった。そのため、パリでハワードが不安や当惑や反感を覚えたのも不思議ではなかった。田舎町での生活から——そして、エラリイが思うに——〝パパ〟からも大きく離れていたからだ。

精神科医が興味を示す対象ではないか、とそのころ感じたのを覚えている。見た目は骨太で筋肉質、顔も頭もいかつくて、顎が張り、肌の分厚そうな行動派の男だ。通俗小説によくある、大胆で冒険好きで自信に満ちた主人公だとしてもおかしくない。けれども、ヨーロッパの歴史を揺るがす激しい嵐に巻きこまれたハワードは、大きな肩の上で首をひねって、海の向こうの暖炉と父親へこっそりと懐かしげな視線を向けていた。父親が息子を理想にまかせて創りあげても、期待どおりの結果が得られるとはかぎらない、とエラリイは思ったものだ。

ヨーロッパ行きはハワード本人の希望ではなく、ディードリッチ・ヴァン・ホーンが望んだことだろう、とエラリイは推測していた。ハワードはボストンの美術学校へ行くか、または町でただひとりの美術の権威として、町長の率いる計画委員会の顧問となり、建設予定の娯楽センターの切妻壁《きりづま》に外国の彫刻家が裸婦像を掲げようとするときに、その是非を判断しているほうがよほど幸せだったにちがいない。そういう立場ならハワードは申し分のない助言者になれただろうと思い、エラリイは含み笑いをしたものだ。というのも、ユシェット通りとザカリー通りの角にあるいかがわしげな建物の前を通るたびに、ハワードは顔を赤らめたからだ。また、あるときハワードは、その向かいにある警察署を真顔で指さして、ヨーロッパについて感じるところをぶちまけた。「上品ぶるわけじゃないけどね、エラリイ。あれはあんまりだよ。退廃のきわみじゃないか！」それを聞いてエラリイは、生まれ故郷の町でも見られるであろう社会学的な事実をこの青年はよく知らないらしいと思った。その後もたびたび、左岸のすばらしいアトリエで父親の似姿を懸命に彫り出す、育ちすぎた体と悩める魂を持つ若者のことを考えた。ハワードのことが大好きだった。

「そんな、ばかげてますよ、お父さん。心配するなってサリーに言ってください。ほんとうにだいじょうぶだって」

しかし、あれはみな十年前のことだ。そのあいだにもうひとりの彫刻家がハワードの相貌に手を加えていた。鉄拳でみごとな細工を施した未知の芸術家のことではない。ハワードの口の端には秘密めいた影があり、腫れていないほうの目は歳を重ねて用心深く光っている。最後に会ったあと、若きヴァン・ホーンの身にさまざまなことが起こったのだろう。

もう売春宿を見て赤面することはあるまい。そして、父親と話す声の調子が、かつて聞いたものとはちがっていた。

突然、エラリイはなんとも奇妙な感覚に襲われた。

だが、それについて考える前に、ハワードが書斎から出てきた。

「父は東部の警官を総動員してぼくを探してたよ」ハワードはにっこりした。「クイーン警視のお仲間はあまり優秀とは言えないようだ」

「東部と言っても広いからね、ハワード」

ハワードは腰をおろし、包帯の巻かれた手を見つめた。

「いったいどうしたんだ」エラリイは尋ねた。「戦争か」

「戦争?」ハワードは心底驚いた様子で顔をあげた。

「どう見てもきみはつらい経験をして——しかもずいぶん長く苦しんでいるようだ。それは戦争のせいじゃないのか」

「ぼくは戦争に行きもしなかった」

エラリイは微笑んだ。「そうか、話のきっかけに言ったまでだ」

「ああ、なるほど」ハワードは顔をしかめ、右足を軽く揺らした。「ぼくの悩みになんか興味を持ってくれるとは思えないけどね」

「興味を持つとしようじゃないか」

エラリイは思い惑うハワードを見守った。

「さあ」エラリイは促した。「言って楽になるといい」

ハワードはだしぬけに言った。「エラリイ、ぼくは二時間半前、窓から飛びおりるところだった」

「そうか」エラリイは言った。「気が変わったわけだ」

ハワードの顔がゆっくりと赤くなる。「嘘じゃない！」

「芝居がかった話にはまったく興味がないな」エラリイはパイプを叩いて灰を出した。

ハワードの傷だらけの顔がみるみるこわばって、青ざめた。

「ハワード」エラリイは言った。「だれでも、たまに死んでしまいたいと思うことがある。でも、おおかたの人間はこうして生きているじゃないか」ハワードがにらんでいる。「きみはぼくを心腹の友だと思っている。でも、ハワード、そもそも切り出し方がまちがっているんだ。きみにとっての大問題は自殺じゃない。おどかすのはやめろ」ハワードの目が少し泳ぎ、エラリイは含み笑いをした。「ぼくはきみが大好きだ。十年前も大好きだったよ。父親の過干渉と過保護に苦しむ好青年だと思っていたからね。そんなに歯を食いしばるなよ、ハワード。お父さんを悪く言っているわけじゃない。アメリカの父親の大半がそういうものなんだ——程度は人によりけりだけどね。

ぼくはあのころの、濡れた鼻面を押しつけてくる子犬みたいなきみが好きだったし、大人の犬になったいまのきみも好きだ。きみが心配事をかかえてぼくのところへ来たのなら、助力は惜しまない。でも、つまらない見栄を張るなら力にはなれないな。強がられても面倒なだけだ。どうだ、気に障ったかい」

「最低のやつだな」

ふたりとも声をあげて笑い、それからエラリイは陽気に言った。「パイプを詰めなおすから待ってくれ」

一九三九年九月一日の早朝、ナチス・ドイツの戦闘機がワルシャワ上空に爆音をとどろかせた。その日のうちに、フランス共和国は総動員令と戒厳令を発した。そして、その週のうちに、ハワードは帰国の途に就いた。

「口実ができてよかったよ」ハワードは打ち明けた。「もううんざりだったんだ。フランスにも、難民にも、ヒトラーにも、ムッソリーニにも、サン・ミッシェル大通りのカフェにも、自分自身にもね。ちっぽけなベッドにもぐりこんで羽根布団の下で体をまるめ、二十年も眠りたい気分だった。彫刻にも嫌気が差していて、家に帰ってから鑿《のみ》を捨てたんだ。父はふだんどおりだったよ。質問も要求もしなかった。ぼくが自分で解決できるように、ほうっておいてくれた」

けれども、ハワードは何も解決できなかった。ベッドは、期待どおりのまどろみの子宮とはならなかった。町の大通りにいると、シャ・キ・ペシュ通りにいたとき以上の疎外感を覚えた。ふと気づけば、ヨーロッパの苦悶を伝える新聞やニュース雑誌を読み、ラジオに耳を傾けていた。鏡を避けるようになった。そして、叔父の孤立主義的な意見に強い反発を感じた。ヴァン・ホーン家の夕食のテーブルではしばしば言い争いが起こり、ハワードの父が手こずりながら取りなした。

「叔父さんというのは?」エラリイは訊いた。

「ウルファート叔父だよ。父の弟だ。性格にちょっと問題がある」ハワードは言い、その話はそのままになった。

それから、はじめての暗闇の航海について語りだした。

「父が結婚した夜のことだった」ハワードは言った。「あれにはみんな驚いたよ——結婚のことだけどね。耄碌《もうろく》して血迷ったんだろうって、ウルファート叔父はおなじみの毒舌を振るってた。でも、まだたいした高齢じゃないし、父が恋に落ちた女性はそれはもうすばらしい人でね——まちがいを犯してなんかいなかったよ。

とにかく、父はサリーと結婚して新婚旅行に出かけた。そしてその夜、ぼくは鏡台の前でネクタイをほどいてて——服を脱いで寝ようと思ったからだけど——つぎの瞬間、四百マイル以上離れたドライブインでハエのたかったブルーベリーパイを食べてむせていた」

エラリイはよく注意しながら、もう一度パイプにマッチの火を入れた。「瞬間移動か」にやりと笑う。

「笑い事じゃない。気づいたらそうなってたんだよ」

「時間はどれだけ経っていたんだ」

「五日と半日」

エラリイは煙を吐き出した。「だめだな、このパイプは」

「エラリイ、ぼくはひとつも覚えてないんだ。寝室でネクタイをはずしてると思ったら、つぎの瞬間には四百マイル以上離れた食堂のスツールにすわってた。どうやってそこまで行ったのか、六日間近く何をしてたのか、何を食べたのか、どこで寝たのか、だれと何を話したのか——まったくわからない。空白なんだ。時間が過ぎたという感覚がまったくない。まるで死んで埋められたあと、生き返ったみたいなんだ」

「こんどはいいぞ」エラリイはパイプに向かって言った。「ああ、そうか。それは心配だな、ハワード。でも、珍しいことじゃない。記憶喪失だ」

「ああ、そうさ」ハワードは笑って言った。「記憶喪失。まさにそれだ。経験したことがあるかい」

「話をつづけてくれ」

三週間後にそれはまた起こった。

「一回目はだれにも気づかれなかった。ウルファート叔父は、ぼくがどこへ行こうがどれだけ家を空けようが気にかけないし、父は新婚旅行中だったからね。でも、二度目のときは父とサリーが帰宅していた。ぼくはいなくなって二十六時間後に発見され、しかもその後の八時間は記憶がなかった。何があったのかを教えてもらうしかなかった。シャワーを浴びて出てきたところだと思ってたけど、実際はまる一日と半分が経ってたんだ」

「医者はなんだって？」

「もちろん、父は心あたりの医者をすべて呼んだ。でも、なんの異常も見つからなかった。クイーン兄さん、ぼくはただただ、こわくてたまらなかったんだよ」

「ああ、そうだろう」

ハワードはゆっくりと煙草に火をつけた。「ありがとう。ほんとうにこわいんだ」眉をひそめてマッチの火を吹き消す。「うまく言えないけど……」

「正常な法則がどれも働かなくなったように感じるんだろう。しかも自分にだけ」

「そうなんだよ。突然、たったひとりきりになった気分だ。なんだか――四次元空間にいるみたいで」

エラリイは微笑んだ。「勝手な分析はよそう。その発作はしじゅう起こるのか」

「戦争の前からずっとだ。真珠湾が攻撃されたときは、ほっとしたほどだよ。軍服を着て出征し、つとめを果たす……よくわからないけど、そうすれば答が得られるかもしれないと思ったんだ。ところが……軍隊にははいれなかった」

「そうなのか」

「ことわられたんだよ、エラリイ。陸軍、海軍、空軍、海兵隊、商船隊――この順にね。いつなんどき正体を失うかわからない男には、あまり使い道がないんだろうな」ハワードの腫れた唇がゆがむ。「ぼくは合衆国《アンクル・サム》の世話を受ける兵役不適格のひとりってわけさ」

「だから、家にいるしかなかったんだな」

「いたたまれなかったよ。町の人たちからはさんざん変な目で見られた。休暇で帰ってきた友人たちにも避けられてるようだった。ぼくがあの父の息子だからと思われたんだろう。いずれにしろ、ぼくは地元の大きな飛行機工場の夜勤をして戦争に携わった。仕事が半日休みの日は、アトリエで粘土と石をいじってたものだ。あまり出歩かなかったな。人目につかないように縮こまってるのはずいぶん骨が折れたよ」

肘掛け椅子にゆったりとおさまるたくましい体に目をやり、エラリイはうなずいた。

「なるほどな」淡々と言う。「では、もっとくわしく聞いていこう。その記憶喪失の発作について、わかっていることを全部話してくれ」

「発作は間隔を置いて、いろんなときに起こるんだ。前ぶれはまったくないけど、医者が言うには、特に興奮したときや不安を感じたときに起こるらしい。数時間ですむこともあれば、三、四週間つづくこともある。意識がもどる場所はさまざまだ——わが家、ボストン、ニューヨーク。ロードアイランド州のプロヴィデンスということもあった。まったく知らない土地の荒れた道にいたこともあるし、見覚えのある場所だったこともある。でも、それまでどこにいたのか、何をしてたのかは、いつもまったく覚えてないんだ」

「ハワード」エラリイはさりげなく訊いた。「橋の上にいたことはないか」

「橋？」

「そうだ」

ハワードも負けじと屈託のない口調を装っている、とエラリイは思った。

「そう言えば一度あったな。でも、どうして？」

「意識がもどったときに何をしていた。橋の上で」

「そのとき」ハワードはためらった。「何をしてたかって？」

「ああ」

「なぜそんな……」

「飛びこもうとしていたんじゃないのか」

ハワードはまっすぐエラリイを見つめた。「いったいなぜわかったんだ。医者にさえ話さなかったのに」

「自殺の傾向がはっきりと表れているよ。ほかにもそんなことがなかったかな。つまり、目が覚めたら、自分で命を絶とうとしていたことが」

「二回あった」ハワードは硬い声で言った。「一回目は湖でカヌーに乗ってたんだ。水に落ちて正気にもどった。もう一回は、ホテルの部屋の椅子から跳びおりようとしてたよ。首にロープが巻きつけてあった」

「そしてけさは、窓からジャンプしようとしていたわけか」

「ちがう、けさは意識があったんだ」ハワードは勢いよく立ちあがった。「エラリイ――」

「なあ、落ち着け。すわるんだ」ハワードがすわる。「医者はなんと言っているかな」

「まあ、体は健康そのものらしい。発作の原因となる病歴はひとつもない――癲癇《てんかん》とか、そのたぐいはね」

「医者はきみを無意識の状態にしたのかな」

「催眠術か。ああ、かけられたと思う。エラリィ、連中は小ずるい手を使って催眠術をかけるんだ。そして意識を取りもどす前に、かけられてたことを忘れろと命じる——目覚めたとき、自分が眠ってただけだと思うようにね」ハワードは陰気な笑みを漂わせた。「ぼくはかかりにくいのかもしれない。かけられたのもきっとせいぜい一度か二度だし、そのときもうまくいかなかった。自分から協力しないからね」

「効果のある治療をしてもらわなかったのか」

「学問的な話をいろいろ聞かされて、いくらかためになったとは思うけど、だからと言って発作が止まることはなかった。父が探してきた最後の精神科医は、インスリン過剰症じゃないかと言った」

「インスリンがどうしたって？」

「インスリン過剰症だ」

「初耳だな」

ハワードは肩をすくめた。「説明されたとおりに言うと、糖尿病を引き起こすのと正反対の状態のことらしい。膵臓《すいぞう》だかなんだかがじゅうぶんなインスリンを作らないと——あの医者は〝生成しないと〟と言ってたけど──人は糖尿病になる。でも、インスリンが生成されすぎた場合もとんでもないことになって、その症状のひとつが記憶喪失なんだって。まあ、それが原因かもしれないし、ちがうかもしれない。よくわからないんだ」

「糖負荷検査を受けたんだろうね」

「結果ははっきりしなかった。正常値だったり、ちがったりしてね。ほんとうのところは医者にもわからないんだよ、エラリィ。ちゃんと協力すれば解明できるそうだけど、ぼくにどうしろというんだ。魂を差し出せとでも？」

ハワードは敷物をじっと見つめた。

エラリィは無言だった。

「医者が言うには、一時的な記憶喪失の発作が頻繁に起こる可能性はじゅうぶんあるが、体の機能には問題がないそうだ。まったく、ありがたい話だよ」ハワードは肘掛け椅子で体を揺すり、首の後ろを掻いた。「医者のことばに耳を貸すつもりはないんだ、エラリィ。ただ、もしこんなふうに暗闇へ足を踏み入れることをやめられなければ、そのうちぼくは……」急に立ちあがる。そして窓へ歩み寄り、八十七丁目通りに目を凝らした。「助けてくれないか」ハワードは振り向かずに言った。

「なんとも言えない」

ハワードは向きなおった。顔が真っ青だ。「だれかに助けてもらうしかないんだ！」

「なぜぼくならできると思うのかな」

「えっ？」

「ハワード、ぼくは医者じゃない」

「医者はもううんざりだ」

「いずれは原因を突き止めてくれる」

「そのあいだ、ぼくはどうなるんだ。頭がどうにかなるのか？　もう、その寸前だよ！」

「すわれよ、ハワード。すわってくれ」

「エラリイ、助けてもらいたい。ぼくはもうめちゃくちゃだ。いっしょに家へ来てくれないか」

「きみの家へ？」

「そうだよ！」

「どうしてだ」

「つぎの発作が起こるとき、そばにいてもらいたい。ぼくを見張ってくれないか、エラリイ。何をして、どこへ行くかを。ひょっとしたら、その先にあるのは……」

「二重生活かい」

「ああ、そうさ！」

エラリイは立ちあがって暖炉の前へ行き、もう一度パイプの灰を落とした。そして言った。「ハワード、白状しろよ」

「なんだって？」

「白状しろと言ったんだ」

「どういう意味だ」

エラリイは横目でハワードを一瞥《いちべつ》した。「きみはぼくに隠し事をしている」

「まさか、そんなことあるものか」

「いや、隠している。きみは、こんな事態に陥った原因を突き止めるために──そして事態を改善するために──力を尽くしてくれる人たち、つまり医者の言うことを聞こうとしない。診断するにも治療するにも、きみは扱いやすい患者じゃないんだ。医者にも話さなかったことをぼくに打ち明けたことは認めるね。だが、なぜぼくなんだ、ハワード。ぼくたちは十年前に会って、三週間付き合いがあっただけじゃないか。なぜぼくなんだ」

ハワードは答えなかった。

「理由を言ってやろうか。それはね」エラリイは姿勢を正した。「ぼくが素人探偵だからだよ、ハワード。きみは正気を失っているあいだに何か罪を犯したと思っている。それも一度じゃないかもしれない。発作が起こるたびにやっている可能性もある」

「いや、ぼくは――」

「だから医者を拒むんだろう、ハワード。きみは何かが発覚するのを恐れている」

「ちがう！」

「ちがわないさ」エラリイは言った。

ハワードは肩を落とした。背を向けて、包帯が巻かれた両手をエラリイから借りた上着のポケットに入れ、力なく言う。「わかったよ。そうじゃないかと思ってる」

「それでよし。さて、話の土台はできた。そんなふうに疑う具体的な根拠は何かあるのか」

「いや」

「ぼくはあると思うな」

突然、ハワードは笑いはじめた。両手を出して上に掲げる。「ここに来たときのこの手を見ただろう。けさ、あの安宿で目覚めたとき、あんなありさまだったんだ。上着とシャツも見たじゃないか」

「ああ、あれか。じゃあ、ハワード、きみは喧嘩をしたんだな」

「そうさ。でも、何があったんだろう」ハワードの声が大きくなる。「こんなに気が滅入るのは、はっきりしないからなんだよ、エラリイ。何もわからないからだ。ぼくは知らなきゃいけない。だから、なんとしても来てもらいたいんだ」

エラリイは空のパイプをくわえたまま、室内を行きつもどりつした。

ハワードは不安そうにその様子をながめた。

「考えてくれてるのかい」

「考えているとも」エラリイはそう言って、炉棚に寄りかかった。「きみがまだ隠し事をしている可能性をね」

「いいかげんにしてくれ」ハワードは声を荒らげた。「隠してなんかいないさ！」

「ほんとうだな、ハワード。ほんとうに洗いざらい話したんだな」

「天の神に誓ってほんとうだ」大声で言う。「どうすればいい——皮を脱いで見せろとでも？」

「なぜそんなに興奮するんだ」

「だって、嘘つき呼ばわりじゃないか！」

「ちがうのか？」

ハワードはもう大声で言い返すのをやめた。肘掛け椅子へ駆けもどり、腹立たしげにどさりと腰をおろした。

だが、エラリイは追及した。「ちがうのか、ハワード」

「嘘をつくつもりはない」意外にも静かな声でハワードは答えた。「だれにでも秘密のひとつやふたつある。そういうことだよ」顔に笑みさえ浮かべている。「でもエラリイ、記憶喪失については何から何まで話した。引き受けるかどうかを決めてくれ」

「いまのところ」エラリイは言った。「どちらかと言えば、ことわりたい」

「お願いだよ」

エラリイはハワードにすばやく目をやった。ハワードは座面の端にすわって両手で肘掛けをつかんでいる。もう笑みはないが、怒っているわけではなく、かといって平静というわけでもない――半時間前にはまったく見られなかった態度だ。

「言えないことがあるんだよ、エラリイ。内容を知ったら、理解してくれると思う。あんなこと、だれだって言えるものか。だって――」ハワードはことばを切り、ゆっくり立ちあがった。「煩わせて悪かった。家に着いたら服を送り返すよ。帰りの交通費を貸してくれないか。一セントも持ってないんだ」

「ハワード」

「なんだい」

エラリイはハワードに近寄り、その両肩に手を置いた。「きみを助けるために、いろいろ調べなきゃな。行くよ」

ハワードはもう一度、父ヴァン・ホーンに電話をかけ、数日後にエラリイが訪問すると告げた。

「きっと大喜びすると思ってましたよ」ハワードが笑いながら言う声がエラリイの耳にはいった。「いや、どのくらいいるかはわかりません。ローラの料理の腕しだいでしょう」

書斎から出てきたハワードにエラリイは言った。「いますぐいっしょに行きたいところだが、一、二日待ってもらわなきゃいけなくてね」

「わかってる。当然だよ」ハワードはうれしそうだった。踊りださんばかりだ。

「それに、ぼくは小説を書いている途中で……」

「持ってくればいいさ！」

「そうするしかないな。締め切りまでに原稿を送る約束なのに、もう遅れているんだから」

「ぼくはほんとうに迷惑なやつだな、エラリイ――」

「大事なのは、思いのままに行動する勇気を持つことだ」エラリイはくすりと笑った。

「まともに動くタイプライターを貸してもらえるかな」

ろなんだ」

「必要なものはなんでもそろえるよ、いちばん上等のやつをね。そう、ゲストハウスに泊まるといい。邪魔がはいらないし、ぼくの近くにもいられる。母屋からほんの少しのところなんだ」

「なかなかいいね。ああ、ところでハワード、ぼくが行く理由をご家族には話さなくていいよ。なるべくくつろいだ雰囲気がいいから」

「父をだますのは、なかなかむずかしいな。いまも電話で言われたところだ。〝そうか、おまえも用心棒を雇ってもいいころだ〟ってね。もちろん冗談だけど、父は鋭いんだよ、エラリイ。来る理由はきっとお見通しだ」

「それでも、できればよけいなことは言わないほうがいいな」

「小説を書きあげなきゃいけないから、浮世の喧騒を離れて仕事に専念できるよう、ぼくが便宜を図った。そういうことにしておこう」ハワードの目が曇った。「エラリイ、これは長くかかるかもしれない。つぎの発作まで、ひょっとしたら何カ月も――」

「あるいは、まったく起こらないかもしれない」エラリイは言った。「これまで考えたことはなかったのか、ハムレットよ。はじまったときと同じように、突然終わるかもしれないじゃないか」ハワードが微笑んだが、内心ではまだ不安そうだ。「ぼくが出発するまでのあいだ、父さんとぼくといっしょにここで泊まるというのはどうだ」

「ぼくが無事に家に帰り着けるか心配なのか」

「いや」と言ってから、エラリイはこう答えた。「うん、そうだ」

「うれしいけど、ぼくはきょう帰ったほうがいい。家じゃ大騒ぎになってたらしい」

「それは当然だろう――でも、ほんとうに平気なのか」

「だいじょうぶだよ。三週間以内につぎの発作が来たことはないんだ」

エラリイはハワードにいくらかの金を与え、いっしょに階段をおりて通りへ出た。


タクシーの開いたドアの前で握手を交わしながら、エラリイは急に大声で言った。「ところでハワード、ぼくはいったいどこへ行けばいいんだ」

「というと?」

「きみがどこに住んでいるのか、まったく知らないんだが」

ハワードは驚いた顔をした。「言わなかったかな」

「聞いていない」

「紙をくれないか。いや待てよ、手帳があったな――この借りたスーツに持ち物を全部移したんだ。あったぞ、これだ」

ハワードは分厚い黒の手帳から紙を一枚破りとって、そこに走り書きをし、それから出発した。

エラリイはタクシーが角を曲がるまで見送った。

そして、その紙切れを手に持ったまま、考えをめぐらしつつ階上へもどっていった。

あいつは何か罪を犯したんだろう、とエラリイは思った。ハワードが恐れているのは、記憶喪失のさなかに〝犯したかもしれない〟罪ではない。意識がはっきりしているときにたしかに犯した、記憶にある罪だ。その罪とそれを取り巻く事態こそが、ハワードの〝言えないこと〟であり、本人がなんとしても記憶喪失の問題と切り離して考えさせたい〝秘密〟にほかならない。だが、悲痛な思いでここに来たのは、まちがいなくその罪にまつわる後ろめたさのせいだ。

どんな罪なのか。

はじめに解明すべき問題はそれだ。

そして、答が見つかる場所はハワードの家だけで、それは――

エラリイはハワードが書きつけた紙に目をやった。

もう少しでそのメモを落とすところだった。

そこにはこう記されていた。

ヴァン・ホーン
ノース・ヒル通り
ライツヴィル

ライツヴィル！

ロウ・ヴィレッジのずんぐりした小さな駅舎。四角い石を敷きつめた傾斜のきつい道。古びた馬の水飲み場にそびえ立つ、鳥の糞がこびりついた町の創設者ジェズリール・ライトの銅像。ホリス・ホテル、昔ながらのハイ・ヴィレッジ薬局、ソル・ガウディ紳士用服飾店、ボントン百貨店、ウィリアム・ケチャム保険代理店、J・P・シンプソンの店の上に掲げられた金色の三つの球（質店の目印）、ジョン・F・ライトが頭取をつとめるライツヴィル・ナショナル銀行の上品なたたずまい。

車輪の輻《や》のごとく放射状に伸びた街路……ステート街、赤煉瓦《れんが》の町役場、カーネギー図書館とミス・エイキン、枝をなびかせる背の高いニレの木々。下本通り《ロワー・メイン》、《ライツヴィル・レコード》紙の社屋と窓越しに見える印刷機、フィニー・ベイカー老人、ペティグルー不動産、アル・ブラウンのアイスクリーム・パーラー、ビジュー劇場と支配人ルーイ・カーハン……。

ヒル通りに、ツイン・ヒル墓地に、三マイル先のライツヴィル・ジャンクション駅に、スローカム郡区に、一六号線沿いの〈ホット・スポット〉に、ネオンサインを掲げた鍛治屋に、マホガニー山地の遠い峰々。

昔の光景がつぎつぎと脳裏をよぎったが、エラリイは眉をひそめ、ハワードがすわっていたばかりの古い革の肘掛け椅子に深く腰かけた。

ライツヴィル……。

ジムとノーラのヘイト夫妻の悲劇が進行するのをエラリイが見守っていたあいだ（『災厄の町』）、ハワード・ヴァン・ホーンはどこにいたのか。戦争がはじまったばかりのころ、ハワードは故郷にいて、本人の言によれば飛行機工場で働いていた。戦後まもなく、エラリイはデイヴィー・フォックス大尉にまつわる事件でライツヴィルを再訪したが（『フォックス家の殺人』）、あのときなぜハワードのことを耳にしなかったのか。たしかに、あの事件の際には、ライツヴィルの人々との交流はごくわずかだった。しかし一度目のヘイトの事件のとき、エラリイは町じゅうの注目を浴びていた。ハーマイオニー・ライトがそう計らったからだ。エラリイが来ていることをハワードがいつまでも知らずにいたはずがない。それに、ライト家とヘイト夫妻が居を構え、エラリイが滞在していた場所は——はじめはヘイト夫妻のための一軒家、のちに隣のライト家の客室だったが——ヒル通りにあり、ノース・ヒル通りはそのすぐ先だった。車にせいぜい十分も乗ればヴァン・ホーンの屋敷に着いただろう。そう考えるうちに、〝ヴァン・ホーン〟という名前そのものが、いかにもライツヴィルらしい響きを帯びてきた。そう言えば、ジョン・F・ライトが何度か、ディードリッチ・ヴァン・ホーンは町の中心人物《ポアン・ダピュイ》のひとりで、地域に尽くす慈善家の富豪だと言っていたし、イーライ・マーティン判事もそう評していたものだ。しかし、ライトとマーティンとウィロビーを要とする社交の輪のなかに、ハワードの父親がいたはずがない。もしいたら、エラリイは会っていただろう。とはいえ、納得できなくもない。あの三人が中心にいたのはライツヴィルの旧来の社交界だった。一方、ヴァン・ホーン家は実業界の大物、地域社会のミツビシ財閥のような存在で、カントリークラブに集まる面々の一員だから、旧来の上流階級とのあいだにある塀を乗り越えられないのだろう。だとしても、エラリイが町にいることをハワードは知っていたはずだ。それなのに訪ねてこなかったところを見ると、ユシェット通りの古い知り合いをあえて避けていたと思われる。なぜだろうか。

　エラリイはこの疑問にあまり頭を悩ませなかった。そのころのハワードは、発作に襲われるようになって間もなかった。恐怖にとらわれて、旧交をあたためるどころではなかったのだろう。あるいは、いまも心の奥底にある罪悪感のせいで身動きがとれなかったとも考えられる。

エラリイはパイプに煙草を詰めなおした。何より気になるのは、ライツヴィルへ調査に出向くのがこれで三度目だということだ。気の滅入るような偶然の一致だった。エラリイは偶然が好きではない。そのめぐり合わせに不安を感じた。そして、考えれば考えるほど、不安は増した。

迷信深ければ、これを宿命と呼ぶんだろうな、と思った。

奇妙なことに、以前ライツヴィルで調査をしたときは、二回とも、ある事情のために結論を不本意な憶測にとどめておかざるをえなかった。こんなことになるのは、なんらかの類型、それも大きすぎて人間には見分けられない類型があるからではないか、とエラリイはかつて迷い、いまも迷った。どうにも落ち着かないのは、ヘイトとフォックスの事件を首尾よく解決したのに、事件の性質上、どちらも真相を伏せるしかなく、そのためエラリイのライツヴィルでの活躍は世間からはなはだしい失敗と見なされていることだった。

そして、こんどはヴァン・ホーンだ……。

ライツヴィルにかかわると、ろくなことがない！

エラリイはハワードの住所のメモをスモーキング・ジャケットのポケットに突っこみ、苛立たしげに煙草をパイプに詰めた。

だが、やがてエラリイは、アルバータ・マナスカスはその後どうしただろうか、こんどこそエミー・デュプレは夕べの涼気のなかで芸術を語ろうと招待してくれるのだろうか、といつの間にか思いをめぐらし、大きな笑みを浮かべていた。

二日目

列車がスローカムの方角へ遠ざかっていくと、エラリイは思った。あまり変わっていないな。

砂利道の馬糞が減り、駅のまわりの窮屈そうな建物が何軒か姿を消している。新しい商店が整然と立ち並ぶ一画は、古いフレスコ画に描かれた唐草模様のように不似合いだ。ネオンサインを掲げた鍛冶屋が、いまではネオンサインを掲げた自動車修理工場となり、ライツヴィル交通会社の路面電車の車輛を改造した〈フィルの食堂〉は、青い日よけのついた鍍金《めっき》だらけの新しい店に変わっている。だが、入口をあけ放った駅長室では、ギャビー・ウォラム駅長の禿げ頭が歓迎するように輝いている。以前と同じように、足の汚れた青いジーンズ姿の少年が、駅舎の軒下にある錆びついた手押し車に腰かけて、ガムを嚙みながらぼんやりこちらをながめているような気がした。まわりの田園にも変わりはなく、ちがうのは配色だけだ。小春日和《インディアン・サマー》に備えて、ライツヴィルの町が出陣化粧を施したからだ。

同じ草地、同じ丘、同じ空がある。

エラリイは深呼吸をした。

これこそがライツヴィルのすばらしいところだ。そう思ってエラリイはスーツケースをプラットホームに置き、ハワードがいないかとあたりを見まわした。ここにいると、通りすがりの者ですら郷愁を覚える。十年前にパリで会ったハワードがなぜ田舎じみて見えたのかが、いやでもわかった。ライツヴィルをリンダ・フォックスのように好いていようと、ローラ・ライトのように憎んでいようと、ここで生まれ育った者は、世界の四隅や七つの海のどこへ行ってもライツヴィルを手放せないのだ。

ハワードはどこだろうか。

エラリイはプラットホームの東の端までぶらぶらと歩いた。そこからアッパー・ホイッスリング街が見える。その道はロウ・ヴィレッジを抜けて広場のあたりを通ったあと、優雅に向きを変えてミルクと蜂蜜の里へ静かに分け入って、やがて約束の地カナーンへと行き着く。いまも〈ミス・サリーのティールーム〉では、パイナップル・マシュマロ・ナッツ・ムースをライツヴィルの上流の人々《ボン・トン》に出しているのだろうか。いまもシドニー・ゴッチの雑貨店では、胡椒と灯油とコーヒー豆とゴム長靴と酢とチーズの混じり合ったたいいにおいがするのだろうか。いまも〈森《ザ・グローブ》〉のダンスランドでは、土曜の夜に心配性の母親たちが子供たちを探しまわっているのだろうか。いまも——

「クイーンさん?」

エラリイが振り向くと、そばに恐ろしく豪華なステーション・ワゴンが停まっていて、運転席で女が微笑んでいた。

ライツヴィルで会ったことがあるにちがいない。どことなく見覚えのある顔だった。だがそのとき、ドアに記された〝D・ヴァン・ホーン〟の金文字がエラリイの目にはいった。

ハワードのやつ、妹がいるなんて言わなかったじゃないか! しかも美人とは。

「ミス・ヴァン・ホーンですか」

女はびっくりしたらしい。「困ったものね。ハワードはわたしのことを言わなかったのかしら」

「言ったとしたら」クイーン氏は慇懃に答えた。「ぼくが昼食に出ているときだったんでしょう。美しい妹さんがいることをなぜ言ってくれなかったのか」

「妹だなんて」女は軽く天を仰いで笑った。「わたしはハワードの妹じゃありません、クイーンさん。母です」

「なんですって?」

「もっとも……継母ですけど」

「ミ、ミ、ミセス・ヴァン・ホーンですか」エラリイは驚いて言った。

「血縁をにおわせるジョークなんです」女はいたずらっぽい顔になる。「クイーンさんはわたしにとって、畏れ多いかたですけどね。我慢できず、下世話なところまで引きずりおろしてしまいました」

「畏れ多い？」

「ハワードはあなたがすばらしいかただと言っています。ご自分が有名人なのをご存じじゃありませんか、クイーンさん。ディードリッチはあなたの本を全部持っていて――夫はあなたのことを世界一のミステリ作家だと思っています――わたしも長いあいだ憧れていました。あなたがパトリシア・ライトとコンバーチブルに乗ってロウ・ヴィレッジを走るのを見かけたときは、彼女のことを全米一幸運な女の子だと思いました。クイーンさん、あそこにあるのはあなたのスーツケースでしょう？」

　ともあれ、気持ちのいい滑り出しだった。サリー・ヴァン・ホーンのかたわらに跳び乗ったエラリイは、自分がずいぶんな重要人物、ずいぶんな好男子になったかのように感じつつ、ばかげた話だが、ディードリッチ・ヴァン・ホーンを妬ましく思った。

駅から車を走らせながら、サリーは言った。「ハワードはあのひどい顔で町なかを運転するのをひどくいやがるものだから、家に居残らせたんです。でも、いっしょに来させればよかった。わたしのことを話してないなんて、想像もしませんでした」

「正義を貫くとすれば、やつを潔白とするしかありません」エラリイは言った。「ハワードはあなたのことをたしかに話しましたよ。ただ、ぼくのほうであまり心の準備が――」

「まさかこんなに若いと思わなかったと？」

「まあ、そんなところです」

「たいていの人が面食らいます。だって、ディーズと結婚して、自分より年上の息子ができたんですもの。あなたはわたしの夫をご存じないんですよね」

「残念ながら、お目にかかったことはありません」

「ディーズを年齢という観点でとらえてはだめ。計り知れない人です。力強くて、びっくりするほど若々しいのよ。それに」サリーはほんの少し挑発するように付け加えた。「ハンサムなの」

「そうでしょうね。ハワードも忌々しいほどギリシャの神に似ている」

「あら、あのふたりはぜんぜん似てません。体つきは同じだけれど、ディーズのほうは古いクルミみたいに色黒で不細工な顔立ちです」

「ハンサムだって言ったじゃありませんか」

「そうよ。あの人を怒らせたいときは、こんなに醜い色男は見たことがないって言えばいいんです」

「そうですか」エラリイはくすりと笑った。「いささか矛盾しているようですが」

「ディードリッチも同じことを言います。だから、そのあとで言ってあげるの。こんなにハンサムな醜男《ぶおとこ》は見たことがないって。すると、また上機嫌になるんです」

エラリイはサリーに惹かれた。剛直な有徳者が——ディードリッチ・ヴァン・ホーンはそういう男らしいが——どうやってこういう女性と恋に落ちたのか、想像するのはむずかしくない。サリーの歳は二十八か二十九だろうが、容姿や笑い声や輝きは十八歳と言ってもおかしくない。ヴァン・ホーンの年齢に達し、長い独身時代に未開栓だったとおぼしき活力があれば、それらは抗しがたい磁力となる。だが、いろいろ聞くところによると、ハワードの父親は円熟した常識人でもある。衝動としてサリーの若さに魅せられたかもしれないが、妻に寝室の伴侶以上のものを求め、またそのことを自覚しているのだろう。サリーがそうした欲求も満たしそうに見えるのはたしかだ。落ち着いた優雅さも見てとれ、容姿からは若さだけでなく豊かさも感じられる。笑い声から知性がにじみ、いまにも燃え立ちそうな輝きがある。聡明で、すぐに打ち解けるあたたかさに満ちているが、その下にまだ何かがあるという印象をエラリイは受けた。屈託のなさが自然で、子供のようにかわいらしいのに、笑みからはくたびれた悲しみが垣間見えた。ふたりで話しながら思うに、微笑はサリーの具えた最も刺激的なものであり、矛盾ゆえに魅力を放つ個性のなかでも究極の矛盾だった。以前どこで会ったのか、とエラリイはあらためて考えた。そして、それはいつ……。運転中にサリーが気どらず楽しそうに話す横で観察すればするほど、エラリイは独身生活をあっさり捨てたヴァン・ホーンの気持ちを理解できた。

「クイーンさん?」サリーが見ている。

「これは失礼」エラリイはあわてて言った。「終わりのほうを聞き漏らしました」

「ライツヴィルの景色をながめてらっしゃったから、わたしはおしゃべりをやめたほうがいいんでしょうね」

エラリイは目を瞠《みは》った。「ここはヒル通りだ!」驚いて声をあげる。「いったいなぜこんなに早く? 町を通ってこなかったんですか」

「通りましたよ。どこを見てらしたの。ああ、わかった。小説のことを考えていたのね」

「とんでもない」エラリイは言った。「あなたのことを考えていたんです」

「わたしのこと? あら、まあ。あなたがそういう人だとハワードは忠告してくれませんでした」

「ヴァン・ホーン氏はライツヴィル一うらやましい夫にちがいない、とぼくは考えていました」

サリーはちらりとエラリイを見た。「お口がおじょうずね」

「いえ、ほんとうに思います」

サリーの視線が道路へもどったが、その頰がピンクに染まるのにエラリイは気づいた。

「ありがとう……わたし、ときどきふさわしい妻じゃないような気がして」

「それもあなたの魅力です」

「まさか、そんなこと」

「本気で言ったんですよ」

「そうなんですか」サリーは驚いていた。

エラリイはますますサリーが好きになった。

「家に着く前に、クイーンさん──」

「エラリイです」エラリイは言った。「できればそう呼んでいただきたい」

頰のピンクが深みを増し、サリーはとまどっているらしかった。

「むろん」エラリイはつづけた。「このままクイーンさんと呼んでもらってもかまいませんよ。でも、ぼくはご主人に会ったら、奥方にひと目惚れしたと真っ先に言うつもりです。

言いますとも！　そのあとで、ハワードがぼくをおびき寄せるのに使ったゲストハウスにこもり、文学を実人生に置き換える仕事に猛然と取り組みます……。ところで、何を言おうとしていたんですか、サリー」

エラリイはサリーに笑いかけながら、相手の神経のどこを刺激してしまったのかと不思議に思った。サリーはすっかり動揺していた。ほんの一瞬だが、わっと泣きだすかと思った。

「すみません、ミセス・ヴァン・ホーン」エラリイはサリーの手にふれた。「ほんとうに申しわけない。許してください」

「そんなことおっしゃらないで」サリーは怒った声で言った。「いけないのはわたしです。わたしは大きな劣等感をかかえてるんです。それに、あなたはとても頭のいいかたよ」サリーはためらい、それから笑った。「エラリイ」

そこでエラリイも笑った。

「探ってたのね」

「恥知らずなことにね。やめられないんですよ、サリー。第二の天性だ。ぼくにはのぞき根性がある」

「わたしのことを何か疑ってるようね」

「いえ、いえ。暗がりをつついているだけですよ」

「それで?」

エラリイは快活に言った。「あなたから話してください、サリー」

あの奇妙な笑みがまた現れた。けれども、まもなく消えた。「じゃあ、そうしようかしら」少し間があく。「正直なところ、とっても奇妙な感じがして……」サリーは急にことばを切った。エラリイは無言のままだ。やがて、打って変わった口調でサリーは話しはじめた。「さっき……家に着く前にハワードのことを話し合いたいと思ったんです」

「ハワードのこと?」

「本人からお聞きでしょうけど——」

「記憶喪失の発作のことですか」エラリイは明るい声で言った。「ええ、聞きましたよ」

「ハワードが話したのかどうか気になって」サリーが前方をまっすぐ見据えると同時に、ステーション・ワゴンは坂道をのぼりはじめた。「もちろん、夫もわたしもそのことをあまり話しません。ハワードの前ではってことですけど……。エラリイ、わたしたちは死ぬほどこわいんです」

「記憶喪失は世間の人が思うほど珍しいものではないんですよ」

「あなたはそういう奇妙な出来事にいろいろかかわってらっしゃるから。エラリイ、これって何かその——困ったことなんでしょうか。つまり、ほんとうに心配すべきなのかどうか」

「たしかに、記憶喪失が起こるのはふつうではありません。だから原因を突き止めなくては——」

「さんざんやってみました」サリーは急に苦悩に満ちた顔を見せ、取りつくろおうとしなかった。「でも、どのお医者さまも、ハワードが反抗的な患者だと言って——」

「だろうと思っていました。きっと治りますよ。記憶喪失の症例の多くがそうですから。おや、あれはなんと、ライト邸だ！」

「えっ？　ああ、思い出がよみがえったんですね」

「はい、つぎからつぎへとね。サリー、ライト家の人たちはどうしていますか」

「わたしたちはあまり会う機会がないんです——ヒル通りの人たちとはね。ご年配のライトさんが亡くなったのはご存じでしょう？」

「ジョン・F・ライトですか。ええ、知っています。ぼくはあの人がとても好きでした。この町にいるあいだに、ハーマイオニー・ライトに挨拶に行かなくては……」

そのまま、ハワードの記憶喪失の話は出ずじまいとなった。

エラリイは豪邸を思い描きつつも、ライツヴィル流の昔ながらの素朴な屋敷を予想していた。だから、目にしたものにすっかり意表を突かれた。

ステーション・ワゴンはノース・ヒル通りをはずれてバーモント産大理石の二本の石柱のあいだを抜け、小ぎれいな私道をなめらかに進んでいった。道の脇には糸杉やエラリイが見たこともないほど美しいイチイが立ち並び、また、色とりどりの灌木《かんぼく》が富豪の苗床《なえどこ》で作られた珍種であって自然の気ままな産物でないことは、園芸に不案内のエラリイの目にも明らかだった。私道を螺旋状にのぼりながら、岩をあしらったさまざまな庭園を過ぎ、やがて着いたのは、丘の頂上に建つ壮大な現代風の建物の屋根つき車寄せだった。

南に町が見え、さっきまでいた谷間の平地を覆っている。おもちゃのような建物の一群がゆらゆらと煙を吐き出している。北にうずくまるのはマホガニー山地だ。西の方角と町のさらに南には広大な農地がひろがり、ライツヴィルに田舎の色合いを添えていた。

サリーはエンジンを止めた。「なんてすばらしいの」

「なんですって？」エラリイは訊いた。サリーには驚かされてばかりだ。

「いまそう思ってたんでしょう？　とてつもなくすばらしいって」

「まあ、そうですが」エラリイはにっこり笑った。

「すばらしすぎる」

「そうは言っていません」

「わたしが言ってるのよ」サリーはまたあの奇妙な笑みを浮かべた。「そして、どちらも正しい。でも、そうよ。すばらしすぎるの。いえ、度が過ぎて品がないって意味じゃないんです。ここはまるでディーズそのもの。すべてに完璧な味わいがあって――だけど、あまりにも大きい。ディーズは何をするにも並みの規模じゃ満足しません」

「こんな美しい場所を見たのはたぶんはじめてですよ」エラリイは心から言った。

「夫はわたしのためにこれを建てたのよ、エラリイ」

エラリイはサリーを見つめた。「それなら、とてつもなくすばらしいというのは言いすぎです」

「おもしろい人ね」サリーは笑った。「実を言うと、住んでるうちに家は縮むのよ」

「あるいは人が大きくなるか」

「そうかもね。この家で、最初のころはどれほどこわくて途方に暮れてたか、ディーズには一度も話したことがないのよ。実はわたし、ロウ・ヴィレッジの生まれなんです」

ヴァン・ホーンはこの壮麗な屋敷をサリーのために建て、サリーはロウ・ヴィレッジ出身……。

ロウ・ヴィレッジは工場がある地域だった。そこには、いびつな煉瓦造りの家々が並ぶ区画がいくつかある。ほとんどの住居は骨組みが腐り、汚れてみすぼらしく、ポーチも壊れていた。たまに正面がきれいで土台も上品な家も見かけたが、多くはない。ロウ・ヴィレッジを流れるウィロー川は、工場排水によって黄色っぽく染まったせまい溝も同然だった。ロウ・ヴィレッジには〝外国人〟が住んでいた。ポーランド人、フランス系カナダ人、イタリア人、ユダヤ人が六家族、黒人が九家族。売春宿や、店頭に六十ワットの電灯をつけた安酒場がいくつかある。土曜の夜ともなれば、ライツヴィルの無線パトカーが曲がりくねった石畳の通りを休みなく巡回した。

「わたしはポリー通りで生まれたの」サリーはあの不思議な笑みを漂わせて言った。

「ポリー通りは運がいいな」まさかポリー通りとは！

「なんてやさしい人なの。あら、ハワードよ」

ハワードが駆け寄ってエラリイの手を強く握りしめ、スーツケースをつかんだ。「もう来ないかと思ってたよ。どんな手を使ったんだ、サリー。この男を誘拐したのか」

「その反対だよ」エラリイは言った。「ハワード、ぼくはこの人にぞっこんだ」

「そしてわたしもよ、ハウ」

「なんだ、もうそんな事態になってるのか。ローラが夕食のことで取り乱してるよ、サル。注文したマッシュルームが来なかったとか――」

「まあ、それは一大事よ。エラリィ、ここで失礼しますね。ハウがゲストハウスへ案内します。わたしがひととおり整えておきましたけど、足りないものがあったら、そこの居間にインターホンがありますから。母屋の厨房とつながってます。さあ、急がなくちゃ！」

エラリィはハワードの様子を見て、不安を覚えた。この前、ハワードに会ったのは火曜日だった。きょうはまだ木曜日なのに、いくつも歳をとったかのようだ。怪我をしていないほうの目の下に薄黒い溝が走り、口もとは引きつって皺が寄り、午後の明るい日差しのなかでも肌がくすんだ黄色に見えた。

「ぼくが駅まで迎えにいかなかった理由をサリーは話したかな」

「謝らなくていいよ、ハワード。そうしろと言われたんだろう」

「ほんとうにサルを気に入ったんだな」

「首ったけさ」

「さあ、ここだよ、エラリィ」

ゲストハウスは、ムラサキブナの木立に囲まれた石造りの美しい離れ家だった。母屋のテラスとのあいだに円形のプールがあり、大理石の広いプールサイドには、デッキチェアや日傘つきテーブルや移動式の小型バーが配されていた。

「プールのそばにタイプライターを置けば、形容詞に悩むたびに跳びこめる」ハワードは言った。「もしだれにも会いたくなかったら……こっちをながめるといい」

それはふた部屋とバスルームがある家で、ひなびたロッジ風にしつらえられていた。大きな暖炉、ヒッコリー材のどっしりした家具、ヤギ革の白い敷物、ざっくりとしたバスケット織りの壁掛け。居間にはエラリイが見たこともないほど美しい机があった。ヒッコリー材と牛革で作られた、皇帝が使いそうな机で、それに似合う座面の深い回転椅子がついていた。

「ぼくの机だ」ハワードは言った。「あっちの家の自分の部屋から運ばせた」

「ハワード、そこまでしなくてもいいのに」

「かまうものか。ぼくには無用の長物だ」ハワードは反対側の壁まで歩いた。「でも、見せたいのはこっちなんだ」ハワードは壁掛けを引き寄せた。そこに壁はなかった。あるのは大きな窓だった。

粗い緑の絨毯《じゅうたん》を隔てて、眼下のかなたにライツヴィルがあった。

「なるほど」エラリイはつぶやきながら回転椅子に身を沈めた。

「ここで書けそうかな」

「むずかしそうだ」その答にハワードが笑ったので、エラリイはさりげなく尋ねた。「万事順調なのか、ハワード」

「順調？　もちろんだよ」

「遠慮しなくていいからな。あれから発作のほうはどうだ」

ハワードは壁に飾られた雄鹿の頭を、傾いてもいないのに直した。「なぜそんなことを？　前も言ったとおり、あれはぜったいに――」

「きみが少ししおれているように見えたんだが」

「たぶん殴られたせいだろう」ハワードは落ち着きなく背を向けた。「ほら、寝室はそこだ。バスルームにはシャワーがついてる。こっちはふつうのタイプライターで、持ち運べる小型のやつはあっちの隅にある。それから、紙、鉛筆、カーボン紙、スコッチ……」

「きみが際限なく甘やかすから、ぼくはもう八十七丁目通りのスパルタ式生活にはもどれないだろうな。ハワード、ここはすばらしい。まったくすばらしいよ」

「父はこの家を自分で設計した」

「偉大な人物だ。まだ会ってもいないが」

「最高の人間だよ」ハワードはぎこちなく言った。「夕食のときに会える」

「楽しみだな」

「父がどんなに会いたがってたか、想像もつくまい。さて、そろそろ……」

「ぼくを置いていくなよ、ひどいな」

「だって、好き勝手にしたいだろう。少し休んだほうがいい。気が向いたときに母屋に来てもらえば、屋敷のなかを案内するよ」

そしてハワードは立ち去った。

しばらくのあいだ、エラリイは回転椅子にすわり、右へ左へとそっと向きを変えた。火曜日からきょうにかけて、物事が悪い方向へ進んだ。まちがいなく悪い方向へだ。そして、ハワードはそれを知られたくないらしい。

サリー・ヴァン・ホーンも知っているのだろうか、とエラリイは考えた。

知っているにちがいない、と思った。

母屋の居間で待っていたのがハワードではなくサリーだとわかっても、エラリイは驚かなかった。

サリーはすでに着替えていた。流行の黒いディナー・ドレスを着て、極端に深い襟ぐりのあたりに黒のシフォンを巻きつけている。またしても矛盾だ、とエラリイは思った。何より魅力あふれる形の矛盾だった。

「ええ、わかってます」サリーは顔を赤らめて言った。「不作法よね」

「ぼくは賞賛と悔恨の板ばさみになっていますよ」エラリイは力をこめて言った。「夕食のときは正装するんですか。ハワードは教えてくれなかった。実は礼服を持ってこなくて」

「ディーズはあなたを抱きしめるはずよ。あの人は礼服が大きらいなの。ハワードだって、着なくてすむときはぜったい着ないし。わたしが着たのは、おろしたての服であなたをうっとりさせたかったから」

「うっとりしました。嘘じゃありません」サリーが声をあげて笑う。「でも、ご主人はどう思っていらっしゃるんですか」

「ディーズ？　だって、あの人がわたしのためにこの服を作らせたのよ」

「すばらしい人だ」うやうやしい物言いにサリーがまた笑ったので、エラリイは不自然に聞こえないように尋ねることができた。「ハワードはどこですか」

「上のアトリエよ」サリーは渋い顔をした。「ハウはいま、ふさぎの虫に取り憑かれてて、そんなときはわたしが上の階へ追いやってしまう。まるで駄々っ子なんですもの。三階全部を占領してるんだから、そこで思う存分愚痴をこぼしていればいいのよ」それから軽い口調で言い足した。「申しわけないけど、ハワードのふるまいについては大目に見ていただくことがずいぶんとありそうよ」

「とんでもない。ぼくの態度だって、エチケットの権威エミリー・ポスト女史のお眼鏡にかなうものじゃありませんよ。小説を書いているときなんて、ひどいもんです。三日もしたら、あなたに出ていけと言われかねない。とにかく、ありがたいことです。あなたをひとり占めするチャンスだ」

エラリイはわざとそんなふうに賞賛しながら、サリーを観察した。

駅で会ったときから、ハワードの問題ではサリーが大きな位置を占めているとエラリイは感じていた。ハワードは父親に特別な感情をいだいている。親子のあいだにこの魅力的な女性が突然割ってはいり、父親の興味と愛情を独占したことが、息子の心に大きな傷を残した。ハワード自身が語ったところによると、はじめて記憶喪失の発作に見舞われたのは父親の結婚式の夜だったそうだが、それには重要な意味がありそうだ。ハワードとサリーが車寄せの屋根の下で顔を合わせたわずかな隙に、ふたりのあいだに緊張が表れていないかとエラリイが観察したところ、たしかにそれは見てとれた。ハワードが空元気を見せて、エラリイの前でサリーに話しかけたときのわざとらしいほどのさりげなさは――そして、目を合わせようとしなかったのも――内的葛藤ゆえの自己防衛的行動だったにちがいない。女であるサリーはもっと控えめだったが、ハワードの感情に気づいているのはたしかだった。あれはサリーへの敵意だ。もしもサリーがある種の女性だとしたら、まったく無関係の男に慰めを見いだすかもしれない。そういう女なのだろうか。

そこで、エラリイはサリーをしっかり見つめた。

けれどもサリーは言った。「わたしをひとり占め？　あら、残念ながら、長つづきしそうもないと思う」そして微笑む。

「残念ながら？」エラリイは小声で言い、微笑み返した。

サリーは淡々と言った。「ディーズがついさっき帰ってきたの。二階にいて、それはもう勢いこんで身なりを整えてるところよ。カクテルはいかが、エラリイ」

乗ってはいけない誘いだ。そこでエラリイは言った。「ありがとう。でもヴァン・ホーンさんがいらっしゃるまで待ちますよ。それにしても、なんとすばらしい部屋だろう！」

「そんなに気に入った？　夫がおりてくるまで、家のなかを案内しましょうか」

「うれしいですね」

エラリイは、やはりサリーのことが大好きになった。

部屋はたしかにすばらしかった。どの部屋も全部だ。高貴な者の住まいにふさわしい造り、英雄の趣味にかなうしつらえ。これを生み出した者は、天然木の豊かさを愛し、広い壁、大きな暖炉、単色の並び、外の景色がなじむ窓などに対する鋭い感覚を用いて、巨人の部屋を造りあげた。しかし、エラリイが何よりも感銘を受けたのはこの家の女主人だった。壮麗な大邸宅のなかをロウ・ヴィレッジ出身の女が歩いていく。まるでここで生まれ育ったかのようだった。

エラリイはポリー通りを知っていた。最初にライツヴィルに滞在した折に、そこの極貧生活の一端を紹介したのはパトリシア・ブラッドフォードだった。まだパティ・ライトというセーター姿の娘だったころ、社会学的な見地からエラリイに町を案内してくれたものだ。ポリー通りはロウ・ヴィレッジで最もみすぼらしい貧民窟であり、働きづめの工場労働者たちが給湯設備のないぼろぼろの集合住宅に住んでいる。男たちは打ちのめされて沈黙し、女たちは女らしさを失い、若者たちは目つきが悪く、赤ん坊は汚れて栄養不良だった。

それなのに、サリーはポリー通りの出身とは！　ディードリッチ・ヴァン・ホーン自身が彫刻家となって、息子が粘土を形作るように、肉体と精神を作ったのか。それとも、この女はカメレオンで、不思議な自然の働きによって周囲の色に染まっているのか。ハーマイオニー・ライトが室内にはいってくると、その堂々たる押し出しで部屋がせまく感じられたものだが、サリーと比べたら、垢抜けない田舎の主婦同然だった。

そのとき、ディードリッチ・ヴァン・ホーンが足早に階段をおりながら、手を差し伸べて「やあ！」と言い、その声が手斧《ちょうな》仕上げの梁《はり》に反響した。

つづいて息子がのろのろとおりてきた。

一瞬のうちに、息子も妻も屋敷もヴァン・ホーンのまわりに凝集し、形や釣り合いを変えてひとつになった。

ヴァン・ホーンはあらゆる点で驚くべき人物だった。体、話し声、身ぶり、そのすべてが大きかった。広々としていた屋内はもはや広くない。そこは主《あるじ》で満たされ、主の寸法に合わせて作られていた。

長身の男だが、見た目ほど高いわけではなかった。肩幅もハワードやエラリイと比べて大差はないが、際立って分厚いせいで、年下のふたりが少年に見えた。手はあまりにも大きい。筋肉が張り、手のひらが広く、ふたつの重い道具そのものだ。父親は日雇い労働者から身を起こしたと、ハワードがサン・ミッシェル大通りのカフェのテラスで言っていたことが、エラリイの脳裏によみがえった。けれども、エラリイを魅了したのはヴァン・ホーンの頭だった。大きくて骨張っていて、輪郭が荒々しく、額には力がみなぎっている。そしてその下には、エラリイが見たこともないほど醜く、見たこともないほど魅力的な男の顔があった。サリーもそんなことを言っていたが、それは冗談半分の誇張ではなく、まぎれもない事実だった。これほど醜く見えるのは、ひとつひとつの形が悪いからではなく、それぞれが際立って大きいからだ。鼻、顎、口、耳、頰骨——すべてが大きすぎる。肌のきめは粗く、浅黒い。ところが、均衡の崩れたこの不器量な顔に、ふたつの非凡な目がついている。深みと輝きと美しさを具えた大きな目は、浅黒い肌を明るく見せ、顔全体を奇妙に調和のとれた心地よいものに変えていた。

声は体に劣らず大きく、深みと艶がある。そして、この男は声だけでなく、体全体で話した。体と声をひとつにして、無意識のリズムに乗って話すので、聞く者は引きこまれて心をつかまれ、逃れられなくなった。

エラリイと握手を交わし、長い腕をすばやく妻の体にまわし、カクテルを注ぎ、ハワードに火を熾《おこ》せと言い、いちばん大きな椅子にすわって片脚を肘掛けに軽く載せる——ディードリッチ・ヴァン・ホーンの言動は何もかも重要であり、それから逃れることはできない。つまり、主が家にいるということだ。ことさらにそうふるまうのではなく、存在そのものがそう伝えている。

妻子と組み合わせてヴァン・ホーン本人を目のあたりにすると、妻子のあり方がまさしく必然に見えてくる。ヴァン・ホーンが力を注いだものは、すべてやがてはその力に取りこまれる。息子は父親を敬して模倣しようとしたが、崇拝の念に折り合いをつけることも父親に伍《ご》することもできず……いまのハワードとなった。妻について言えば、夫は自分から愛することで妻の愛を生み出し、それを囲いこんで貯蔵する。ヴァン・ホーンに愛された者たちは否応なくその付属品となり、本人が動けばいっしょに動く、意志の一部である。エラリイはヴァン・ホーンを見て神話の男神像を思い出した。そして、十年前、ハワードの下宿のアトリエでただ滑稽に感じていたことを胸の内で詫びた。父親のイメージに寄せて彫られたゼウス像は空想の産物ではなく、無意識に形作られた肖像だった。ディードリッチには神々の美徳だけではなく、悪徳も具わっているのだろうか、とエラリイは考えた。どんな悪徳であれ、けっして瑣末なものではないだろう。小悪とはおよそ縁のない人物だ。正しく、論理的で、動かしがたい。

そして、サリーが言ったとおり、年齢という観点でとらえてはいけない。ヴァン・ホーンはおそらく六十歳を越えているが、アメリカ先住民よろしく、乱れた黒髪は薄くも白くもならず、腰が曲がったりよろめいたりするはずもないと思わせる。だれの目にも、力と栄華と不変の権化にしか見えない。そして、雷のようなほかの力が加えられないかぎり死ぬことはないと感じさせた。

話題はエラリイの小説のことばかりで、悪い気はしないものの、なんの進展もなかった。そこで、最初のきっかけを逃さずにエラリイは言った。「ああ、ところで、この前ハワードから記憶喪失の発作について聞いたんですが、ずいぶん困っているようですね。ぼく自身はあまり心配ないと考えていますが、ヴァン・ホーンさん、何が原因か、心あたりがありますか」

「あればいいんだが」ディードリッチは大きな手を息子の膝に軽く置いた。「なかなか扱いにくい息子でね」

「お父さんに似てるってことですよ」ハワードが言った。

ディードリッチは大声で笑った。

「この人がお医者さまの言いつけを守らないこともエラリイに教えたのよ」サリーが夫に言った。

「こいつがもう少し子供だったら、こっぴどく叩いてやるところだ」ヴァン・ホーンはうなるように言った。「なあ、クイーンさんはお腹を空かせているにちがいない。わたしもだ。夕食の支度はできているのかね」

「ええ、できてるわよ、ディーズ。ウルファートを待ってるところなの」

「ああ、言わなかったかな。すまない、ウルフは帰りが遅くなるんだ。待たなくていいんだよ」

サリーがすばやく立ち去ったあと、ディードリッチはエラリイへ目を向けた。

「弟は独身男特有の悪癖の持ち主でね。料理人の気持ちをまるで考えない」

「もちろん家族の気持ちもね」ハワードが言った。

「ハワードは叔父とあまり反りが合わなくてね」ディードリッチは小さく笑った。「わたしから言い聞かせてはいるんだが、こいつはウルファートのことをわかっていない。ウルファートは保守的で——」

「反動的です」ハワードは修正した。

「金のことには慎重で——」

「ひどいしみったれだ」

「たしかに、仕事に関しては容赦のない男だが、それが犯罪とまでは——」

「ウルファート叔父さんはそういうやり方をするんですよ、お父さん」

「いや、ウルフは物事を完璧にしておきたくて——」

「人をこき使うんだ！」

「途中で口をはさむんじゃない」ディードリッチは穏やかにたしなめた。「わたしの弟はね、クイーンさん、人が自分の指示に即刻従うのが当然と考える人間だが、その一方で、従業員のだれよりもがむしゃらに働き——」

「叔父さんは週給三十二ドルで働いてるわけじゃありませんよ」ハワードが言う。「がむしゃらに働くのはそれなりの見返りがあるからだ」

「ハワード、ウルファートは工場の運営でわが家に大いに貢献している。少しは感謝したらどうだ」

「お父さんだってよくわかってるでしょう。お父さんに首根っこを押さえられてなかったら、あの人は生産速度をあげるシステムを導入し、労働スパイを雇い、年功序列を廃止し、口答えをする気骨のある者を片っ端から解雇し――」

「なんだ、ハワード」エラリイは言った。「社会意識が芽生えたのか。ユシェット通りにいたころとはちがうじゃないか」

ハワードが何やらうなったので、全員が笑った。

「つまるところ、弟は根っから不幸な人間なのだよ、クイーンさん」ディードリッチは話をつづけた。「わたしにはよくわかる。この小僧がわかるとは思わないがね。ウルファートは不安と不満の塊だ。生きることをこわがっている。だから、ハワードにはつねづねこう言い聞かせてきた。困難と向き合え。悪くなるまでほうっておくな。なんとかしろ、と。それで思い出したが――痩せ細りたくなければ、夕食の問題をなんとかしたほうがよさそうだ。サリー！」

サリーはドレスの上にビニールのしゃれたエプロンをつけ、顔をほころばせながらはいってきた。「ローラのせいなのよ、ディーズ。あの人、ストライキを決行したの」

「マッシュルームだな」ハワードが大声で言った。「そう、マッシュルームのせいだ。それに、ローラはきみの小説のファンなんだよ、エラリイ。こいつは大ごとだぞ」

「マッシュルームがどうかしたのか」ディードリッチが問いただした。

「昼過ぎにはすっかり段取りが整ったはずだったのよ。でも、いまになってローラが、マッシュルームソースなしにクイーンさんにステーキをお出しするのはぜったいにいやだって言うの。なのにマッシュルームが届かなくて――」

「マッシュルームなど要らん！」ディードリッチは声をとどろかせた。「ステーキはわたしが焼いてやる」

「あなたはここでおかわりのカクテルを作って」サリーはそう言って夫の頭のてっぺんにキスをした。「ステーキはお高いんだから」

「スト破りだな」ハワードが言う。

サリーは去り際にハワードにちらりと視線を向けた。

夕食のあいだじゅう何かが神経に障り、エラリイは奇妙に感じた。美味で滋養のある料理が巧みに供され、食堂の堂々たる暖炉では炭火がはぜて格調高い空気を醸し、食通がデザインしたすばらしい陶器は食べる前から味蕾《みらい》を刺激し、ハンドメイドの銀器は火と鍛冶の神ウルカヌスにも劣らぬ工芸家の作品だった。ディードリッチは、セコイアの芯をくり抜いて作ったとしか思えない巨大な木鉢でサラダを混ぜ合わせ、デザートにはサリーが〝オーストリア風タルト〟と呼ぶ驚嘆すべきものが出された。まさしくタルトの元祖だとエラリイが本心から思ったその菓子は、大きさがテーブルセンターほどもあり、ひと口食べるごとに陶然とした。そして、食卓の会話ははずんだ。

それでも、底流に何かがあった。

そんなものがあってはならなかった。会話は料理に劣らず滋味深かった。エラリイはヴァン・ホーン家の歴史について多くの知識を得た。四十九年前、まだ子供だったころに、ディードリッチとウルファートの兄弟はライツヴィルへやってきた。父親は気性の激しい伝道師で、町から町へと旅をし、罪を犯せば永遠に地獄へ落ちると説教してまわった。

「父は真剣だったよ」ディードリッチはそっと笑った。「父が本気を出すと、ウルフとわたしは震えあがったものだ。怒鳴ったときの父は目が真っ赤になり、長くて黒いひげに唾が飛び散った。わたしたちはひどくぶたれてばかりだった――鞭《むち》を惜しめば子供がだめになるというわけだ。新約聖書より旧約聖書のほうが格段に父の好みでね。わたしはいつも父のことを大預言者エレミヤかジョン・ブラウン（十九世紀アメリカの過激な奴隷制度廃止論者）のような人だと思っていた。そのふたりには迷惑だろうがね。父は神を見たり感じたりできると信じていた——とりわけ、感じることはできると。あとになってわかったんだが、父は自分自身に似せて神を創造していたんだろう」

ライツヴィルはその伝道師が救済をつづける旅の途上にすぎなかったが、「父はいまでもここにいる」とディードリッチは言った。「ツイン・ヒルの墓地に葬られたよ。ロウ・ヴィレッジの祈禱《きとう》会のさなかに脳卒中を起こして、それきりだった」

伝道師ヴァン・ホーンの一家はライツヴィルにとどまった。

並みの人間ではない、とエラリイは思った。ロウ・ヴィレッジから身を起こし、ノース・ヒル通りで成功をきわめたのち、ロウ・ヴィレッジへもどって妻を娶《めと》るとは。

ところで、なぜハワードはろくに口をきかないのか。

「わたしたちは町で最も貧しい連中と似たり寄ったりでね。ウルフはエイモス・ブルーフィールドの飼料店で雇われた。エイモスとも室内の仕事とも反りが合わなかったわたしは、道路工事の仕事に出たものだよ」

サリーは銀のポットからコーヒーをとても注意深く注いだ。何かを気にかけているようだが、それはもちろん、夫が半生を語っているせいではない。サリーがディードリッチに誇りをいだいているのは疑いようもなかった。原因は、大きな食卓の中ほどにいるハワードだ。ハワードがかすかな笑みを漂わせながらデザート用フォークをいじり、父親の話に耳を傾けるふりをしているのに、サリーは感づいていた。

「つぎからつぎへと、いろいろあったよ。ウルフは野心家だった。通信教育で簿記と経営管理と金融の講座をとって、夜に勉強した。わたしにも野心があったが、方面がちがってね。わたしは人と交わらずにはいられなかった。ほかのことは本から学んだ——暇さえあれば読んだものだよ。いまでもそうだ。しかし、おかしなものだな、クィーンさん。技術系の本は別として、父の聖書とシェイクスピアと人間心理に関する研究書以外に、人生に役立つことばがひとつもないんだ。生きる助けにならないなら、学ぶことになんの価値があるんだろうか」

「よく議論される問題ですね」エラリイは笑った。「ヴァン・ホーンさん、どうやらあなたは、本では世の中のことをほとんど学べないとするゴールドスミスの説に賛成のようですね。それに、書物を人類の元凶と呼び、印刷術を人類がこうむった最大の不幸と見なしたディズレーリの説にも」

「ディーズは本気で言ってるわけじゃないのよ」サリーが言った。

「いや、本気だよ」ディードリッチは言った。

「あら、もし本がなければ、わたしがこの家に来てこのテーブルにつくことはなかったはずよ」

「そうだな」ハワードがつぶやいた。

サリーは言った。「へえ、ハウ、話を聞いてたのね。コーヒーのおかわりをどうぞ」

そろそろ話が終わらないものかとエラリイは思った。

「二十四歳のとき、わたしは道路工事の会社を作った。二十八歳でロワー・メインの地所をいくつか所有し、ロイドじいさんの――フランク・ロイドの祖父だが――材木置き場を買いとっていた。そのころ、ウルファートはボストンの証券会社で奮闘中だったよ。それから世界大戦がはじまって、わたしは十七ヵ月間フランスで過ごした。思い出すのは泥と虱ばかりだ。ウルフは行かずに――」

「行こうとしなかったんだ」戦地へ行かなかった同類として、ハワードは辛辣に言った。

「おまえの叔父さんは胸の疾患のせいで免除されたんだよ」

「その後、具合が悪そうには見えませんけどね」

「ともかく、クイーンさん、わたしの海外での兵役期間中、弟はボストンから帰ってきて代わりをつとめ――」

「ご親切にもね」ハワードは口をはさんだ。

「ハワード」父親は言った。

「すみません。でも、お父さんが帰ってみたら、叔父さんは陸軍相手に材木の契約をして、いくつか奇跡を起こしてたんですよね」

「おい、そのくらいでじゅうぶんだ」ディードリッチは明るい口調のままだったが、ハワードは口を引き結んでそれ以上言わなかった。「でも、ウルフはほんとうによくやってくれたんだよ、クイーンさん。だから、それからは自然と支え合うようになった。一九二九年の大恐慌ではいっしょに破産し、またいっしょに事業を立ちあげた。こんどは持ちこたえ、いまここにいるわけだ」

〝ここ〟というのはノース・ヒル通りのこのワシの巣を指すと同時に、ライツヴィルの富裕層におけるヴァン・ホーンの独裁的な権力の座を示してもいるのだろう。そして、この大物の話を聞くうちに、何気ないことばの端々から、自分の憶測が裏づけられていくのをエラリイは感じた。おそらくヴァン・ホーンはスローカムにある材木置き場、製材所、機械工場、ジュート工場、製紙工場のほか、郡の各地に十余りの工場を所有している。そのうえ、ライツヴィル電力電灯会社とライツヴィル・ナショナル銀行の経営権も持っているらしい。最後のものはジョン・F・ライトの死後に獲得したのだろう。また、最近ディードリッチはフランク・ロイドの《ライツヴィル・レコード》紙を買収して、現代化と自由化をおこない、いまや《レコード》紙は州の政界に確固たる力を有していた。ヴァン・ホーンの富が急激に増えたのは、第二次世界大戦直前からだったらしい。

すべてが事実に基づき、自然で穏やかな口調で語られたので、エラリイはくつろいだ気分になっていったが、そこへ突然、ウルファート・ヴァン・ホーンがはいってきた。

ウルファートは兄のいわば一次元的投影だった。

背丈はディードリッチと変わらず、顔立ちが醜くて造りが大きすぎる点で同じだが、ディードリッチには広さと厚みがあるのに対し、ウルファートはねじれた細い線だ。長さがあるだけで実体がないかのように見えた。血も体温も威厳も感じられない。兄が彫像だとしたら、ウルファートはとがったペンで描いた風刺画だった。

ウルファートは腐肉をめざす飢えた鳥さながら、さっと舞いおりるように食堂へやってきた。そして、冷たい鳥の目をエラリイに据えた。

ディードリッチが心地よくあたたかい力を発するのに対し、この男はとげとげしい酸を発している。もっとも、それさえも出し惜しみしていて、エラリイは地獄を一瞥させてもらったような妙な気分になった。やがてその細長い顔に裂け目ができ、笑みを作ったつもりの顔がキツネのような唇と馬のような義歯でゆがんだ。差し出された手は骨ばかりだった。

「では、こちらがわれらがハワードの高名なるご友人ですか」ウルファートが言った。かぼそいが突き刺さるような声だ。〝われらがハワード〟と言ったときの口調には、叔父と甥のいかなる和解の望みをも打ち砕く響きがあり、〝高名なる〟には冷笑が、〝ご友人〟には嫌悪が感じられた。

不幸で不満だらけの男――たしかにそうだ、とエラリイは思った。そして、危険な存在でもある。ウルファートはディードリッチの息子に反感をいだいている。ディードリッチの妻に反感をいだいている。そして、ディードリッチにも反感をいだいているのではないか。だが、家族への反感をウルファートがさまざまな形で表しているのは、見ていて興味深かった。ハワードを無視する。サリーを見くだす。ディードリッチには態度を示さない。甥を軽蔑し、義理の姉を妬み、兄を恐れ憎んでいるように見えた。

そのうえ、ウルファートは不作法だった。夕食に遅れたのに、サリーに謝りもせず、ふてぶてしくテーブルに肘を突いてがつがつと食べた。ほかにだれもいないかのように、ディードリッチだけに話しかけた。

「おい、大変なことになったじゃないか、ディードリッチ。どうせいまになって助けてくれと言うんだろう」

「なんの話だ、ウルファート」

「美術館の件だよ」

「マッケンジー夫人から電話があったのか」ディードリッチの目が輝きだした。

「兄さんが帰ったあとでね」

「わたしの申し出が受け入れられたんだな！」

弟は鼻を鳴らした。

「美術館？」エラリイが訊いた。「ライツヴィルにいつ美術館ができたんですか、ヴァン・ホーンさん」

「まだできていないよ」ディードリッチは満面の笑みを浮かべていた。ウルファートは骨張った手首を振りつづけた。

「すごいことになってるんだ、エラリイ」いきなりハワードが言った。「話は何カ月も前から持ちあがっててね。やかましいばあさま連中が――マーティン夫人に、マッケンジー夫人に、それからあの――」

「聞かなくてもわかる」エラリイはにっこり笑った。「あのエミリーン・デュプレだろう」

「へえ！　わが町の空漠たる大文化人を知ってるのかい」

「存じあげているよ、ハワード――たっぷりとね」

「じゃあ、ぼくの言いたいことはわかるね。連中は大委員会を立ちあげ、大決議案を町の公共業務委員会で強引に押し通し、ライツヴィルを郡の大文化の首府にする準備をすっかり整えた。ただひとつ、美術館を建てるには大金が要ることを忘れてたわけだ」

「あの人たちは資金を集めようとずいぶんご苦労なさってるけど」サリーが心配そうに夫を見やった。

ディードリッチは相変わらず笑みをたたえ、ウルファートは相変わらず食べている。

「でも、お父さん」ハワードは不思議そうに言った。「どうしてまた、そんなことに巻きこまれてるんですか」

「それはたぶん」サリーが言った。「寄付をしたからよね、ディーズ」

ディードリッチは小さく笑っただけだった。

「ねえ、はっきりして。また何かやってのけたんでしょう?」

「何をしたか教えてやろう」口に食べ物を入れたまま、ウルファートが言った。「ディードリッチは不足分を補塡《ほてん》すると約束した」

ハワードは目を瞠って父親を見た。「だって、何十万ドルにもなるじゃないか」

「四十八万七千ドルだ」ウルファート・ヴァン・ホーンがぴしゃりと言った。そしてフォークをぞんざいに置いた。

「きのう、あの人たちが来てね」ディードリッチは一同をなだめるように言った。「募金活動ではどうにもならなかったと聞かされた。そこでわたしは、あることを条件に赤字解消を申し出た」

「ディーズ、そんなこと、何も教えてくれなかったじゃないの」サリーが声を震わせた。

「自分の胸におさめておきたかったのだよ。それに、あの人たちが条件を受け入れるとは言いきれなかった」

「どんな条件ですか、お父さん」

「はじめて美術館設立の話が出たときのことを覚えているだろう、ハワード。あのときおまえは、まともな美術館というものは正面全体に切妻だの帯状装飾だのがあって、そこに古代の神々の等身像がなくてはいけないと言っていた」

「そうだったかな。記憶にないけど」

「そうか、わたしは覚えていたのだよ。だから……それが条件だ。そして、その像を手がける彫刻家は、自分の作品に〝H・H・ヴァン・ホーン〟と刻む者でなければならない、というただし書きも添えた」

「まあ、ディーズ」サリーは息を大きく呑んだ。

ウルファートは立ちあがってげっぷをし、食堂から出ていった。

ハワードの顔は真っ青だった。

「もちろん」父親はゆっくりと言った。「おまえが望まないなら……」

「やりたい」ハワードの返事はささやき声だった。

「それとも、自分にはできそうにないと思うなら——」

「いや、できます！」ハワードは言った。「できますって！」

「なら、あすマッケンジー夫人に支払保証小切手を送ろう」

ハワードは震えていた。サリーが新しいコーヒーを注いでやった。

「つまり、ぼくが言いたかったのは、できると思うってことで……」

「いまさらばかなことを言わないで、ハワード」サリーはすばやく言った。「で、何を彫るつもり？　どんな神々にしようと思うの？」

「そうだな……天空の神ジュピター……」ハワードはあたりを見まわした。まだ呆然としている。「だれか鉛筆を持ってるかい」

二本の鉛筆が目の前に転がってきた。

ハワードはテーブルクロスにスケッチを描きはじめた。

「ジュノー、天の女王——」

「アポロも彫るんだろうな」ディードリッチが重々しく言った。「太陽の神だよ」

「それにネプチューンも」サリーが大声で言う。「海の神よ」

「プルートは言うまでもない。冥府の神だ」エラリイが言った。「狩猟の女神ディアナ、軍神マルス、牧神パン――」

「ヴィーナス――ウルカヌス――ミネルヴァ――」

ハワードは手を止めて父親を見た。そして立ちあがった。またすわった。また立ちあがり、食堂から走り出た。

サリーが言った。「ディーズ、ひどい人ね。わたしをこんなに泣かせて」テーブルをまわって駆け寄り、夫にキスをした。

「きみが何を考えているかわかるよ、クイーンさん」ディードリッチがそう言って、妻の両手を握った。

「ぼくが考えていたのは」エラリイは微笑んだ。「あなたは医師免許を申請なさるべきだということです」

「この手の薬は高くつくからな」ヴァン・ホーンはくすくすと笑った。

「そうね。でもディーズ、効き目があるみたいよ」サリーはくぐもった声で言った。「ハワードの顔を見たでしょ」

「ウルファートの顔も見ただろう？」そしてこの大人物は顔を仰向けて大笑いした。

ハワードにつづいてサリーが階上へ行くと、ディードリッチはエラリイを書斎へ案内した。

「わたしの蔵書を見てもらおうか、クイーンさん。ついでに、このなかに役立つものがあればなんでも――つまり、小説の執筆に役立つという意味だが――」

「ご親切にありがとうございます、ヴァン・ホーンさん」

ブランデーを手に葉巻をくゆらしながら、エラリイはこの王者の書斎をゆっくりと見てまわった。家の主は巨大な革張りの椅子に身を沈めて、物問いたげに客を観察している。

「書物から得ることがほとんどなかった人物にしては」エラリイは感想を述べた。「ずいぶん熱心に集めましたね」

巨大な書棚には、初版や特装版のみごとなコレクションが並んでいる。蔵書は型どおりのものばかりだ。

「きわめて貴重な本をいくつかお持ちです」エラリイは小声で言った。

「金持ちの本棚にありがちなものだろう」ディードリッチはにべもなく言った。

「とんでもない。ページを切っていないものがわずかしかありませんよ」

「ほとんどはサリーが切った」

「そうですか。ところでヴァン・ホーンさん、ぼくは奥さまにすっかり魅せられてしまいました。あなたにそう伝えるって、きょうの午後、本人と約束したんですよ」

ディードリッチは笑みを浮かべた。

「お互い、まずいことになりそうですが」「どうぞご自由に」

「サリーには特別なものがある」ディードリッチは考えながら言った。「感性の豊かな男だけ、それがわかるのだよ。さあ、もう一杯どうかな」

だが、エラリイは書棚のひとつに目を凝らしていた。

「わたしはきみのファンだと言ったじゃないか」ディードリッチ・ヴァン・ホーンは言った。

「ヴァン・ホーンさん、これは驚きました。全部お持ちとは」

「しかも全部読んだ」

「なんと！　そこまでのご愛顧に対して、作家としてどんなお礼をしたらいいか。だれかを殺してあげましょうか」

「ここだけの話だが、クイーンさん」ディードリッチは言った。「ハワードがきみをここに招いたことを――しかも小説の執筆のためだと――聞いて、わたしは子供のように興奮したよ。きみの作品をすべて読み、活躍ぶりも新聞で読んで知っている。だから、人生最大の後悔は、きみの二度にわたるライツヴィル訪問中に会えなかったことだ。一度目は——きみがライト家に滞在したときだが——わたしは軍需関連の契約交渉のためにほとんどワシントンにいた。二度目は——フォックスの事件でこの町にいたときだが——やはりまたワシントンにいて、そのときの仕事は——いや、どうでもいいことだ。しかし、あれが愛国心でなかったら、いったい愛国心とはなんなのかと言いたいほどだ」

「そして、これがお世辞でなかったら——」

「お世辞なものか。サリーに訊けばわかる。それはそうと」ディードリッチは微笑んだ。「きみはどちらの事件でもライツヴィルの人々をだましたかもしれないが、わたしはだまされなかったよ」

「だます？」

「わたしはヘイトとフォックスの事件を綿密に追った」

「ぼくはどちらも解決できませんでした」

「そうかな？」

ディードリッチはエラリイに向かって、にやりと笑いかけた。エラリイも微笑み返した。

「残念ながらそうです」

「そんなはずはない。さっき言ったとおり、わたしはクイーンの専門家だ。きみが何をしたかを言おうか」

「ぼくが言ったとおりです」

「大事な客人を大嘘つき呼ばわりするのは気が引ける」ディードリッチは小さく笑った。「だが、実のところ、きみはローズマリー・ヘイト殺害事件を解決した――そして、やったのはジムではない。あの男は無謀にもノーラの葬儀のさなかに脱走を謀り、あの女記者の車で――なんという名前の女だったか――逃走中に転落したがね。だれかをかばっているはずだ、クイーンさん。そして、解決できなかったことにした」

「となると、ぼくはあまりいい役まわりじゃありませんね」

「場合によりけりだよ。だれを守るかによる。また、なぜ守るかにもね。きみがそんなことを――きみだからこそ――したという事実だけが手がかりだ」

「その手がかりから何かわかりましたか、ヴァン・ホーンさん」

「わからないのだよ。何年も頭を絞って考えたのだがね。わたしは謎めいた話が気になってしかたがない。だからこそ好きでたまらないのだが」

「ぼくと同じタイプですね」エラリイは言った。「迷路のように入り組んだものを好む。でも、つづけてください」

「それから、わたしはジェシカ・フォックスが自殺していないと確信している。殺されたのだよ、クイーンさん。きみはそれを立証し、だれがやったかも立証した……おそらくだがね……そして、またしても真実を伏せた。ひょっとしたら、同じ理由でかもしれない」

「ヴァン・ホーンさん、あなたは作家になるべきでしたよ」

「フォックス事件でわたしが納得できないのは——いや、ヘイトの事件でもそうだが——真実がどこに隠れているかということだ。ふたつの事件の関係者を全員知っているが、犯罪に手を染めそうな者はひとりもいないと断言できる」

「それがあなたの疑問への答になりませんか。物事は見た目どおりであり、ぼくはそうでないと立証することができませんでした」

ディードリッチは葉巻の煙越しにエラリイを見つめていた。エラリイは穏やかに見つめ返した。やがて、ディードリッチは声をあげて笑った。

「きみの勝ちだ。秘密に踏みこむような質問はもうやめよう。ただ、ライツヴィル随一のクイーン・ファンとして認知される権利をなんとしても手に入れたかったのだよ」

「それにもお答えしないことにしましょう」エラリイは小声で言った。「弁護士ならそう助言しそうだ」

ディードリッチは愉快そうにうなずきながら葉巻を吸った。「ああ、それから念のために言っておくが、滞在中にあれこれ気をつかわないでくれ。ここを自分の家だと思って、自由に過ごしてもらいたい。儀礼にこだわる必要はまったくない。いっしょに食卓を囲む気分にならないときは、サリーにそう言ってくれればいい。ローラかアイリーンに食事をゲストハウスまで運ばせるよ。車は四台あるから、わたしたちから離れたいときや図書館へ行きたいとき、ただドライブしたいときなど、どれでも好きに使ってくれ」

「なんと寛大なお心づかいでしょう、ヴァン・ホーンさん」

「自分が得をしたいからだよ。わたしはきみの作品がヴァン・ホーン邸で書かれたと自慢したい。きみに不快な思いをさせたら小説の出来が悪くなり、そうなれば、たいして自慢もできない。わかるだろう?」

エラリイが声をあげて笑っていると、サリーがはいってきて、恥ずかしげなハワードを前へ押し出した。ハワードは参考になりそうな本を手にたくさんかかえ、傷だらけの顔に生気を取りもどしていた。

その晩の残りは、古代ローマの神々をよみがえらせようとするハワードの熱心な計画に、一同はじっと耳を傾けていた。

エラリイがゲストハウスへもどろうと母屋を出たときは、真夜中を過ぎていた。

ハワードがテラスまでいっしょに来たので、少しのあいだふたりきりになった。

月が遠慮がちに隠れていたため、テラスの向こうは濃い闇に包まれていた。けれども、だれかがゲストハウスの明かりをつけておいたらしく、家から庭へと光の指が何本か伸び、女が髪をまさぐるさまを思わせる。見えない木々に微風がそよぎ、頭上で星が寒そうにまたたいていた。

ふたりは肩を並べて立ち、だまって煙草を吸っていた。

やがてハワードが口を開いた。「エラリイ、どう思う？」

「何をだ、ハワード」

「美術館のことだよ」

「ぼくがどう思うかって？」

「父権の肥大化には賛同できないだろ」

「父権の肥大化？」

「息子に彫刻をさせるために美術館を買うなんて」

「そんなことを気にしているのか」

「そうさ！」

「ハワード」エラリイはそこでことばを切り、ふさわしいことばを探した。ハワードと話すには外交官並みの策略が必要だ。「チェリーニの塩壺が作られたのはフランソワ一世がいたからだ。システィナ礼拝堂の天井画も、ヴィンコリ教会のモーゼ像も、ルーヴル美術館の奴隷像も、ミケランジェロだけでなく、教皇ユリウスがいなくてはぜったいに生まれなかった。シェイクスピアにはサウサンプトン伯爵、ベートーヴェンにはヴァルトシュタイン伯爵、ヴァン・ゴッホには弟のテオがいた」

「ぼくを大芸術家の仲間に入れるのか」ハワードは庭を見つめた。「あの人がぼくの父親だからだろうな」

「〝パトロン〟と〝父親〟は、もともと同じ語源のことばだ」

「小ざかしい慰めは要らないよ。わかるだろう」

「じゃあ、こう思うのか」エラリイは尋ねた。「もしきみがディードリッチ・ヴァン・ホーンの息子でなかったら、この仕事は手にはいらなかった、と」

「そのとおりだ。ふつうはコンペにかけられて――」

「ハワード。ぼくはパリできみの作品を見て、かなりの才能があると判断した。あれから十年、きみが芸術家として成長しなかったはずがない。でも、仮にきみに才能がないとしよう――どうしようもなく無能だとね。ざっくばらんに言えばだな……。芸術でパトロン方式が問題なのは、作品の制作がパトロンの気まぐれに左右されることがあまりにも多いからだ。ただ、気まぐれがあったとしても、すばらしい作品は生まれるものだ」

「ぼくが作る彫像がすばらしければ、そういうことだね」

「たいした出来でなくても、そういうことだ。そもそも、きみが彫像を作らなければ、美術館設立に要する莫大な資金をお父さんが出すはずがないだろう？ たしかに、こういう言い方は残酷だが、われわれは残酷な世界に生きている。それに、きみのおかげでライッヴィルに貴重な文化施設ができるんだぞ。やりがいのある仕事じゃないか。ハワード、堅苦しく聞こえるかもしれないが、実のところ、きみの仕事は最高の作品を彫ること——きみ自身のためではなく、お父さんのためでもなく、町のために彫ることだ。そして、もしそれがすばらしい出来なら、地元が生んだ芸術家の作品ということで、美術館設立は大きな評判を呼ぶことになる」

ハワードは無言だった。

エラリイはもう一本煙草に火をつけながら、いま言ったことが自分で感じるより説得力を持って響いたことを切に願った。

ついにハワードは笑いだした。「その主張にはどことなく欠陥がある気がするけど、見つからないだろうな。とにかくいい感じだ。心に留めておくよ」それから、あらたまった調子で言った。「ありがとう、エラリイ」

そして背を向けて母屋へ歩きはじめた。

「ハワード」

「えっ？」

「気分はどうだ」

ハワードはその場で立ち止まった。振り向いて、腫れた目のあたりを軽く叩く。「父がどれほど頭がいいか、わかってきたよ。美術館のおかげで頭のなかのもやもやがすっきりした。いい気分だ」

「ぼくはまだそばにいたほうがいいのか」

「帰るつもりじゃないだろうな！」

「きみの気持ちを知りたかっただけだ」

「頼むから、いてくれ！」

「わかった。ところで、寝起きする場所に多少不都合があってね。きみの部屋は母屋の最上階だが、ぼくがいるのはあっちのゲストハウスだ」

「また発作に襲われたらどうするかってことかい」

「そうだ」

「じゃあ、いっしょの部屋で寝ようか。ぼくは最上階を全部使ってるけど――」

「でも、ぼくはひとりにならないとあの忌々しい小説を書けないんだよ、ハワード。夜に書くことが多くなるはずだ。あんな契約をするんじゃなかった……。発作は夜中に起こることもあるのか」

「いや、実のところ、眠ってるあいだに起こったことは一度もない」

「なら、きみがいびきをかくまでぼくは寝ないことにしよう。そうすれば簡単だ。日中は母屋の玄関を見張れるところで仕事をする。夜は、きみが夢の国へ旅立ったとはっきりわかるまで、ぼくはベッドへ行かない。あそこがきみの寝室かな。最上階の、明かりが灯っている部屋だ」

「いや、あれはアトリエの大窓だよ。寝室はその右だ。いまは暗くなってる」

エラリイはうなずいた。「じゃあ、もう寝ろ」

しかし、ハワードは動かなかった。わずかにそむけた顔が陰になっている。

「ほかにも何かあるのか、ハワード」

ハワードは身じろぎをしたが、何も言わなかった。

「なら、さっさと寝ろよ。きみが眠るまでぼくも眠れないんだから」

「おやすみ」ハワードはずいぶん奇妙な声で言った。

「おやすみ、ハワード」

エラリイは玄関のドアが閉まるのを見届けた。それから、テラスを横切って、星影が映るプールのまわりをゆっくり歩き、ゲストハウスへと向かった。

エラリイはゲストハウスの明かりを消し、外に出てポーチに腰をおろした。そして、暗がりでパイプを吸いはじめた。

ディードリッチとサリーはもう寝ているのだろう。母屋の二階に明かりが見えない。少し時間が過ぎてから、ハワードのアトリエの明かりが消えた。また少し経ち、右側の窓が明るくなった。五分後、その窓も暗くなった。ハワードがベッドにはいったということだ。

エラリイは長いあいだそこにすわっていた。ハワードは簡単には眠れまい。

きょう、今夜、ハワードは何を気にしていたのだろう。記憶喪失のことではない。それは新しい何か、あるいは、古いものから新たに発展した何かだ。この二日間に何かが起こっている。だれが関係しているのか。ディードリッチ？　サリー？　ウルファート？　あるいは、エラリイが会ったことのない者だろうか。

ハワードとサリーのあいだの張りつめた空気はその一部かもしれない。だが、緊張はほかにも見られた。ハワードと不愉快な叔父ウルファートのあいだの緊張。そして、ハワードと父親のあいだに古くからある、愛情ゆえの緊張もそうだ。

暗く大きな家がエラリイの前にどっしりと立ちはだかっていた。

暗く、大きい。

憎しみの舞台となる大きな家だ。それとも、愛情の舞台となる家か。

突然、エラリイは以前も同じ経験をしたことに気づいた。ライツヴィルで夜にこんなふうにすわり、町の人たちの問題に頭を悩ませていたことがある。ローラとパティのライト姉妹が帰った夜、ヘイト家のゲストハウスのポーチでぶらんこ椅子に揺られていた……タルボット・フォックスの家のポーチでも似たような吊り椅子にもたれていた……どちらの家も〈ヒル〉の向こうの、より深い闇のどこかにある。しかし、あのときエラリイは確たる対象に食いついていた。今回は……暗闇そのものに嚙みつこうとするようなものだ。

おそらく、何事もないのだろう。おそらく、ハワードが記憶喪失に悩まされているだけで、それにははっきりとした、特に不思議でもない理由があるのだろう。

エラリイがパイプの灰を落として寝室へ行こうとしたそのとき、手が宙に止まり、驚きで全身の筋肉がこわばった。

向こうで何か動いた。

目が慣れてきたので、暗さのなかにも濃淡を見分けることができる。いまは闇がひろがりを持ち、灰色の点やまだら模様が夜のジグソーパズルのピースとなっていた。

動きがあったのは、そのなかのやや明るい一片で、プールの向こうにある庭のほう、幽霊のような青いトウヒのすぐ手前だった。

母屋からだれかが出てきたということはありえない。だから、ハワードのはずがなかった。ずっと前から何者かがそこにいたにちがいない――テラスでハワードと立ち話をしていたときも、ゲストハウスの前にひとりですわって、パイプを吸いながら考え事をしていたときも。

エラリイはしっかり目を凝らし、暗がりを見きわめようとした。

そこに大理石のベンチがあったのを、いまになって思い出した。

その記憶をもとに、どうにか闇を識別しようとした。しかし、見れば見るほど判然としない。

声を出そうとしたそのとき、光のシャワーがプールと庭に落ちた。雲間から月が現れていた。

庭のベンチに何かある。ひと塊の大きなもので、一部が地面へこぼれ落ちそうだ。

さらに目が慣れると、全体が見えた。

それはゆったりとした衣服、いや、マントをまとっていた。両脚が完全に覆われているから、女だろう。

いまはじっと動かない。

その瞬間、エラリイは思いあたった。あれはセント・ゴーデンズ作の〈死〉と名づけられた彫像だ。ゆったりとした着衣にくるまれた女性坐像で、頭部まで布で覆われて、闇のなかに顔があり、片腕を出して手を顎に添えている。

ところが、着衣の襞が揺れて、その彫像とは別物だとわかり、月明かりが石塊から生命を引き出した。信じがたいことに像が立ちあがり、年老いた、とても年老いた女となった。よほどの高齢なのか、怒った猫のように背がまるい。老女が歩きだし、その姿にはひそやかで古めかしい趣があった。

そして、少しずつ宙を進むかのような歩みとともに、老女の声が聞こえた。か細いささやきだが、風に漂っていつまでも消えない。

〝われ、死の陰の谷を歩むとも……〟（詩篇第二十三章第四節）

そして、老女は消えた。

完全に。

いま、そこにいた。つぎの瞬間にはいない。

エラリイはしっかり目をこすった。もう一度見たが、そこには何もなかった。やがて、雲がふたたび月を隠した。

大声で呼びかける。「どなたですか」

返事はなかった。

夜のいたずらだ。あそこには何もなかったのだろう。そして、〝聞こえた〟ことばは、脳内にひそむ民族の記憶のこだまだろう。彫刻の話……静まり返った真っ暗な家……考え事への没頭……自己催眠……。

エラリイは自分自身を取りもどし、プールのまわりをそろそろとたどりながら、いまは見えないベンチへと向かった。

手のひらでベンチにふれる。

石にぬくもりがあった。

エラリイはゲストハウスへもどって明かりをつけ、スーツケースを掻きまわして懐中電灯を見つけるや、急いで庭へ引き返した。

月が隠れる直前に老女が歩いていった茂みが見つかった。

だが、ほかには何もない。

老女は消え、答はどこにもなかった。エラリイは半時間ほどあたりを探しまわった。

三日目

サリーの声があまりにも張りつめていたので、エラリイはハワードの発作がまた起こったのかと思った。

「エラリイ！　起きてます？」

「サリー。どうしたんですか。ハワードが何か？」

「ちがう、ちがう。わたし、勝手にはいってしまった。かまわないでしょ？」笑い声が甲高かった。「朝食を持ってきたの」

エラリイが急いで顔を洗い、ローブを着て居間へもどると、サリーは行ったり来たりしながらぎこちなく煙草を吸っていた。すぐにその煙草を暖炉に投げ捨て、大きな銀のトレーからカバーをとった。

「サリー、ありがとう。でも、こんなことをしてもらわなくていいんですよ」

「あなたもディーズやハワードみたいに、まずはあたたかい朝食にありつきたいはずよ。

コーヒーは?」

サリーはずいぶん神経質になっているようだ。絶えずしゃべっている。

「とんでもなく失礼なのは承知の上よ。ここにいらっしゃってはじめての朝なのに。でも、たぶん気になさらないわよね。ディーズは何時間も前に出かけました。ウルファートもね。だからわたし、あなたがのんびり朝寝坊をなさるなら、コーヒーとハムエッグとトーストを持って押しかけてもかまわないと思ったの。早く小説に取りかかりたいでしょうね。だから、こんなことはきょうだけ。だって、あなたの邪魔をするなとディーズからきつく言われてて、わたしは言いつけを守る妻で……」

サリーの手は震えていた。

「いいんですよ、サリー。仕事をはじめるまで、どうせ何時間もかかるんだから。物語の筋をどうにかたぐり寄せるまで、作家は実に多くのことをしなくてはいけない。爪をきれいにするとか、朝刊に目を通すとか……」

「そう言われて気が楽になりました」サリーはどうにか笑みを浮かべた。

「このコーヒーを飲むといい。もっと気が楽になりますよ」

サリーはトレーに載っていたふたつ目のカップを受けとった。エラリイはそのカップにとっくに気づいていた。

「勧められるのを待ってたのよ、エラリイ」陽気すぎる。

「サリー、何かあったんですか」

「そう訊かれるのも待ってたの」

サリーはカップを置いたが、その手はひどく震えていた。エラリイは煙草に火をつけると、立ってテーブルの横からまわりこみ、煙草をサリーの唇にはさんだ。

「後ろに寄りかかって。目を閉じるといい」

「だめ。ここではいや」

「じゃあ、どこなら？」

「ここ以外ならどこでも」

「着替えるまで待ってくれたら――」

サリーの顔はやつれていた。なんだか痛々しい。「エラリイ、お仕事の邪魔をするつもりはありません。よくないことよ」

「待っていてくれ、サリー」

「こんなことをしようなんて、考えもしなかったはずなのに――」

「話はあとで聞く。三分で出かけられる」

そこへ、ハワードが戸口から声をかけた。「じゃあ、やっぱりきみはここに来たのか」

サリーは椅子の背もたれに手をかけて振り向いた。その顔は、失神するのではないかとエラリイが心配するほど青ざめていた。

ハワードの頬は灰色だった。

エラリイは落ち着いて言った。「どういうことであれ、ハワード、サリーがここに来るのはいっこうにかまわないし、それを止めようとするのはまちがっているよ」

ハワードの下唇の腫れているところが、痛そうに引きつった。

「わかったよ、エラリイ。身支度を頼む」


エラリイがゲストハウスを出ると、母屋の車寄せに新しいコンバーチブルが停まっていた。運転席にサリーがいる。ハワードがバスケットを積みこむところだった。

エラリイはふたりのほうへ歩いていった。サリーは鹿革色のスエードのスーツを着て、髪に絹のスカーフをターバンのように巻いている。化粧はかなり濃く、頬に色がついている。

サリーはエラリイと目を合わせなかった。

ハワードはバスケットにしか興味がないかのようだ。エラリイがサリーの隣にすわり、ようやくハワードは顔をあげた。そして、エラリイの横に体を押しこむと、サリーが車を出した。

「どうしてバスケットを？」エラリイは快活に尋ねた。

「ローラにピクニック・ランチを作らせたんです」忙しくギアを入れ換えながらサリーが答えた。

ハワードが笑った。「なぜ理由を言わないんだよ。だれかから電話があっても、ぼくたちはピクニックへ行ったと使用人が言えるからだ。そうだろ？」

「そうね」サリーは声を落として言った。「わたし、こういうことがだいぶじょうずになったのよ」

サリーは曲がりくねった私道を腹立たしげに運転していった。ノース・ヒル通りにぶつかって左へ折れる。

「どこへ行くんだ、サリー。こっちの方角へは一度も行ったことがなくてね」

「ケトノキス湖まで行こうかと。マホガニー山地の麓《ふもと》にあるんです」

「ピクニックにはうってつけだな」ハワードが言った。

サリーから視線を投げられ、顔を赤らめる。

「コートを何着か持ってきた」ハワードはぞんざいに言った。「この時季、あそこは少し寒いからね」

それから先は会話がすっかり途絶えたが、エラリイにはそのほうがありがたかった。

ふつうの場合なら、北へのドライブは楽しい遠出になったはずだ。

ライツヴィルとマホガニー山地にはさまれた田園地帯は変化に富み、生命力に満ちた丘陵だった。石垣がつづき、シープ・ラン、インディアン・ウォッシュ、マッコーマー・クリークといった名のアーチ橋が流れの速い川の上で揺れて音を立てた。クローバーが点々と咲く緑の牧草地が重なり合うさまは、深海のうねりを思わせた。そのなかで、牛たちが草を食《は》みながらゆっくりと歩いている。ここは州で有数の酪農場であり、エラリイが山の麓までのいたるところで目にしたのは、病院のように小ぎれいな家畜小屋、きらめくステンレスのタンク、のんびりと咀嚼《そしゃく》する牛の群れだった。

そして、道は白く泡立つ航跡のごとく、山々へ向かってくっきりと伸びていた。

だが、一同は秘密という重荷のせいで道行きを暗いものにしている。それが罪深い重荷、略奪された禁制品であることをエラリイは確信していた。

コンバーチブルが坂をのぼるにつれ、あたりの景色は変わっていった。低木性のマツとむき出しの花崗岩が見えてくる。牛の代わりに羊が現れる。やがて羊も柵も消えて、まばらに木が立っているだけになり、そのうち草むらだけになり、するとまたところどころに木々が見えはじめ、ついにはどこまでもつづく大きな森になった。さっきよりも空が近く、冷たく透きとおった青さだ。まるで別世界の海を見ている心地がして、その海のなかを雲が疾走している。そして、空気は鋭く肌を刺した。

一同は森へゆっくりと分け入り、暗く果てしない峡谷を進んだ。そこは巨大なマツやトウヒやツガが重なり合ってひと筋の日光も差さず、いたるところに山の骨である花崗岩が見えていた。巨人の国だ。エラリイはディードリッチを思い浮かべた。そして、悩み事とこの雰囲気が容赦なく調和しているからこそ、サリーはここを告白の場に定めたのではないかと考えた。

やがて、ケトノキス湖が見えた。それは山が脇腹に負った青い傷であり、緑の毛で止血されて静かに横たわっている。

サリーは湖岸にある大きな苔むした岩のそばまで車を走らせ、エンジンを切った。あたりには月桂樹とハゼの木が立ち並び、マツの香が鼻孔をくすぐる。鳥の群れが飛び立ち、湖に浮かぶ丸木に止まった。また飛ぼうとして身構える。

エラリイは言った。「それで？」鳥たちが飛び立った。

サリーに煙草を差し出したが、首を振ってことわられた。手袋をはめた両手がまだハンドルを握っている。エラリイはハワードを一瞥したが、ハワードは湖を見つめていた。

「それで?」エラリイはもう一度言った。煙草をポケットにもどす。

「エラリイ」妙なかすれ声になったので、サリーは唇を湿して言いなおした。「きょうのことはみんなわたしが考えたのよ。ハワードは大反対だった。わたしたち、人目を忍んで二日間話し合ってきたの。水曜日からずっと」

「話を聞こう」

「いざとなると、どこから話せばいいかわからない」サリーはハワードを見ていなかったが、ことばを切って反応を待った。

ハワードは何も言わない。

「ハワード、エラリイに話してもいいかしら……あなたのことを。はじめに」

エラリイはハワードのなかに硬い木があるのを感じた。体のこわばり方があの木々を思わせる。そして、いまから聞かされることは、ハワードがかかえている深刻な問題の少なくともひとつの根だ、と突然思いあたった。ハワードの心の病の奥の奥まではいりこんでいる最大の根かもしれない。

サリーが泣きだした。

ハワードは革の座席にぐったりともたれ、苦悩に屈して口をゆるめた。「泣かないでくれ、サリー。ぼくが自分で話す。頼むから泣くなって!」

「ごめんなさい」サリーはハンドバッグに手を入れてハンカチを探した。くぐもった声で言う。「もう泣かない」

　そこで、ハワードはエラリイに向きなおり、一気にけりをつけようとするかのように早口で言った。「ぼくはディードリッチの息子じゃない」

「家族以外はだれも知らない」ハワードは言った。「父は結婚するときにサリーに教えた。でも、血縁者以外で知ってるのはサリーだけだ」唇がゆがんだ。「もちろん、ぼくを除けばね」

「じゃあ、きみは何者なんだ」世界一平凡な質問であるかのように、エラリイは尋ねた。

「わからない。だれも知らない」

「捨て子か？」

「いかにも陳腐だろう？　ホレイショ・アルジャー（十九世紀アメリカの大衆小説作家）といっしょに廃れたと思われてるけど、こういうことはいまだにあるんだよ。ぼくがそうだ。ひとつ言っておくけど、いざ自分の身に起こってみると、これほど斬新ですばらしいことはない。いままでだれにも起こらなかった出来事だ。そして、二度とだれの身にも起こりませんようにと神に祈るよ」

そっけない、どちらかと言えば面倒くさそうな、どうでもいいと言わんばかりの口ぶりだった。しかし、エラリィはその様子を見て、これこそが最も深く根ざした問題だと悟った。

「ぼくは赤ん坊だった。生まれて数日しか経っていなかった。昔ながらのやり方で、ぼくは安っぽい洗濯籠に入れられて、ヴァン・ホーン家の玄関先に放置された。生年月日を書いた紙切れが毛布に留めてあった——日付だけで、ほかに何も書かれていなかった。その籠は屋根裏のどこかにある。父が手放したがらないんだ」ハワードは笑った。

サリーが言った。「すごくちっちゃな籠なのよ」

ハワードは笑った。

「で、何か手がかりは？」エラリィは尋ねた。

「ない」

「籠や毛布や紙切れはどうだ」

「籠と毛布はありきたりの安物だったと父は言ってる。町のどこででも売られてたそうだ。紙は何かの袋の切れ端だった」

「お父さんは結婚していたのか？」

「独身だった。数年前、サリーと結婚したのが最初で……。ぼくが捨てられたのは第一次大戦にアメリカが参戦する直前だ」丸太にもどってきた鳥の群れをながめながら、ハワードは言った。「どんな手を使ったか知らないが、父は裁判所から養子縁組の許可を得た。たぶん当時は、手続きのときにあまりうるさく言われなかったんだろう。ぼくの面倒を見るために一流の乳母を雇ったことも効いたかもしれない。とにかく、父はぼくをハワード・ヘンドリック・ヴァン・ホーンと名づけた。ハワードの名は勇猛果敢な祖父から、ヘンドリックは曾祖父からもらった。やがて戦争がはじまったので、父はウルファートをボストンから呼びもどし、自分は出征した。

ウルファートはぼくにあまりやさしくなかったよ」ハワードはまた笑った。「ぼくは見境なくひっぱたかれ、乳母が泣きながら抗議してたような覚えがある。その乳母は父が塹壕から帰ってくるといなくなった。そのあとに別の乳母が来た。年寄りの子守《ナニー》だ。名前はガートだったけど、ぼくはいつもナニーと呼んでたよ。実に独創的だろ？　ナニーは六年前に亡くなった……。もちろん、その後は家庭教師が何人もつき、父はさらに金持ちになった。ぼくが覚えてるのは巨人たちが来たことだけだ。巨人がおおぜいいた。大きな顔が来ては、いなくなった。

五歳になるまで、ぼくは自分がよその人間だということを知らなかった。親愛なるウルフ叔父が教えてくれたのさ」

ハワードはそこでことばを切った。ハンカチを出して首の後ろをぬぐうと、それをしまって話をつづけた。

「その夜、ぼくは父に向かって、どういう意味なのか、ぼくは追っ払われるのかと訊いた。すると、父はぼくを抱きあげてキスしてくれた。すっかり説明し、心配要らないと言ってくれたんだと思う。だけどそのあと何年も、ぼくはだれかに連れていかれるんじゃないかとびくびくしてたよ。知らない顔を見るたびに物陰に隠れたものだ。

でも、話がそれてきたな。その夜、父とウルファート叔父は大喧嘩をしたんだ。ぼくが籠に入れられてやってきた身元不明の子供で、父がほんとうの父親じゃないと、ウルファートがぼくに言ったからだ。ぼくは眠ってることになってたけど、怒った声が聞こえたんで、そっと階段をおりて隙間から……たぶん仕切りカーテンの隙間からのぞいたのを覚えてる。あんなに怒った父を見るのははじめてだった。ぼくがもう少し大きくなってから伝えるつもりで、それは父親の自分が話すべきだし、やり方も心得ている、それなのに、陰で子供をひどくこわがらせるとはどういう了見だ、と父は怒鳴ってた。すると、ウルファート叔父が何か言った――たぶんひどく下劣なことだ。というのも、父は顔を岩のようにこわばらせてこぶしを握りしめ……父の手がどれほど大きいか知ってるだろ？　ぼくには、それがパイン・グローブ墓地の戦没者慰霊碑のそばにある南北戦争の大砲の球に見えたよ……。そのこぶしを握って、父はウルファートの口に思いっきりめりこませた」

ハワードはさらに笑った。

「いまでも目に見えるようだが、ウルファートの顔が痩せこけた首の上でのけぞって、歯が何本も口から飛び出したんだ。子供のころにどたばた喜劇の映画で見たシーンみたいだったけど、本物の歯だったことだけはちがった。叔父の顎は砕け、六週間も入院する羽目になった。医者の当面の診立ては、大事な神経だか脊椎骨だか、首のなかの何かが損傷したので、一生麻痺するか死ぬか、どちらかだろうということだった。そんなことにはならなかったけど、それ以来、父は一度も人を殴ったことがない」

では、ディードリッチは罪の重荷を持ち歩き、弟は二十五年間それを利用してきたにちがいない。だが、それは大きな問題とは言えない。強い人間でも、そうした罪の意識をかかえているものだ。この話で重要なのはハワードに関する部分であり、それがハワードの症状とどうつながっているかだ。ハワードとディードリッチの強固な結びつきはハワードの出自への不安から生まれ、その不安がウルファートによって増幅されて、騒動全体の残虐さによってハワードの潜在意識に深い傷を残している。ディードリッチの子ではないと知ったものの、だれの子かはわからず、ハワードはディードリッチにしがみついて、壮大な父親像を心のなかに作り出した。それをもとに、のちに石を叩いて像を彫り、安泰のシンボルとして、敵対する世間との架け橋にした。そんなところへサリーが現れ、父親と結婚したのだから……。

「こんな話がなぜ大事かというと」ハワードが熱心に話している。「その後に起こったことやぼくたちの立場を理解してもらうには、ぼくにとって父とはどういう存在かを知ってもらう必要があるからなんだよ、エラリイ」

「わかっていると思うよ」エラリイは言った。「きみにとってお父さんがどんな存在なのか」

「わかるものか。ぼくの何もかもが、存在のすべてが、父のおかげなんだよ。名前すらそうだ！　父はぼくを迎え入れてくれた。ずいぶんな負担をともなうときでも手厚く面倒を見てくれた。それも、なんと酔狂な人間だと、弟からしじゅう嫌味を言われながらだ。父はぼくに教育を受けさせてくれた。粘土遊びをしてた子供のころから、彫刻家になりたいという夢をあと押ししてくれた。外国へ送り出してくれた。ふたたび家に迎え入れてくれた。食いつめずに彫刻をつづけていけるようにしてくれた。ぼくは三人の相続人のひとりだ。父はぼくに一度も文句を言ったことがない。成功と呼べるようなことを何もしてなくても、だらだらと過ごしてても……不満ひとつ言わない。ゆうべ父がしたことを見ただろう——ぼくに美術館を買ってくれた。おかげで、ぼくにどの程度の才能があるのであれ、実践に移せるんだよ。たとえぼくがユダでも、父を傷つけたり、失望させることはできない。そうしたいとはぜったいに思わないんだ。父あってこそのぼくだ。何もかもが父のおかげだ」

「つまり、こういうことじゃないのか、ハワード」エラリイは微笑んだ。「彼はきみの父親として、親ならだれでもすることをした」

ハワードは憤然と言った。「どうせわかってもらえないと思ってたよ」車から勢いよくおりて、大きな岩のほうへ歩いていく。苔むした岩にすわって、小石を蹴ろうとしたが、蹴りそこない、拾って丸太へ投げつけた。

鳥の群れがふたたび飛び立った。

「いまのがハワードのほうの話よ」サリーは言った。「こんどはわたしの話を聞いて」

エラリイが横へ動いて場所を空けると、サリーは向きなおり、膝を折り曲げてすわった。こんどは煙草を受けとる。左手をハンドルに置いたまま、しばし煙草を吸った。魔法のことばを探しているらしい。ハワードがサリーをちらりと見て、すばやく目をそらした。

「以前、わたしの名前はサラ・メイソンだった」サリーはためらいがちに話しはじめた。

「最後にhがつかないサラ《Sara》よ。ママはその綴りにすごくこだわってたの。《レコード》紙でその綴りを見て、上品だと思ったらしくて……。サリーと呼びはじめたのはディーズなのよ」かすかに笑みを見せる。「ほかにも呼び名はあったけど。

父はジュートの繊維工場で働いてた。ジュートと再生羊毛の工場よ。ジュート工場がどんなところか、知らないかもしれないわね。ディーズがあそこを買いあげる前は、地獄みたいなところだった。ディーズがまともな工場にしたのよ。いまはとてもうまくいってる。ジュートはいろんなものに使われてて、レコード盤にだってはいってる──それとも再生羊毛のほうだった？　ぜんぜん覚えられない。とにかく、ディーズがそこを全部引き継いで作り変えた。真っ先にしたことは、父を馘《くび》にすることだったの」

サリーは顔をあげた。「パパはほんとうにだめな人だった。工場で与えられた仕事は、ふつうなら女が受け持つような、あまり技術の要らない楽な作業ばかり。だけど、それもこなせなかった。あらゆることをして──ずいぶんいい教育も受けて──あらゆることに失敗した。お酒を飲んで、酔うとママを殴った。わたしを殴ったことは一度もないの──その機会がなかったから。どうすればパパの邪魔にならないか、小さいころから心得てたのよ」かすかな笑みをまた浮かべる。「わたしはダーウィンの理論の貴重な見本よ。たくさん兄弟姉妹がいたけれど、生き残ったのはわたしひとり。ほかはみんな、幼いころに死んだ。わたしも死んでたと思う。パパが最初に死ななくて、つぎにママも死ななかったらね」

「そうか」エラリイは言った。

「両親が死んだのは、パパが工場の仕事を失って何カ月かしてからだった。パパは別の仕事にどうしてもつけなくてね。そしてある朝、ウィロー川で発見された。前の夜に酔っぱらってうろつきまわったあげく、溺れ死んだんだろうってことになったの。その二日後、ママがライツヴィル病院へ運ばれて、何人目かわからない赤ん坊を早産した。赤ん坊は死んでて、ママも死んだ。わたしは九歳だった」

ポリー通りではよくある話だろうな、とエラリイは思った。しかし、どうもわからなくなってきた。自分の隣にいるサリーからは、いまの身の上話の片鱗を感じとれない。社会学上の観点に立つと、奇跡はめったに起こらない。薄汚れた小さなサラ・メイソンは、どのようにしてサリー・ヴァン・ホーンになったのだろうか。

サリーはもう一度微笑んだ。「ぜんぜん不思議なことじゃないのよ、エラリイ」

「まったく困った人だな」エラリイは言い返した。「じゃあ、どういうことなんだ」

「ディーズよ。わたしは一文なしの小さな子供で、親戚と言えばニュージャージーにママの従兄がひとり、シンシナティにパパの弟がいるきりで、どちらもわたしを引きとろうとしなかった。でも、ひどく貧しいうえに家族がおおぜいいたから、無理もないのよ。わたしは郡の保護を受けてスローカムの孤児院へ行くことになり、そんなとき、ディーズがわたしのことを耳にしたらしいの。あの病院の理事だったんで、ママが子供をひとり残して死んだと聞いて……。

あの人、それまでわたしに一度も会ったことがなかったの。それなのに、わたしのことを知って――自分が解雇したマット・メイソンの遺児だと知ると……なぜこんなことまでしてくれたのかって、わたしはよく尋ねたものよ。ディーズはかならず笑って、ひと目見て大好きになったからだって言うの。ポリー通りのミセス・プラスコウの家まで、わたしに会いにきたときが初対面だった。ミセス・プラスコウは、とりあえずわたしの面倒を見てくれてた近所の人よ。いまも見かけることがある。大きくてどっしりとして、金縁の眼鏡をかけた親切な人よ。あれは金曜の夜だったから、ミセス・プラスコウはろうそくを灯してた。その一家はユダヤ教徒だったの。ユダヤ教徒が金曜の夜にろうそくを灯すのは、金曜の日暮れから安息日がはじまるからで、それは何千年もつづいてるんだって教えられたのを覚えてる。そして、信じられないことが起こったのよ。玄関をノックする音がして、ちっちゃなフィリー・プラスコウがドアをあけたんだけど、そこには大きな男の人がいて、部屋じゅうのろうそくを見やりながら、フィリーに〝母親に死なれた女の子はどれだね〟って言ったの。それから、ひと目で大好きになったんですって！」少し秘密めいた笑みをまた浮かべる。「わたしは汚らしい怯えた子供で、手も脚も痩せこけ、胸を鍵盤にして簡単なワルツを弾けるぐらいだった。こわかったから、逆に刃向かったの。まるで野良猫ね」こんどは声をあげて笑った。「それがよかったのかもしれない。あの人が膝に乗せようとするのを、わたしは必死で抵抗して――顔を引っ掻いたり向こうずねを蹴ったりしたんで――ミセス・プラスコウが泣きだすは、プラスコウの子供たちがみんな踊りまわってわたしに向かって叫ぶは……」サリーの表情が変わった。「いまでも覚えてる。ディーズがどれほど強くて、大きくて、あたたかくて、すばらしいにおいをさせてたか……台所のテーブルにある焼きたてのパンよりずっといいにおいだった。わたしはいつの間にか台所の甲高い声をあげてディーズのネクタイを濡らし、そのあいだ、あの人はわたしの髪をなでて、静かに話しかけてた。ディーズは闘士よ。だから、戦う人間が好きなの」

ハワードが立ちあがり、車のほうへやってきて、かすれた声で言った。「話を先に進めたらどうだ」

「そうね、ハワード」サリーは言い、それからまた話しだした。「とにかく、あの人は郡当局と掛け合って手続きをすませた。わたしのために基金を設けて――くわしい話は必要ないわね。わたしは私立学校にかようことになった。親切で理解があって進歩的な考えを持つ人たちが集まってる、いくつかの由緒正しい私立学校よ。ディーズのお金でね。どれもよその州の学校だった。その後、サラ・ローレンス大学へかよい、外国へも行ったのよ。社会学に興味を持つようになってね」軽やかに言う。「学位をふたつとって、ニューヨークとシカゴでずいぶん仕事をした。でも、どんなときでもわたしはライツヴィルに帰って働くという望みを——」

「ポリー通りで?」

「ポリー通りとか、そういう場所全部でよ。わたしはそのために力を尽くし、いまも活動してる。わたしたちは経験豊富な人材をかかえ、昼間の学校や診療所など、隅々まで行き届く社会福祉をめざしてきたの。おもにディーズのお金でね。当然、本人とはしじゅう会うことになって……」

「ヴァン・ホーンさんはさぞ誇りに思ったろうな」エラリイは小声で言った。

「はじめはそういう気持ちだったんだろうけど……やがてあの人はわたしに恋心をいだくようになった。

それを打ち明けられたときの気分は、とても言い表せそうにない。ディーズはずっと欠かさず手紙をくれた。学校時代は飛行機に乗って会いにきてくれた。わたしはあの人を父親のように感じたことは一度もなく……むしろ、とても男らしいタイプの、大きくて強い守護天使だと思ってた。〝神さまみたい〟と言ったらばかばかしく聞こえるかしら」

「いや」エラリィは言った。

「もらった手紙は全部とってあるの。あの人のスナップ写真は秘密の場所にしまっておいた。クリスマスには、すごくすてきな品が詰まった特大の箱が届いてね。誕生日の贈り物はいつも洗練されてて——ディーズはびっくりするほどセンスがよくて、珍しいものを探りあてる女みたいに勘が鋭いの。そして、復活祭にはあふれんばかりの花。あの人はわたしにとって、すべてだった。善良さ、やさしさ、強さ、ああ、それに、心の慰め、さびしいときに頭をもたせかけられる場所。本人がそこにいなくてもね。

　そして、そのほかの事情も知った。たとえば、わたしの養育と学業のために多額の基金を設けてからおよそ一年後に、あの人が破産したということ。一九二九年の市場崩壊のせいよ。あれは取消不能の信託じゃなかったから、取り崩してそのお金を使うこともできた——まちがいなく使いたかったはずよ。でも、手をつけなかった。そんなことがいくつもあった。

　結婚を申しこまれたときは、心臓が喉もとまで跳ねあがった。ほんとうに目まいがしたの。あまりのことに圧倒されてしまって。たくさんの……とてもたくさんの感情が湧き起こって、立っていられないくらいだった。ほんとうよ。長いあいだずっと、憧れと崇拝の気持ちをいだいてきたのが、そんなことになったんだもの」

サリーはことばを切り、ひっそりした声で言った。「わたしは、はいと返事をして、あの人の腕のなかで二時間泣いた」

急にサリーはエラリイと目を合わせた。

「ディードリッチがわたしを作ったということを、あなたにしっかり理解してもらいたいの。わたしが何者であれ、あの人の手で形作られたのはまちがいない。お金や機会のことだけを言ってるんじゃないのよ。あの人はわたしを進歩させることに創造の楽しみを見いだしてたの。だから、わたしのかよう学校を決めた。送ってくる手紙は思慮深く風格があって、非の打ちどころがなかった。あの人はわたしの友人であり、教師であり、告解の相手でもあった。遠くにいて教えられることが多かったけど、しじゅう顔を合わせるよりもそのほうが身に染みた気がする。自分にとってかけがえのない人だったから、わたしはほかの女の子たちが母親に言いたがらないことまで手紙で書き送った。ディーズには欠けているものがひとつもなかった。いつもそこにいて、正しいことばと正しいふれ合いと正しい身ぶりを示してくれた。

もし、ディーズがいなかったら」サリーは言う。「わたしはロウ・ヴィレッジの自堕落な女になって、生活苦にあえぐ職工と結婚し、栄養不良の子供たちを——無教育で無知で心の干からびた、苦痛ばかりで希望のない子供たちを、あくせく育てたはずよ」

サリーが急に身震いしたので、ハワードが車の後ろへ手を伸ばしてキャメルのコートをとり、急いでまわりこんでサリーの肩にかけた。ハワードの片手がサリーの肩に置かれたままだったが、驚いたことに、サリーの手が上にあがってハワードの手と重なり、指関節の皮が張りつめるほどその手をきつく握った。

「それからしばらくして」サリーはエラリイの目をしっかりと見て言った。「わたしはハワードに恋をし、ハワードもわたしに恋をした」

〝このふたりは愛し合っている〟ということばが、頭のなかでばかばかしいほど繰り返された。

だが、やがて混乱がおさまり、魔法にかかったように物事があるべき場所に落ち着くと、エラリイはおのれの鈍さにあきれるばかりだった。すっかり不意を突かれたのは、ハワードの神経症の本質を決めてかかっていたからだ。考えたすえ、ハワードがサリーを憎んでいて、それは理想の父親をサリーが奪ったからだと確信していた。考慮に入れ忘れたのは、無意識のうちに積みあげられる狡猾で複雑な論理だった。いまならわかる。ハワードはサリーを憎むがゆえに恋したのだ。サリーはハワードと父親のあいだに割りこんできた。ハワードはサリーと恋に落ちることで、父親から彼女を引き離した。サリーを得るためではなく、ディードリッチを取りもどすために。ディードリッチを取りもどし、おそらくは罰するために。

エラリイが見たところ、ハワードとサリーはこのことにまったく気づいていない。意識の上では、ハワードは恋している。意識の上では、自分の恋から生じる罪に苦しんでいる。ライツヴィルに来て助けてくれとエラリイに頼んだときでさえ、おそらくこの罪の重さゆえに、ハワードは義理の母との関係を隠して隠して隠しとおした。サリー自身がエラリイに真実を伝えるのを望んだときも、まだ隠そうとした。サリーがいなかったら、ハワードはけっして打ち明けなかっただろう。

どうもそういうことらしい、とエラリイは考えた。納得はできたが、これは自分の手に余る深海の出来事だ。こんな深みで魚を釣るわけにはいかないし、そもそも釣り道具もない。ハワードには一流の精神科医に診てもらえと勧めるしかあるまい。無理にでも連れていき、そのあとはわが家へ帰って、今回の件はいっさい忘れよう。へたな手出しは禁物だ。ハワードに深い傷を負わせかねない。

サリーのほうはそれとはちがって、もっと単純だ。ハワードへの愛は、敵意を満足させるためのまわりくどい手段ではなく、彼そのものへの愛だ。ハワード自身の思いとは無関係かもしれない。ただ、単純だとしたら、解決はさらにむずかしい。ハワードを愛して幸せになれるはずがない。彼の愛は偽物であり、目的を達成したとき、正体を現すだろう。

それにしても……どこまで進んでいるのか。

エラリイは尋ねた。「どこまで進んでいるんだ」

腹が立っていた。

ハワードが答えた。「引き返せないところまで」


「ハワード、わたしが話す」サリーが言った。

ハワードは繰り返した。「引き返せないところまでだ」乱れた声だ。

「いっしょに話しましょう」サリーは静かに言った。

ハワードは唇を動かし、それから横を向いた。

「やっぱりわたしから言うわね、ハワード。エラリイ、こうなったのは今年の四月よ。ディーズが仕事で弁護士と会うためにニューヨークへ飛んで……」

そのころ、サリーはいらいらと落ち着かなかった。ディードリッチは数日もどらない。ロウ・ヴィレッジでの仕事があったが、なぜかその日は行く気になれなかった。それに、自分が行かなくてもだれもあまり困らない……。

ふと思い立ち、車に飛び乗ってヴァン・ホーン家の山荘へ向かうことにした。

その山荘はマホガニー山地のなかでも高い場所にひろがるファリシー湖のそばにあり、夏場は裕福な人々の恰好の避暑地だった。しかし、四月はだれもいない。店の配達は頼めないが、山荘では食料品が急速冷凍庫に一年じゅう保管されている。途中でどこかに立ち寄って、二、三日ぶんのパンとミルクを買えばいい。寒いだろうが、薪は山ほど置かれているし、すばらしい暖炉があった。

「ひとりになりたい気分だったのよ。ウルファートはいつも不機嫌だった。ハワードは……。とにかく、ひとりで出かけたかったの。家のみんなには、買い物をしにボストンまで車で行くと告げた。だれにも行き先を知られたくなくてね。家族の面倒はローラとアイリーンが見るから心配は要らないし……」

サリーは車に乗って勢いよく走り去った。

ハワードがかすれた声で言う。「サリーが出かけるのを見たんだ。アトリエであれこれやってたんだけどね……。でも、父が留守で、そのうえサリーまでいなくなってウルファートとふたりきりになったから……ぼくも出かけたくてたまらなくなった。それで急に思いついたんだよ」ハワードは言う。「山荘へ行こうと」

サリーが腕いっぱいの薪を室内へ運びこんだちょうどそのとき、ハワードが戸口に現れた。あたりの森の静けさに支配されていた。ずいぶんと長いあいだ、ふたりは見つめ合っていた。やがてハワードは中へ足を踏み入れ、サリーは薪を落とした。ハワードは彼女を抱きしめた。
「なぜそんな気になったのか思い出せない」ハワードはつぶやいた。「どんなふうにそうなったのか。何を考えてたのか。そもそも何かを考えていたのかどうかもね。わかってたのは、彼女がいて、ぼくがいて、ぼくは彼女を抱き寄せるしかないってことだけだった。でもそうしたとき、彼女を愛してるとわかった。何年も愛してたことが、そのときようやくわかった」

そうだろうか、ハワード。

「ぼくは彼女がボストンへ向かってると思いこんでたんだから、山荘に来たのは運命だと確信したんだ」

運命じゃないぞ、ハワード。

サリーは言った。「わたしは気分が悪くなった」そう言いながら、いまも気分が悪そうだ。「気分が悪いと同時に、よくもなったの。それまで、あんなに自分が生き生きとしたことはなかった。周囲の何もかも、山荘も、山も、世界もみんなまわってた。目を閉じてこう思った。〝何年も前からこうなるとわかってたのに。何年も前から〟。そのとき、ディードリッチのことは、ハワードに対するみたいに心から愛してたわけじゃないと気づいたの。感謝の思い、恩義への負い目、英雄崇拝。そんな気持ちを愛と取りちがえてた。あの瞬間、ハワードの腕のなかではじめてそれを悟ったのよ。こわいと同時に幸せでもあった。死にたいと同時に生きたいとも感じた」

「そして」エラリイが淡々と言った。「生きたわけだ」

「サリーを責めないでくれ！」ハワードが叫んだ。「悪いのはぼくだ。彼女を見たとき、ウサギみたいにさっさと逃げるべきだった。ぼくがきっかけを作った。ぼくが無理を言った。彼女に言い寄り、目にキスをし、口をふさぎ、寝室へ運んだのはこのぼくなんだよ」

傷口が見えたと思ったら、こんどは塩がすりこまれたぞ。

「この人はあれ以来ずっとこうやって自分を責めてるの。そんなことをしても無駄よ、ハワード」サリーの声はとても落ち着いていた。「これはひとりだけの問題じゃない。ふたりよ。わたしも愛してたから、あなたに身をまかせて運ばれていったんだし、あのときはああするのが正しかったんだから。正しかったのよ、ハワード。あのときにかぎってだけど、あれは正しかった。ただ、そのあとは……。開きなおるつもりはないのよ、でも、そうなってしまった。人は強くあるべきだけど、ハワードやわたしにはむずかしいの。わたしたち、無防備だったんだと思う。前もってどんなに用心してても、そういうことは起こるものなのよ。そして悪いことに、つかの間の出来事では終わらなかった。わたしは彼を愛してたし、彼もわたしを愛してた」そしてサリーは言った。「いまも愛し合ってる」

ああ、サリー。

「理性のかけらもなかった。ふたりとも考えたんじゃなくて、ただ感じたの。そのまま山荘に泊まり、翌朝になって事の重大さに気づいたってわけ」

「道はふたつあった」ハワードがつぶやくように言った。「父に話すか、話さないかだ。でも、ほとんど話し合うまでもなく、ふたつもないことがわかった。道はひとつだけ――ほかに選びようがないんだ」

「話せなかったのよ」サリーはエラリイの腕をつかんだ。「エラリイ、わかってもらえる?」泣き声になる。「ディーズには打ち明けられなかった。ええ、もし話したら、あの人がどうしたかはわかってるつもりよ。ディーズのことだから、離婚して、それなりの財産を譲ると言ってくれたと思う。恨みや怒りのことばをひとつも口にしないと思う。そして……ディーズはディーズのままだと思う。でもエラリイ、あの人の内側は死んでしまうのよ。わかる? いえ、わからないでしょうね。夫がわたしのまわりに築いたものを、あなたは知らないもの。屋敷だけじゃない。自分の生き方、この先の人生をディーズは築いたの。ただひとりの女を愛する男なのよ、エラリイ。わたしより前にディーズが愛した女はひとりもいなかった。これからもけっしていない。自慢して言ってるんじゃないのよ。

これは、わたしが何者かとか、何をして何をしなかったかとか、そんなこととなんの関係もない。それがディーズという人なのよ。自分の中心にわたしを据え、自分が生きる意義そのものをそこで回転させてきた人なの。もし打ち明けたら、それは死刑宣告になったはず。ゆっくりと殺すようなものよ」

「残念だよ」エラリイは口を開いた。「というのも――」

「わかってる。前の日にしっかり考えればよかったのよ。ただ、こう言うしかないの……何も考えなかったって。手遅れになるまで」

エラリイはうなずいた。「たしかに思慮がなかった。事は起こってしまい、きみたちは隠しとおすことにした。それで？」

「つづきがあるんだ」ハワードは言った。「ぼくたちは父から恩を受けてる。仮にぼくが実の息子で、父とサリーの出会いがごくふつう、つまりサリーが大人になってから知り合って結婚したんだとしても、じゅうぶんまずい事態だよ。だけど――」

「だけど、きみはお父さんが自分を作ったと思っていた。お父さんがいなければ自分は何者でもなかったとね。サリーも同じように感じていた」エラリイは言った。「その点はよくわかる。ただ、ぼくが知りたいのは、きみたちがそれについて何をしたかだ。何かをして、それが事態をさらに悪くするだけだったのは明らかだからね。何をしたんだ」

サリーが唇をきつく噛んだ。

「何をしたんだ」

サリーは突然顔をあげた。「わたしたちはあの日あそこで、これきりにしようと決めたの。ぜったいに繰り返すまいと。忘れなくちゃいけないと。でも、忘れようと忘れまいと、何があっても二度と過ちを犯しちゃいけない。そして何より、ぜったいにディードリッチに知られちゃいけない。

だから、もう二度とあんなことはしなかった」サリーは言った。「そして、ディーズは知らないままよ。わたしたちは過去を葬った。ただ……」サリーはことばを切った。

「言うんだ！」ハワードの大声が湖に響き渡り、あたりの鳥たちを驚かせる。鳥の群れがいっせいに羽ばたき、輪を描きながら上空へ消えていった。

一瞬、エラリイは何か忌まわしいことが起こるのかと思った。

だが、ハワードは少し落ち着きを取りもどした顔になり、両手をポケットに突っこんで震えている。

ハワードが何か言ったが、エラリイにはよく聞きとれなかった。

「一週間はうまくいった。でも、そのあとは……彼女と同じ屋根の下にいるのがこたえたんだ。同じテーブルで食べる。一日十二時間芝居をしなきゃならない……」

家を出たらよかったのに。

「ぼくはサリーに手紙を書いた」

「とんでもないな」とんでもない！

「短い手紙さ。サリーと話すわけにはいかない。でも、だれかに話さずにいられなかった。つまり……吐き出さずにはいられなかった。だから紙に書いた」ハワードは急に声を詰まらせた。

エラリイは手で目を覆った。

「全部で四通よ」サリーが言った。遠くから響くようなかすかな声だ。「恋文だった。寝室の枕の下で見つけたの。化粧台の抽斗《ひきだし》のときもあった。どれも恋文で、しかも、あの日のあの夜に山荘で何があったかを、子供でもわかるように書いてあって……いいえ、それは正確じゃない。もっともっと、あからさまだった。何から何まで書いてあった。細かいことまで」

「ぼくは頭がどうかしてた」ハワードはかすれ声を出した。

「もちろん、その手紙は」エラリイはサリーに言った。「焼いたんだろうね」

「いいえ、焼かなかった」

エラリイは車から飛び出した。あまりにも腹が立ったので、このまま歩いて帰ろうかと思った。森を抜けて白い道をくだり、羊や牛や橋や垣根のあいだを通り過ぎて四十五マイル先のライツヴィルへもどってから、荷物をまとめて駅へ向かい、ニューヨーク行きの列車に乗れば、健やかな正気の世界がある。

しかし、ひと息ついてから車へもどった。

「すまない。きみは手紙を焼かなかった。で、それをどうしたんだ、サリー」

「わたしは彼を愛してたの！」

「手紙をどうしたんだ」

「焼くなんてできなかった。わたしのすべてだったんだから！」

「手紙をどうした？」

サリーは指をからみ合わせた。「古い漆塗《うるし》りの箱があるの。何年も前、学生だったころに手に入れたものよ。どこかの骨董品店で買ったんだけど、それは箱の底に仕掛けがあって、そこに大切な秘密の写真を隠しておけるからで——」

「ディードリッチの写真だね」

「ええ、ディードリッチのよ」サリーの指の動きが止まった。「箱の二重底のことはだれにも話したことがない。ディーズにもね。ばかばかしいと思われそうだったからよ。箱のふつうの場所には宝石類を入れてある。だから、四通の手紙を二重底の下側へ入れたのよ。

そこなら安全だと思って」

「で、何が起こったんだ」

「手紙を四通もらったあとで、わたしはやっと正気にもどったの。で、二度と書かないでとハワードに頼んだ。彼は約束を守った。そのあと……三カ月とちょっと前……六月に……」

「わが家で盗難事件があったんだ」ハワードが笑いながら言った。「よくある泥棒さ」

「泥棒がわたしの寝室に忍びこんだの」サリーは弱々しい声で言った。「わたしが町の美容院へ行ってたときに、その漆塗りの箱を盗んでいった」

エラリイは両手の人差し指をまぶたに置いた。目が熱くざらついて感じられる。

「その箱には高価な宝飾品が詰まってた――ディーズからもらったものよ。もちろん、泥棒の狙いはそれで、だから箱ごと持ち去ってしまった。二重底の下側に、全部のダイヤモンドやエメラルドと引き換えにしてでも取りもどしたいもの、焼き捨てたいものがはいってたことをまったく知らずに」

エラリイはだまっていた。車に寄りかかっただけだった。

「もちろん、ディーズに知らせるしかなかった」

「父は警察署長のデイキンを呼んだ」ハワードが言った。「そしてデイキンは……」

「デイキンか」あの抜け目のないヤンキー、デイキンか。

「……そしてデイキンは何週間もかけて、失った宝石類を全部見つけ出した。あちこちの質屋をまわって——フィラデルフィア、ボストン、ニューヨーク、ニューアークで——こっちにひとつ、あっちにひとつって具合にね。でも、その泥棒の人相風体を訊いても、質屋によって言うことが全部ちがってて、結局犯人はつかまらなかった。父は言ったよ」ハワードはまた笑った。「ぼくたちは運がよかったって」

「ハワードとわたしがあの漆塗りの箱が見つかるのをどんなに待ち焦がれてたか、ディーズは知らなかった」サリーは張りつめた声で言った。「でも、箱は見つからなかったの、どうしても。金目のものじゃないと思って泥棒が捨てたんだろうって、ハワードはずっと言ってる。たしかにそうかもしれない。でも……そうじゃなかったら？　泥棒が二重底の仕掛けに気づいたとしたら？」

ふくれあがった雲が湖の上空に集まった。雲にはどれも暗い芯があり、空を背景にすると、顕微鏡の青い画面でうごめく巨大な細菌のようだ。にわかに湖が陰り、冷たい雨粒が落ちて水面に無数の点を打った。エラリイはコートへ手を伸ばし、不謹慎にも昼食のバスケットのことを考えた。

「この前記憶喪失の発作が起こったのは、手紙のことを不安に思ってたのがきっかけだった」ハワードはつぶやいた。「そうにちがいない。何週間経ってもあの箱が発見されず、平穏無事に見えても、ぼくはずっと体内を酸でむしばまれる思いだった。ジェーレンの展覧会を観にニューヨークへ行った日も、気をまぎらせるものを探してただけだ。ジェーレンなんかどうでもよかった。ジェーレンの作品は好きじゃない。作風がブランクーシやアルキペンコに似てるけど、ぼくは純然たる新古典主義の信奉者だからね。それでも、気晴らしにはなったよ。それからどうなったかは知ってのとおりだ。

例の大騒ぎの前に意識が回復したんだから、不思議なものだ。あれ以来ずっとふつうにしてるしね」

「話を本筋にもどそう」エラリイは疲れた声で言った。「その泥棒がきみたちに接触してきたんだな。それは水曜日のことだろうか」

水曜日にちがいない。自分が着く前日に何か深刻な事態になったと推察したことを、エラリイは思い出した。

「水曜日」サリーは眉をひそめた。「ええ、水曜日よ。ハワードがニューヨークであなたと会ったつぎの日だった。わたしに電話がかかって――」

「きみに電話がかかった。つまり、相手はきみを名指ししたということなのか」

「そう。アイリーンが電話に出て、男の人がわたしと話したがってると言ったんで――」

「男の人？」

「アイリーンは男だと言ったの。でも、わたしが電話で聞いたかぎりじゃ、はっきりしなかった。太い声の女の人だったかもしれない。妙な声だった。かすれた、ささやくような声」

「声を変えたんだな。で、その人物は手紙の返還にいくら要求したんだ、サリー」

「二万五千ドル」

「安いな」

「安いものか！」ハワードがエラリイをにらんだ。

「たぶん、きみのお父さんならそれよりずっと高額でも払うはずだよ、ハワード。その手紙を公《おおやけ》にしないためならね。そうは思わないか」

ハワードは答えなかった。

「相手はこう言ったの」サリーは悲しげな声で言った。「金の準備に二日間待つ。つぎに電話するときに受け渡し方法を指示する。もし拒否したり罠に掛けたりしたら、手紙はディードリッチに買ってもらう。もっとずっと高額で」

「で、なんと返事をしたんだ、サリー」

「ろくにしゃべれなかった。頭がぼうっとなって卒倒しそうでね。でも、どうにか気をしっかり持って、お金はなんとか用意するって答えた。そうしたら電話が切れたの」

「その恐喝者から二度目の電話は？」

「けさあった」

「そうか」エラリイは言い、さらに訊いた。「こんどはだれが電話に？」

「わたしよ。ひとりだったから」

湖に雨が強く降ってきたので、ハワードが不機嫌そうに言った。「幌をあげたほうがいいんじゃないか、サリー」

しかし、サリーは言った。「木の下だからたいして濡れない。ただのにわか雨よ」それからエラリイを見て言った。「ハワードはけさ、美術館の設計図の写しをもらいに町へ出かけたの――ディーズとウルファートが出たすぐあとでね。わたしは……ハウがもどるまで待つしかなかった。そのあと、ふたりで話し合って、わたしはあなたに朝食を持っていった」

「けさ、電話でどんな指示を受けたんだ、サリー」

「わたしが自分で行く必要はないって。代わりの者に持ってこさせてもいい。ただし、ひとりで来ること。もし警察に知らせたり、だれかに見張らせたりしたら、かならずわかる。その場合、自分は姿を現さずに取引を打ち切り、事務所にいるディーズに連絡するって」

「受け渡しの場所と時間は？」

「ホリス・ホテルの一〇一〇号室」

「そうか」エラリイはつぶやいた。「最上階だな」

「あしたの土曜日、午後二時。お金を持って一〇一〇号室まで行け。鍵はかかってないから、そのまま部屋へはいって、つぎの指示を待てって」

いままでは、ふたりとも思いつめた顔で見つめてくるので、エラリイは体をそむけ、湖のほとりまで歩いていった。雨はやみ、驚いたことに雲がすっかり消えている。鳥たちが舞いもどり、空気は新鮮でみずみずしい。

エラリイはもとの場所へもどった。

「払うつもりらしいな」

サリーは面食らったようだ。

「払うつもりだって？」ハワードは声を荒らげた。「わかってないんだな、エラリイ」

「わかっているさ。恐喝というものも恐喝者というものも、くわしく知っている」

「でも、ほかにどうしようがあるの？」サリーも声を大きくして言った。「払わなければ、手紙はディードリッチの手に渡るのよ」

「きみたちは、ディードリッチに知られないためならどんなことでもすると決めているのか」ふたりは答えなかった。エラリイは深く息をついた。「それこそが恐喝の魔力だな。サリー、きみは二万五千ドルを持っているのか」

「ぼくが持ってる」ハワードはツイードの上着の内ポケットへ手を入れ、長くて分厚い無地のマニラ封筒を出した。そして、それをエラリイのほうへ差し出した。

「それをぼくに？」この上なく単調な声でエラリイは言った。

サリーがおずおずと言った。「ハワードはわたしに行かせてくれないし、だからと言って、彼が行くわけにもいかない——ものすごく緊張することになるから、途中でまた発作を起こすかもしれないから。そうなったら、どうにもならなくなる。それに、わたしたち、ふたりとも町では顔を知られてるでしょう、エラリイ。もしだれかに気づかれでもしたら……」

「あす、ぼくに代理人をつとめろということか」

「だめかしら」

そのひとことは疲れ果てた小さな吐息とともに、しぼんだ風船に残った最後の空気のように発せられた。サリーのなかには何も残っていない。怒りも、罪悪感も、恥も、そして絶望さえも。

この結果がどうなっても、たいした問題ではない。サリーはすっかり変わるだろう。彼

女にとっては、完全に終わったことだ。これからはディードリッチが人生のすべてになる。だから、けっして夫に知られるわけにはいかない。しばらく経てば、どうにか夫と幸せに暮らしていきそうだ。

そしてハワード、きみは失った。たとえ自覚はなくとも、自分が勝ちとろうとしてきたものを失った。

「だから言ったじゃないか！」ハワードが叫んだ。「こんなのは無駄だよ、サル。エラリイを巻きこんじゃいけない。特にエラリイはね。ぼくが自分でやるしかないんだ」

エラリイはハワードから封筒をとった。封はされていなくて、ゴムバンドがかけられている。ゴムバンドをはずして中をのぞいた。封筒には新しくきれいな五百ドル紙幣の束がはいっている。問うような視線をハワードへ投げた。

「ぴったりの額がはいってる。五百ドル紙幣五十枚だ」

「サリー、少額紙幣で用意しろと言われなかったのか」

「言われなかった」

「どうでもいいじゃないか」ハワードが嚙みついた。「ぼくたちが紙幣の行方を追わないことぐらい、相手はわかってる。つかまえようとしないことも。向こうはしゃべりさえすればいいんだから」

「聞いてもディーズは信じないはずよ！」サリーは激しい口調でハワードに言った。そして、また黙した。

エラリイはゴムバンドを封筒にかけなおした。

「返してもらおう」ハワードは言った。

だが、エラリイは封筒をしまいこんだ。「あす、これが必要だ。そうだろう？」

サリーの唇が開いた。「引き受けてくださるの？」

「ひとつ条件がある」

「まあ」サリーは身構えた。「何かしら、エラリイ」

「あのバスケットをあけること。腹が減って死にそうだ」

〝小説の執筆〟のせいで夕食の同席を遠慮するというむずかしい芝居をエラリイはどうにか演じきった。一日の大半がすでにつぶれていたから、出版社との約束を守るのであれば――作家たるもの、厳守するのが当然とされているのだから――ひたすら仕事を進めるしかないと説明した。また、小説に無関係なあすの用事のせいでさらに予定が乱れそうであることを、はっきり言わないまでも、ことばの端々からにおわせた。

それはすべて、意図したことだった。ひとりになりたくてたまらなかったからだ。ほんとうの理由をサリーが感づいたとしても、態度には出さなかった。ハワードのほうは、ノース・ヒル通りへ帰る道中、ずっとまどろんでいた。眠りとはもうひとつの死の形であることを、エラリイは思い出した。

ゲストハウスに帰り着いてドアを閉めると、エラリイは大窓の前の長椅子に体を投げ出し、ライツヴィルと語り合った。ハワードを父親と向き合わせておけ。サリーを夫と向き合わせておけ。だが、考えてみれば、ふたりともたっぷりその経験を積んでいるはずだ。たぶん、うまくやるだろう。

エラリイはこの不愉快な事態でのサリーの役柄が特に気に入らず、この感情はどこから来るのかと思った。おもに失望からだろう。サリーはエラリイの見立てを裏切った。エラリイとしては、腹立たしい気持ちもずいぶんある。サリーに自尊心を傷つけられた。まれに見る女性だと思ったのはまちがいで、ただの女だった。エラリイが思い描いていたサリーなら、夫ではない別の男を愛していると気づいて、喜びに身をまかせたとしてもおかしくないが、その別の男がハワードであってはならなかった（別の男が自分でもよかったという考えが浮かんだが、すぐさまその思いつきを、不合理で非科学的でくだらないものとして切り捨てた）。

ふと気づいたが、自分はハワード・ヴァン・ホーンを、神経症であろうがなかろうが、あまり高く評価していなかったわけだ。

ハワードのことを頭に浮かべたので、当然の成り行きで胸の内ポケットの分厚い封筒へ意識が向き、さらに、あす会う予定の窃盗・恐喝犯の性質や正体に考えをめぐらすことになった。しかし、どんなに頭を悩ませても答のない疑問にぶつかるだけだった。


エラリイは目を覚まし、眠っていたことにあらためて気づいた。ライツヴィルの空が暗くなり、下の谷のほうでは点々と明かりが灯っていく。長椅子で寝返りを打つと、母屋の窓がいくつも暗がりに浮かびあがるのが見えた。

気分がすぐれなかった。ヴァン・ホーン家はややこしくもつれ、書類鞄はしかめっ面をしている。ほんとうに気分がすぐれなかった。

小さくうめきながら長椅子を離れ、卓上ランプのスイッチを探った。広々とした机に拒絶される。

けれども、ケースをあけてタイプライターの覆いをとり、指をほぐしたり顎をなでたり耳掃除をしたり、自分の商売に付き物であるいつもの準備がひととおりすむと、語るも不思議《ミラビレ・ディクトゥ》ながら、仕事が楽しくなりそうに思えた。

作家に起こる現象のなかでも最も奇特なもの——書けそうな気分が湧き起こるのを感じ

た。脳に潤滑油がまわり、指に万能の力が宿った気がした。

タイプライターが跳ね、せわしなく音を立て、疾走する。

時が経つのを忘れていたのでいつとはわからないが、一度ブザーが鳴った。しかしエラリイはそれを無視し、やがて音がやんだのに気づいた。つとめに忠実なローラが母屋の厨房から呼んでいたにちがいない。食事？　いや、要らない。

そして、仕事をつづけた。

「クイーンさん」

その声に力がこもっていたので、実は二、三度繰り返し呼ばれていたのだとエラリイは気づいた。

あたりを見まわす。

ドアがあいていて、戸口にディードリッチ・ヴァン・ホーンが立っていた。


一瞬のうちに、すべてがよみがえった。車で北へ行ったこと、森、湖、不義を犯したふたりの話、恐喝者、ポケットの封筒。

「はいってもいいかな」

何かあったのだろうか。ディードリッチは知ったのか。

エラリィは回転椅子からぎこちなく立ちあがったが、顔には笑みを浮かべていた。

「どうぞ」

「今夜ははかどっているかな」

「いまひとつです」

ドアを閉める態度がどことなくあてつけがましいので、エラリィは警戒した。しかし、振り向いたディードリッチの顔にも笑みがあった。

「二分ノックして何度も呼びかけたんだが、耳にはいらなかったようだ」

「大変失礼しました。おかけになりませんか」

「仕事の邪魔だろう」

「とんでもない、大歓迎ですよ」

ディードリッチは声をあげて笑った。「きみたち作家がどう過ごしているのか不思議に思うことがある。こうやって何時間もすわって、ずっとことばを叩き出すわけだからね。わたしなら気が変になるところだ」

「ところで、いま何時でしょうか、ヴァン・ホーンさん」

「十一時過ぎだ」

「おや、もう」

「それに、夕食を抜いたね。ローラは泣きださんばかりだった。わたしたちはローラがインターホンできみを呼ぼうとしているのを見つけ、図書館からきみの本を全部借りてきたことをばらすぞと脅したよ。ローラがどう思ったか知らないが、とにかくきみの邪魔をするのはやめた」

ディードリッチには落ち着きがなかった。落ち着きがないうえに、心配そうだ。よくない兆候だった。

「すわってください。どうぞすわって、ヴァン・ホーンさん」

「ほんとうにお邪魔では……」

「そろそろ終わりにしようと思っていましたから」

「情けない気分だよ」大きな男は大きな椅子に身を沈めて言った。「きみを煩わせてはいけないと家のみんなに言っておきながら――」口をつぐむ。それから突然こう言った。

「実はクイーンさん、聞いてもらいたいことがある」

いよいよ来たぞ。

「けさ、わたしはきみが起きてくる前に事務所へ向かった。ほんとうは出かける前に話すつもりだったが……。あとで電話をしたら、こんどはアイリーンが、きみとサリーとハワードの三人でピクニックに行ったと言うじゃないか。そして夕方になったが、きみの仕事を邪魔をするのは気が進まなかった」ハンカチを出して顔を拭く。「だが、きみに話さないことにはどうにも眠れなかった」

「何をお悩みですか、ヴァン・ホーンさん」

「三カ月ほど前、家に泥棒がはいったんだが……」

西八十七丁目通りが懐かしかった。あそこでは、不義とは辞書に載っている語にすぎないし、立派な人々が人間関係の罠から愚行に及んで追いつめられた話が、書類用キャビネットから外へ出ることはない。

「泥棒？」エラリイは驚いた顔で言った。とにかく、驚いたように聞こえることを願った。

「そうだ。どこかの盗人が妻の寝室へ忍びこみ、宝石箱を持ち去った」

ディードリッチは汗をかいていた。汗をかいてもいいとはうらやましいかぎりだ、とエラリイは思った。話が筒抜けになっているのを知らず、打ち明けるのがつらいらしい。

「まさかそんな。その箱は取りもどせましたか」

よく言った、ミスターQ。あとは汗腺の働きをうまく抑えれば……。

「箱？　ああ、宝石類のことか。ああ、サリーの宝石は東部のあちこちの質屋から少しずつ見つかったんだが――むろん、箱は出てこなかった。たぶん捨てられたんだろう。値打ちのあるものじゃない。サリーが学生のころに手に入れた古い品だ。そんなことはいいんだよ、クイーンさん」ディードリッチはもう一度汗をぬぐった。

「なるほど」エラリイは煙草に火をつけ、マッチの炎をすばやく吹き消した。「泥棒といっても、安心して聞けるたぐいの話ですね、ヴァン・ホーンさん。特に被害もないようですし――」

「だが、その泥棒はとうとうつかまらなかったんだよ、クイーンさん」

「ほう」

「だめだった」ディードリッチは大きな手を握り合わせた。「警察は犯人逮捕に至らなかったばかりか、人相すら特定できなかった」

ここから先は何を言われても問題はない。エラリイは気を楽にした。そして回転椅子に腰をおろし、きょう一番の快適な気分に身をゆだねた。

「そういうこともありますよ。三カ月前ですか、ヴァン・ホーンさん。ぼくは泥棒が十年後につかまった例を知っています」

「そういう話ともちがうんだ」ディードリッチが握り合わせた手をほどき、また握り合わせた。「ゆうべ……」

ゆうべ？

エラリイはかすかな寒けを覚えた。

「ゆうべ、また泥棒にはいられてね」

ゆうべ、また泥棒にはいられた。

「そうだったんですか？　でも、けさはだれもそんなことを――」

「わたしがだれにも言わなかったからだよ、クイーンさん」

また焦点が合ってきた。ゆっくりと。

「けさ教えてくださればよかったのに。ぼくをベッドから蹴り出すべきでした」

「けさはきみに知らせるかどうか決めかねていてね」ディードリッチの日焼けした肌が灰色を帯びている。大きな両手を組んだりほどいたりしている。いきなり勢いよく立ちあがった。「これでは、まるで女だ！　以前は不愉快な問題に何度も立ち向かってきたのに」

不愉快な問題か。

「けさは一番に目を覚ました。いつもよりかなり早かったよ。ローラに朝食の面倒をかけたくなかったから、町で食べようと考えてね。そして、机にある契約書類をとりに書斎へはいったら……あんなことに」

「どうなっていたんですか」

「フレンチドアのひとつが――南側のテラスに面しているんだが――壊れていた。泥棒はドアノブにいちばん近いガラスを割り、そこから手を入れて錠をはずしたんだろう」

「よくある手口です」エラリィはうなずいた。「何が盗まれたんですか」

「壁に埋めこんだ金庫の扉があいていた」

「見てみますよ」

「荒らされた痕跡は見あたらない」

「どういう意味ですか」

「金庫をあけたのは組み合わせ番号を知っている者だ。夜のうちに何者かが書斎に侵入した形跡に気づかなかったら、わたしは金庫のなかをたしかめもしなかったろう」

「組み合わせ番号は突き止められるものですよ、ヴァン・ホーンさん」

「うちの金庫はたやすく泥棒には屈しない」ヴァン・ホーンは険しい声で言った。「六月の盗難事件のあとで新しいのを取りつけたんだよ。ジミー・ヴァレンタイン並みの金庫破りの達人がやってきたとも思えない。だから、ゆうべの泥棒は組み合わせ番号を知っていたんだろう」

「何が盗まれたんですか」エラリィはふたたび尋ねた。

「商売の都合で、金庫にはつねに多額の現金を入れてある。それが消えていた」

現金か……。

「ほかには何も？」

「ああ」

「書斎の金庫に大金があることはだれでも知っているんですか、ヴァン・ホーンさん」

「だれでもというわけじゃない」ディードリッチは唇をゆがめた。「使用人すら知らない。知っているのは家族だけだ」

「なるほど……。いくらとられたんですか」

「二万五千ドルだ」


エラリイは立ちあがって机の横をまわり、ライツヴィルを覆う闇に目を向けた。

「金庫の組み合わせ番号を知っているのはだれですか」

「わたし以外にか？　弟。ハワード。サリー」

「なるほど」エラリイは振り返った。「ヴァン・ホーンさん、この嘆かわしい事件と向き合うにあたってまず心得るべきは、すぐに結論に飛びつかないことです。割れたガラスはどうしましたか」

「だれかが階下へおりてくる前に、わたしが拾い集めて捨てたよ。テラスの床に散らばっていたのでね」

テラスの床に。

「テ、テ、テラスの床に？」

「ああ、テラスの床だ」

ディードリッチがそのことばを繰り返す口調を聞き、エラリイは深い同情を覚えた。

「フレンチドアの外だよ、クイーンさん。とぼけた顔をしなくてもいい。それがどういう意味かは朝からわかっている」声が大きくなった。「わたしはばかではない。だからこそガラスを捨てた。だからこそ警察には知らせなかった。ドアの外に散らばるには、ガラスは内側から割られる必要がある。書斎のなかで。わたしの家のなかだよ、クイーンさん。これは、屋敷内の素人が外部の人間のしわざに見せかけたものだ。けさ見たとき、わかったよ」

エラリイは机の横をもどって回転椅子に腰を落とし、体を揺らしながらそっと口笛を吹いたが、たとえ屋敷の主人の耳に届いたとしても、心を浮き立たせる音には聞こえなかっただろう。けれども、ディードリッチは気にも留めなかった。強い男なのに怒りのはけ口を見つけられず、室内を行きつもどりつしていた。

「もし家族のだれかが」ディードリッチ・ヴァン・ホーンは憤然と言った。「二万五千ドルほしくてたまらないなら、なぜわたしに相談にこなかったのか。わたしがけっして拒まないのはみな知っている――そうにちがいない。とりわけ、金を拒むはずがない。もう家族が何をしようが、何に巻きこまれようが、心配などするものか!」

エラリイは口笛に合わせて指先で机を軽く叩き、窓の外を見つめた。**そうは言っても、あなたが心配しないはずがない。**

「わたしにはわからない。今夜夕食のテーブルについたときも、そのあとも、だれかがそれらしいそぶりを示すのを待った。なんでもいい。ことばでも。態度でも」

では、弟のことはあまり疑っていないのか。ウルファートとは、昼に仕事でいっしょに過ごしている。きょうも事務所で見かけたはずだ。ウルファートが犯人とは思っていないのか。

「だが、何もなかった。張りつめた空気は感じたが、全員が緊張しているように見えた」

ディードリッチは立ち止まった。「クイーンさん」力をこめて言う。

エラリイは向きなおった。

「家族のひとりがわたしを信頼していない。それがわたしにとってどれほど苦しいか、きみにはわからないかもしれない。ほかのことだったら……どう言えばいいだろうか。そう、話したり尋ねたりできる。頼みこんでもかまわない。今夜、わたしは四回その件を持ち出そうとした。だが、訊けなかったよ。なぜか舌がこわばってな。それに、ほかにも思うところがあった」

エラリイは待った。

「おそらく……だれが窮地に陥っているのであれ、本人はそれをほかの者に知られたくあるまい。まずい事態になっているはずだ」醜い顔が岩と化した。「金に手を出した者を見つけるのがわたしのつとめだ。問題は金そのものじゃない——あの五倍の金額でも、わたしは喜んで目をつぶるよ。しかし、家族のだれが深刻な厄介事に巻きこまれているのか、それを突き止めなくてはな。それがわかれば、何に困っているかも簡単にわかる。そして解決してやれる。ただ、いまは問いただしたくないんだ。というのも……」そこで言いよどんだが、やがてきっぱりと言った。「嘘をつかれたくないからだ。真実をつかめば手を打てる。どんな真実であってもな。クイーンさん、わたしのために調べてもらえないか——内密に」

エラリイはすぐさま答えた。「もちろんやってみますよ、ヴァン・ホーンさん」こんなゲームは好きではなかった。しかし、自分が知っているとディードリッチに悟られてはならない。ぜったいに。ためらえば疑われかねなかった。

屋敷の主人が安堵するのがエラリイには見てとれた。ディードリッチは湿ったハンカチで頬と顎と額をぬぐった。少し笑みを漂わせさえした。

「わたしがどれほど腹立たしく思っていたか、きみにはわかるまい」

「まあ、そうかもしれません。ところでヴァン・ホーンさん、その二万五千ドルですが、どんな紙幣だったのでしょう。紙幣の種類は？」

「すべて五百ドル札だ」

エラリイはゆっくりと言った。「五百ドル札が五十枚。ひょっとして紙幣の番号を控えてありますか」

「番号の一覧表は書斎の机にしまってある」

「それをお預かりしましょう」


ディードリッチ・ヴァン・ホーンが机の抽斗の最上段をあけていくあいだ、クイーン氏は手がかりを探す探偵役を精いっぱい演じた。フレンチドアを確認し、壁の金庫を細かく観察し、ドアから金庫までの絨毯上の動線にゆっくり目を走らせる。南側のテラスへも出た。部屋にもどると、ディードリッチから〈ライツヴィル・ナショナル銀行〉と印刷された紙片を渡された。エラリイはそれをポケットへ入れ、きょうの午後にハワードから預かった二万五千ドル入りの封筒の奥におさめた。

「何か気になることでも？」ディードリッチが不安げに訊いた。

エラリイはかぶりを振った。「あいにく今回は通常の手順が役に立たないでしょうね、ヴァン・ホーンさん。指紋採取の用具を取り寄せるか、デイキン署長から借りて——いや、得策ではありませんね。はっきり言って、仮にあなたの指紋がほかの指紋を台なしにしていなかったとしても……つまり、指紋が見つかったとしても、おそらく意味がないでしょう。家庭内の事件ですから。それはなんでしょうか」

「なんのことかな、クイーンさん」

ディードリッチは抽斗をまだ閉めていなかった。抽斗のなかの物体が卓上ランプに照らされて光っている。

「ああ、これはわたしのだよ。六月の窃盗事件のすぐあとに買った」

エラリイはそれを手にとった。スミス&ウェッソンの三八口径セイフティ・ハンマーレス、ニッケル鍍金の短銃身リボルバーだ。五つの薬室には弾がこめられている。エラリイは銃を抽斗にもどした。

「いい銃ですね」

「ああ」ディードリッチの声はどこかうわの空だった。「〝家の防御〟にぴったりの銃だと言われて買ったんだよ」それを聞いて、エラリイは何も言わなければよかったと思った。

「で、六月の盗難事件だが——」

「それも外部の犯行ではないとお考えですか」

「きみはどう思うね、クイーンさん」

　この男をはぐらかすのはむずかしい。

「内部の者によると考える特別な理由があるんでしょうか。ゆうべのように、ガラスの破片がおかしな方向に落ちていたとか」

「いや。むろん、あのときは何も考えなかったし……ディキン署長からは手がかりがまったくないと言われたよ。内部の犯行だと疑う理由があれば、署長はわたしにそう伝えたはずだ」

「たしかに」エラリイは言った。「ディキンは事実という名の偉大な神に身を捧げていますからね」

「だが、いま考えれば、ふたつの事件が結びついているのはたしかだ。あの宝石類は高価だ。それが質屋に流れた。これも金だよ」ディードリッチは微笑んだ。「わたしは昔から自分が気前がよすぎるほどの人間だと思ってきたよ。こういうひどい目にたやすく遭うということだ、クイーンさん。さて、そろそろ寝るとしよう。あすは大事な仕事がある」

　ぼくもですよ、とエラリイは心のなかで言った。ぼくも同じです。

「おやすみ、クイーンさん」

「おやすみなさい」

「もしも何か見つけたら――」

「わかっています」

「何も言わないでくれないか……その本人の前では。わたしに直接言ってくれ」

「承知しました。ああ、それからヴァン・ホーンさん」

「なんだね、クイーンさん」

「もし階下でこそこそ動きまわる音がしても、不審に思わないでください。あなたの家の客が冷蔵庫を漁っているだけですから」

ディードリッチは顔をほころばせ、愛想よく大きく手を振って出ていった。

エラリイはディードリッチに憐れみすら覚えた。

そして、自分のことも憐れんだ。


ローラがエラリイにごちそうを残しておいてくれた。午後の早い時間から食べていないのだから、こんな事情がなければエラリイはひと口ごとにローラをたたえていただろう。だが、いまはほとんど食欲がなかった。ヴァン・ホーンが眠りに落ちるまでの時間を見計らいつつ、エラリイはローストビーフとサラダをつつきまわした。そのあと、コーヒーカップを手にこっそり書斎へ引き返した。

机の奥の椅子にすわり、ドアに背が向くように回転させる。それから、厚いマニラ封筒をポケットから取り出し、すばやく中身をあらためた。紙幣が番号順に並んでいるのがひと目でわかる。造幣局から直接来たものだろう。紙幣を封筒へ、封筒をポケットへもどした。そして、ディードリッチから渡された紙片を引っ張り出した。

ポケットの紙幣は、昨夜ヴァン・ホーンの金庫から盗まれたものだった。屋敷の主人が泥棒の話を切り出したときから、エラリイはそれを確信していた。あとはそれを証明するだけだった。

いまは対処すべき別の問題がある。

「はいったらどうだ、ハワード」エラリイは言った。

ハワードがまばたきをしながらはいってきた。

「ドアを閉めてくれないか」エラリイが言い、ハワードはだまって従った。ハワードはパジャマの上に部屋着を着て、素足にモカシン風のスリッパを履いている。「きみはこの手のことがあまり得意じゃないんだな、ハワード。どこまで聞いたんだ」

「全部聞いた」

「そして、ぼくが書斎へもどってどうするかを知りたくて、待ってたんだな」

ハワードは父親の革張りの肘掛け椅子に浅く腰かけ、大きな手で膝を握りしめた。「エラリイ――」

「言いわけはするな、ハワード。ゆうべ、きみはお父さんの金庫から金を盗み、いまそれはぼくのポケットにある。ハワード」エラリイは身を乗り出した。「ぼくがどんな立場に追いこまれたのか、ほんとうにきみはわかっているのか」

「無我夢中だったんだよ、エラリイ」ほとんど聞きとれないほどの声だ。「ぼくはそんな金を持ってやしない。だから、どこかからとってくるしかなかった」

「お父さんの金庫からとる前に、なぜぼくに相談しなかった」

「サリーに知られたくなかった」

「おい、サリーは知らないのか」

「知らない。湖できみに打ち明けるわけにはいかなかったし、帰り道も無理だった。サリーがいっしょだったからね」

「午後でも夜でも、ぼくがゲストハウスにいるときに話せばよかったじゃないか」

「仕事の邪魔をしたくなかったんだよ」ハワードは突然顔をあげた。「ちがう、それが理由じゃない。話すのがこわかったんだ」

「ぼくがあすの役目から手を引くと思ったのか」

「そういうわけじゃ……エラリイ、こんなことをしたのは生まれてはじめてだよ。しかも、父親に対してこんな……」ハワードは重い動きで立ちあがった。「金は払うしかない。信じてもらえないだろうけど、ほんとうは自分のためじゃない。サリーのためでもない。ぼくは思われてるほど臆病者じゃないんだ。父には今夜にでも、言おうと思えば言えた——すぐにでも——男らしく腹を割って。サリーと離婚してくれ、ぼくが彼女と結婚するって。殴り倒されても立ちあがってね」

きみならきっと言えるよ、ハワード。そうすることである種の喜びすら得られる。

「でも、今回の件では父を守らなきゃいけない。あの手紙を父の目にふれさせちゃだめなんだ。見たら死んでしまう。父は二万五千ドルばかりの金がなくなっても——何百万ドルも持ってるんだから——平気だけど、あの手紙は父を殺すんだよ、エラリイ。そんな大金が要る口実を思いついてたら、ぼくはすぐにでも金を無心してたよ。だけど、その口実にはしっかりした裏づけが必要で——父をだますのは簡単じゃないんだ——ぼくにはその裏づけを示せない。だから、金庫からとった」

「じゃあ、もしきみが盗んだと気づかれたらどうする」

「そのときはそのときだ。でも、ばれるわけがない」

「やったのはきみかサリーだと、お父さんは知っているぞ」

ハワードは途方に暮れた表情を見せた。そして怒ったように言った。「ぼくがばかだったよ。何か考えておかないと」

哀れなハワード。

「エラリイ、どうしようもない面倒事に巻きこんで、ほんとうにすまないと思ってる。その金を渡してくれたら、ぼくはあす自分でホリス・ホテルへ行く。だから、ここにとどまるなり立ち去るなり、自分がいちばんいいと思うほうを選んでくれ。もう二度と引きずりこんだりしないから」

ハワードは机に歩み寄って手を差し出した。

だが、エラリイは言った。「ほかにぼくが知らないことはあるか、ハワード」

「ない。ほかには何も」

「六月の盗難事件はどうなんだ」

「それはぼくじゃない！」

エラリイは目をあげて、長々とハワードを見つめた。

ハワードはにらみ返した。

「だれがやったのかな、ハワード」

「知るものか。どこかの悪党だろう。あれは父の勘ちがいだよ、エラリイ。やったのは外の人間だ。偶然が重なったんだよ。泥棒は宝石を盗んだだけでなく、箱に価値があることにも気づいた。さあ、エラリイ、さっさとその封筒を渡して、きれいさっぱり手を引いてくれ」

エラリイは深く息をついた。「もう寝ろよ、ハワード。なんとかする」

重い足どりでエラリイはゲストハウスへ帰った。疲れているうえに、ポケットにおさめた封筒がずしりと重かった。

北側のテラスを通り抜け、プール沿いに手探りで進んだ。

落ちて溺れるわけにはいかないな、と思った。金を身につけているのを知られてしまう。

やがて、石のベンチに衝突した。

痛みが膝頭だけでなく、全身を貫いた。

石のベンチか！

そう言えば、ゆうべ老女がここにすわっていたな。

エラリイはあの老女のことをすっかり忘れていた。

四日目

土曜の午後のライツヴィルは商いの町に装いを変える。商売の意気があがる。ハイ・ヴィレッジの店が大にぎわいで、キャッシュ・レジスターが何時間も跳ねたり叫んだりし、広場と下本通り《ロワー・メイン》が人で満たされ、ビジュー劇場の行列がチケット売り場から伸びて、スローカム街とワシントン街の角にある〈ローガン食料雑貨店〉の前に達しそうになり、ジェズリール横丁の駐車場が料金を三十五セントに値上げする。町じゅうのいたるところで――ロワー・メインでも、アッパー・ホイッスリング街でも、ステート街でも、広場でも、スローカム街でも、ワシントン街でも――平日には見かけない顔に出くわす。堅苦しいズボンを穿いて田舎から出てきた浅黒い肌の農民たち、堅苦しい靴を履いた子供たち、堅苦しいギンガムチェックの服を着て帽子をかぶった太り肉《じし》のご婦人たち。そこかしこでT型フォードがジープに接触してフェンダーをこする。公営駐車場が町の創立者ライトの銅像を囲むように広場周辺に設けられているが、デトロイト生まれの鉄鋼製品が隙間なく停められていて、歩行者が通り抜けられない。木曜の様子とはまるでちがう。木曜の夜はバンド演奏会が催され、町役場に近いステート街沿いの記念公園に人出が集中する。その夜は、おもにロウ・ヴィレッジの面々と各地域の若い世代が集まってくる。兄のカーキの上着を借りてきた少年たちが目をまるくして歩道の端に列をなし、その前を不安げな少女たちがふたり、三人、四人と組になってこれ見よがしに歩く一方、通りの向こうで軍隊式に整列した車のヘッドライトを浴びながら、銀色のヘルメットをかぶった軍楽隊がスーザの行進曲をいかめしく演奏する。木曜の夜は、地代を払って店を構える商店主たちよりも、ポップコーンやホットドッグを売り歩く強者たちのためにある。

だが、土曜は濃密だ。

上流社会《オー・モンド》の人々がハイ・ヴィレッジへ降臨して、いかにもその階級にふさわしいつどいを催すのは土曜の午後であり、そこでは地域社会における文化、市民生活、政治の健全性を保つことにたゆみない関心が向けられる（区分けして言えば、この日、商業関係者の出番はない。そちらの関係者が公の問題へ意識を向けるのは月曜なのだが、土曜が書き入れどきで月曜日に閑古鳥が鳴くのだからそれは当然だろう。だから、ライツヴィル小売商協会では、毎週月曜の昼にホリス・ホテルでポークチョップと細切りポテトのフライを食べながら、売上税について話し合う。商工会議所の面々がケルトン・ホテルに集まって、べイクト・ハムと砂糖菓子を味わいながらアメリカ式経営を論じるのは木曜、ロータリー・クラブがアパム・ハウスでアパムのおかみさんのフライドチキンとホットビスケットとボイゼンベリージャムで腹を満たして共産主義の脅威について語るのは水曜だ)。毎週土曜の午後になると、ヒル通りやスカイトップ通りやツイン・ヒル・イン・ザ・ビーチズのご婦人がたがホリスやケルトンの宴会場を不平がましいおしゃべりで満たす。というのも、そのご婦人たちは市民公開討論委員会、ライツヴィル・ロバート・ブラウニング協会、ライツヴィル婦人救済会、ライツヴィル生活向上クラブ、ライツヴィル人種間交流連盟などの昼食会に出席しなくてはならないためで、アパム・ハウスにあるほかのアーリー・アメリカン調の宴会場やポール・リヴィア・ルームで開催される格式の高いアメリカ革命の娘《DAR》、ニューイングランド家系学協会、ライツヴィル・キリスト教婦人禁酒連盟、ライツヴィル共和党婦人クラブの会合にまでは押しかけない。もちろん、すべての会合が同時に催されるわけではない。ご婦人たちはうまく時間をずらして参加計画を立て、気概のある者は同じ日に二回、ときには三回も出席する。だから、土曜の昼食会のメニューは三つのホテルのどこも野菜中心で、デザートは果物ばかりだ。一方、日曜のスパルタ式の質素なディナーに夫たちが不満をいだいているのは、だれもが知るところだ。そこへやり手の若い女性の栄養士が少なくともふたり、ひとりはバンガーから、もうひとりはウスターからライツヴィルへ移り住み、事態をさらに徹底させたと言われている。

このように、商売や文化活動や市民生活などの純粋酵母の塊が発酵するなかでは、人間に向けられた悪意はエジプトの港市並みに遠い存在に思われた。実のところ、土曜の午後のライツヴィルで、恐喝という卑劣で常軌を逸したふるまいがおこなわれているとはだれも思わない。だからこそ恐喝者は、ディードリッチ・ヴァン・ホーンの二万五千ドルの受け渡しにこの日を選んだにちがいない。そう考えてエラリイの気持ちは沈んだ。

エラリイはハワードのプロレタリア風のロードスターを、ハイ・ヴィレッジへの曲がりくねった坂道、アッパー・デイド通りに停めた。車をおりて胸のポケットにふれ、それから広場に向かって歩きはじめる。あえてこの通りを選んだのは、土曜の午後に町の中心部から車があふれてここにたまるので、人目を忍ぶ者が難なく気配を消すには恰好の場所だったからだ。それでも、エラリイはここに来て驚いた。アッパー・デイド通りはすっかり様変わりしている。この前ライツヴィルを訪れたときにはなかった、くすんだ色の煉瓦造りの住宅団地ができている。ここにはかつて、蔦の這う築七十五年以上の灰色の家々が建っていたものだ。いまは、活気のある派手な新しい店が並んでいる。石炭置き場があったあたりは広大な中古車売り場に変わっていて、輝かしい車の列がつづいている。中古といっても、ハチドリが一度羽ばたくあいだだけ、空気の精が天界の道を運転したのだろう。

ああ、ライツヴィル！

エラリイはいっそう憂鬱になった。アッパー・デイド通りに進出した小売商が掲げる金属看板の下を歩いていくと、オレンジ、白、青、金色、緑といった色とりどりのネオンの照明に顔を照らされた。この安っぽくちっぽけな明かりで、太陽の形を借りた創造主と張り合わなくてはいけないのだろうか。記憶にあるやさしいライツヴィルからはほど遠い場所だ、とエラリイは思った。

恐喝があっても不思議ではない。

けれども、坂の下のカーブをまわると足どりが軽くなった。故郷に帰った気分だ。

昔からある本物の広場《スクエア》が——正方形《スクエア》ではなく円形だが——そこにあった。円の中心に町の創立者ジェズリール・ライトの銅像が立ち、鳥の糞がその鼻先にこびりついて、足もとにある緑青《ろくしょう》の浮いた馬の水飲み場にも落ちている。ここを中心にして、ステート街、ロワー・メイン、ワシントン街、リンカーン街、アッパー・デイド通りと、街路が車輪の輻《や》のように放射状に伸び、それぞれがライツヴィルのさまざまな特徴を示しているらしいが、不思議なことに、罪深い町々から放蕩息子を招き寄せようとしているようにも見えた。最も太い車輪の輻であるステート街の坂をのぼれば公会堂が、その向こうには記念公園が見えるはずだ。そしてカーネギー図書館（ドロレス・エイキンはまだあそこにいて、詰め物がされたフクロウや、獰猛ながら中身の抜かれたワシの面倒を見ているのだろうか）、いまは古くなった〝新築〟の郡裁判所。ロワー・メインには、ビジュー劇場、郵便局、《レコード》紙の社屋、さまざまな商店。ワシントン街には、ローガンの店、アパム・ハウス、プロフェッショナル・ビルディング、アンディ・バイロベティアンの生花店。リンカーン街には、飼料店と家畜小屋がいくつかと自主消防団。けれども、それらの通りに命を与えているのは広場であり、それはひな鳥を育てる雌鶏に等しかった。

そこにはジョン・F・ライトの銀行があった。所有者はすでにジョン・Fではなく、ディードリッチ・ヴァン・ホーンだが、建物は昔と変わらず堅実そのものだった。老舗のブルーフィールド商店、J・P・シンプソンの質店（〝融資取扱所〟）、ソル・ガウディ紳士用服飾店、ボントン百貨店、ダンク・マクリーン高級酒類店も健在だ。しかし悲しむべきことに、ハイ・ヴィレッジ薬局はドラッグストアのチェーン店に、ウィリアム・ケチャム保険代理店は戦争余剰物資直売店に変わっていた。

そして、ホリス・ホテルの堂々たる入口が目にはいった。

腕時計へ目をやると、一時五十八分だった。

エラリイはホリス・ホテルのロビーへゆっくりとはいった。

人々の活気が最高潮に達していた。大宴会場からの声と食器類の音が混じり合い、盛大な音楽となって聞こえてくる。ロビーも大にぎわいだ。ベルボーイが走る。受付の呼び鈴が鳴る。電話機が跳ねあがる。新聞と葉巻の売り場ではマーク・ドゥードルの息子グローヴァーが――いまではずいぶん太ったグローヴァーが――新聞と煙草をこの上なく愛想よく売りさばいていた。

エラリイは、どれほど暇を持て余した人物の目も引かないよう、計算した速度でロビーを横切った。周囲の人々の動きに合わせて、それより速くも遅くもならないように歩いていく。ぼんやりした楽天家と陽気な知りたがり屋が融け合った人物をしぐさや表情で演じ、ライツヴィルの住人には地元の者だと思わせ、よそ者にはよそ者だと思わせた。そして、三つあるエレベーターの二番目が来るのを待ち、おおぜいに押されて乗りこむのを狙った。エレベーター内では、行き先の階を告げるのを控え、係からやや背を向けて待った。六階まであがったところで気づいたが、係はウォリー・プラネツキーだった。この前見かけたときは、郡裁判所の最上階にある拘置所に勤務していた。当時すでに年配で髪に白いものが交じっていたが、いまは白髪の老人で、肉づきのよい肩を重たげにかがめている。ああ《オー》、歳月《テンプス》よ！　グローヴァー・ドゥードルが太鼓腹をふくらませ、看守が退職してホテルのエレベーター係になるなんて。ともあれ、十階に着くと、エラリイは用心深くウォリー・プラネツキーに背を向けたまま、蟹歩きをしてエレベーターをおりた。

いっしょにおりたのは、セールスマン向けの書類鞄を持つＪ・エドガー・フーヴァー（長期にわたってＦＢＩ長官をつとめた人物）に似た紳士だった。

紳士が左へ行ったので、エラリイは右へ向かった。

ちがう部屋番号をたどって部屋を探すふりをするうちに、その紳士はドアをあけて中へ消えた。エラリイは急いで引き返してエレベーターの前を通り過ぎ、いま十階に来た紳士がはいったのが一〇三一号室だと確認してから、さらに先へと急いだ。緋色の絨毯が足音を消してくれた。

もうすぐ一〇一〇号室だとわかったので、歩調をゆるめずにすばやく振り向いた。後ろの廊下にはだれの姿もなく、ドアからのぞいていた顔が引っこむこともない。一〇一〇号室の前で立ち止まり、エラリイはもう一度周囲に目を配った。

だれもいない。

それから、ドアに手をかけてみる。

施錠されていない。

では、嘘ではなかったのか。

エラリイはいきなりドアを押しあけた。そして待ちかまえた。

何も起こらないので、中へはいって、すぐにドアを閉めた。

そこにはだれもいなかった。何週間も前からだれも使っていないらしい。浴室のないひとり部屋だ。一方の隅には、下に配管がむき出しとなった白い洗面台があり、その上には木のタオル掛けがある。その向こうにウォークイン・クロゼットが見える。その部屋には、ホテルとしての最小限の設備だけが具わっていた。せまいベッド、紫の刺繍がある薄茶色のベッドカバー、ナイトテーブル、クッション入りの硬い椅子、電気スタンド、書き物机、糊のきいた木綿のクロスを掛けた寝室用戸棚。その戸棚の上には鏡があり、反対の壁際に置かれたベッドの上には、〈山頂の日の出〉と記された埃だらけの印刷の絵が掛かっている。ひとつしかない窓には、薄くて安っぽい陰気な亜麻色のカーテンがあり、カーテンの下端は塗料のはがれた大きなラジエーターから規定どおり二インチ離してある。床には機械織りの緑のカーペットが端から端まで敷きつめてあるが、すっかり色褪せている。ナイトテーブルには電話機が、書き物机には水差しと、厚手のグラスと、襞飾りつきの四角いガラスのトレーが置いてある。食事のメニューが戸棚の上の鏡に立てかけてあり、〝ホリス・ホテル　狩りの間　特別なお客さまのための特選料理〟と記されていた。

エラリイはウォークイン・クロゼットのなかをのぞいた。

帽子を置く棚に洗濯物用の新しい紙袋がひとつと、床に妙な陶製の容器があるだけだ。その容器が何かを理解するまで少し時間がかかったが、わかると愉快になった。古い世代が〝雷壺〟と呼んでいた尿瓶《しびん》だ。エラリイはそれをそっともとの場所へもどした。まさしくライツヴィルの本領発揮というところだ。

エラリイはクロゼットのドアを閉めて、部屋を見まわした。

恐喝者がこの部屋をふつうの形で借りたのではないのはたしかだ。タオル掛けにはタオルがなく、窓は閉めきってある。一方、サリーに匿名の電話をかけた人物は、すでにきのうの朝、一〇一〇号室を受け渡しの場所に使えることを知っていた。恐喝者としては、この部屋に確実にはいれるようにしておく必要がある。だから、前金を支払って予約した。とはいえ、堂々と現れてホテルの係に部屋をあけさせたのではない。部屋の解錠には、金物屋で売られているありふれた万能鍵を使ったのだろう。ホリス・ホテルは新式のシリンダー錠をまだ採り入れていない。

これで合点がいき、クイーン氏はクッション入りの椅子にゆったりと腰かけて、用心深い悪人に思いをはせた。相手は姿を現さないだろう。だが、連絡は必要だ。だからなんらかの伝言が来る。

どれくらい待たされ、どのようにメッセージが届くのか、とエラリイは思案した。

椅子にゆったりと身を預け、煙草は吸わずにいた。

十分が過ぎ、エラリイは立ちあがって部屋をうろつきはじめた。もう一度ウォークイン・クロゼットをのぞく。膝を突いてベッドの下を見る。戸棚の抽斗をあける。

警察や協力者がひそんでいないかと、恐喝者は様子をうかがっているのかもしれない。

あるいは、サリーの使者がこの手のことに長けた男だとわかり、恐れて逃げたのかもしれない。

もう十分待とう、とエラリイは思った。

メニューを手にとった。

〝ローストポーク　リンゴのフリッター添え　アンリ風〟……。

電話が鳴った。

エラリイは二回目が鳴る前に受話器をとった。

「はい」

声が聞こえた。「戸棚の右側最上段の抽斗に金を入れろ。ドアを閉めろ。それから、アパム・ハウスの十号室へ向かえ。部屋にはいれ。そこにある戸棚の右側最上段の抽斗に手紙がはいっている」

エラリイは言った。「アパム・ハウス、十号室――」

「手紙は八分間、その部屋にある。いますぐ歩いていけば、ぎりぎり間に合う」

「しかし、どうすればわかる。そっちがほんとうに――」

カチリと音がした。

エラリイは受話器を置いて、戸棚の前へ走りこむと、右側最上段の抽斗をあけ、金のはいった封筒を入れて抽斗を閉めたあと、部屋から勢いよく出てドアを閉めた。廊下は無人だ。エラリイは毒づいて、エレベーターのボタンを叩いた。ほとんど待たずに一台目が来た。客はだれも乗っていない。赤毛でそばかすだらけのエレベーター係の手に一ドル札を押しつけた。

「ロビーへ直行してくれ。途中で止めるな！」細かいことに気をつかっている場合ではなかった。

あっという間に着いた。

エラリイはロビーの人混みに飛びこみ、ベルボーイをひとりつかまえた。

「簡単に十ドル稼ぐ気はあるか」

「はい、ございます」

エラリイは十ドル札を渡した。「すぐに十階へあがって――できるだけ速くだ――一〇一〇号室のドアを見張ってくれ。だれか来たら、ドアノブを磨いているふりでもしろ。何もせず何も言わず、そこで待っているだけでいい。ぼくは十五分でもどる」

　そして、急いで広場へ出た。

　アパム・ハウスはワシントン街の、広場から百フィートはいったところにある。二階へ及ぶ木の柱がホリス・ホテルの入口から見えた。広場を歩く人の群れを押しのけるようにして、エラリイは歩いた。リンカーン街を横切り、ボントン百貨店、かつてマイロン・ガーバックが営んでいた薬局、ニューヨーク百貨店の前を通り過ぎる。信号を無視してワシントン街を渡り……。

　あの声が忌々しかった。いつまでも耳にささやきかけてくる。「戸棚の右側最上段の抽斗に金を入れろ……」声を抑えても、ふつうは正体がわかるものだ。それなのに、あのささやき声は……。ティッシュペーパーか！　そうにちがいない。電話の相手はティッシュペーパー越しにささやいていた。だから、しゃがれたり震えたり揺らいだりして、性別も年齢もわからない声に変わった。

　アパム・ハウスの十号室。一階だろう。西の棟に何室かあった。西の棟……。先を急いでいるとき、小さな手が心の扉を叩いた。どういうわけか、快活そうな黒い顔がずっと頭に浮かんでいる。合衆国陸軍の制服を着た若い兵士だ。エイブラハム・L・ジャクソン伍長！　デイヴィー・フォックスの事件で証言をしたジャクソン伍長だ。ローガンの食料雑貨店で下働きをしていたときに、六本のぶどうジュースの瓶を配達した際の様子を、思い出して語っていた。ローガンの店と言えば……。ワシントン街とスローカム街の角にまだあって、アパム・ハウスの隣で、入口がスローカム街に向いている。ジャクソン……。ジャクソンがどうしたというのか。ずいぶん前のことなのに、なぜこうも気になるのか。ローガンの店の裏手で、段ボール箱の荷物を配達用トラックへ運び……そう……たしかにそう証言した……店の裏の路地にはビジュー劇場の非常口があり、さらに……アパム・ハウスの横の入口があった。横の入口！　そうだ。そこからなら、人目を引かずに中へはいることができる。エラリイはアパム・ハウスの正面玄関を勢いよく通り過ぎながら、腕時計をすばやく見た。六分半。そこの路地だ……。

　エラリイは道を折れてその路地へはいり、横の入口まで走った。

　廊下に独立戦争の軍服の色だった青のカーペットが敷かれ、コンコード橋の民兵を描いた勇ましい壁紙が貼られている。人の気配はない。ふた部屋隔てた先に十号室のドアがあった。

　ドアは閉まっていた。

　エラリイはそこへ走り寄り、迷わずノブをまわした。ドアがあいたのですばやく中へはいって戸棚の前へ行き、右側最上段の抽斗を力強くあけた。
ひと束の手紙があった。

六分と数秒後、エラリイはホリス・ホテルの三番目のエレベーターからおりて十階へ出た。ここまで走りどおしだった。

「おい！」

〝非常口〟の表示があるドアからベルボーイが顔をのぞかせた。

「ここです」

エラリイは駆け寄って大きく息を吐いた。「それで？」

「何も起こりませんでした」

「何も？」

「そうです」

エラリイはベルボーイを注意深く見た。しかし、どうやらマミー・フッド（『クイーン検察局』所収短篇「ライツヴィルの盗賊」に登場。エド・ホチキスのまた従妹）の息子と思われる顔には好奇心しか浮かんでいない。

「一〇一〇号室にだれもはいらなかったのか」

「はい、だれも」

「もちろん、だれも出てこなかったな」

「はい」

「あのドアから目を離さなかったか」

「一度も離してません」

「たしかだな」

「神に誓って」ベルボーイは声をひそめて訊いた。「探偵さんですか」

「まあ……そんなものだ」

「女性問題でしょう?」

エラリイは謎めいた笑みを浮かべた。「あと五ドルあったら、これを全部忘れられそうか」

「いいですとも!」

エラリイは少年がエレベーターのなかへ消えるまで待った。それから、一〇一〇号室へ走った。

金のはいった封筒は消えていた。

機知を売り物にしている人間にとって、裏をかかれるのは打撃だ。特に、ライツヴィルで裏をかかれるのは、痛手が大きすぎる。

エラリイはアッパー・デイド通りへゆっくりと引き返した。

恐喝者はどうやって金を手に入れたのか。

一〇一〇号室に隠れていたのではない。エラリイは前にもあとにも部屋をしっかり調べた。ウォークイン・クロゼットにはだれもいなかった。化粧台の抽斗も空だった（理屈の上では、こびとも考慮に入れなくてはならない）。ベッドの下にはだれもいなかった。浴室はついていない。隣室へ通じるドアすらなかった。窓からはいれたはずはない。人がハエのように外に張りついていたら、下の広場が大晦日《おおみそか》のタイムズスクエア並みの大にぎわいになっただろう。

にもかかわらず、恐喝者はエラリイが立ち去ったあとに一〇一〇号室へはいり、エラリイがもどる前に出ていくことができた。いや、それよりずっと早くに出ていった……ベルボーイが十階で見張りにつく前に。

もちろん、そうだ。

エラリイはかぶりを振りながら、自分の間抜けさにあきれた。あのベルボーイが嘘をついているのでなければ、答は単純な時系列のなかにある。部屋は監視されていたが、目の届かない時間がわずかにあった。エラリイが下へ向かうエレベーターに乗りこんだときから、ベルボーイが十階に着くまでのあいだだ。

その隙に恐喝者は行動を起こした。

ホリス・ホテルのなかから電話をかけた。十階の別の部屋、あるいは九階の部屋、いや、ロビーの内線電話を使ったのかもしれない。そして、手紙の受け渡しに制限時間を設けた。抜け目がない！　こちらがゆっくり考えれば、アパム・ハウス十号室の戸棚に手紙が置かれていない可能性もあることや、置かれていたとしても、指定の時間に恐喝者が回収に来る可能性がきわめて低いことなど、あれこれ思いついただろう。だが、恐喝者は考える隙を与えなかった。それに、相手に有利な点がもうひとつあった。考える余裕があろうとなかろうと、サリーの代理人が恐喝者の指示に逆らうわけにはいかない。被害者の立場から見れば、いま何よりも肝心なのは手紙を取りもどすことだ。そのためには、金を払っても手紙がもどらないという危険さえ、冒さざるをえない。恐喝者はその弱みに付けこめばいい。そして、実際にそうした。

エラリイが一〇一〇号室を出たあと、恐喝者は部屋へはいって金をとり、ベルボーイが十階に着く前にそこを出た。おそらく非常階段からどこか下の階まで移動し、そこからエレベーターでおりたのだろう。

エラリイは、ホリス・ホテルへ引き返して一〇一〇号室が予約されたいきさつを調べようか、そしてアパム・ハウスへもどって恐喝者が残した手がかりを探そうかと考えた。けれども、そこで肩をすくめてハワードの車に乗りこんだ。そんなことをしたら、怪しんだフロント係に通報され、デイキン署長のお出ましとなるか、ディードリッチ・ヴァン・ホーンが所有する《レコード》紙の記者の餌食になるのが落ちだろう。警察と新聞は避けなくてはならない。

何を血迷って、こんなやりきれない問題に首を突っこんでしまったのかと、エラリイは考えはじめていた。

エラリイは一六号線沿いの〈ホット・スポット〉の脇に車を停め、中へはいった。店は混雑して騒がしい。奥から二番目の左側のブースへとゆっくり進み、そこで声をかけた。

「すわってもいいかな」

サリーの前にあるビールは手つかずだったが、ハワードの前にあるウィスキーのグラスは三つ空になっていた。

サリーは青ざめていた。口紅の色のせいで、顔色がいっそう青白く見える。地味な色のセーターとスカートを身につけ、古いギャバジンのコートを肩に掛けている。ハワードはダークグレーのスーツを着ていた。

ふたりそろってエラリイを見あげた。

エラリイは言った。「席を詰めてくれ、サリー」サリーの横にすわり、ブースの外側が背になるように体の向きを変えた。白い前掛けをつけたウェイターが足音高く通りながら「ただいまうかがいます」と言ったので、エラリイは振り向かずに「急がなくていいよ」と応じた。そして、左手でサリーの膝の上にそっと何かを置き、右手でビールのグラスを持った。

サリーは下を向いた。

頬が赤くなる。

ハワードがつぶやいた。「サリー、頼むよ」

「ああ、ハワード」

「ぼくに渡してくれ」

「テーブルの下からだ」エラリイは言った。「ああ、ウェイター。ビールを二杯と、ウィスキーをもう一杯」

ウェイターが空のグラスをつかみ、汚れた布でテーブルを拭きはじめた。

「ぼろ雑巾でもおかまいなしか」ハワードはざらついた声で言った。

ウェイターは目をまるくし、さっさと立ち去った。

エラリイは自分の手のひらに別の手がふれるのを感じた。小さな柔らかい手で、熱かった。そして、その手はすぐに引っこんだ。

ハワードは言った。「全部で四通ある。四通ともだよ、サル。エラリイ――」

「たしかにこれで全部なのか。そして、本物なのか」

「そうだ」

サリーがうなずいた。燃えるような目でハワードを見る。

「写しではなく、原本だな？」

「そうだ」ハワードがまた言った。

そして、サリーがまたうなずいた。

「テーブルの下からぼくに手渡してくれ」

「きみにか？」

「ハワード、神さまと言い争うつもり？」サリーが笑った。

「おい、気をつけろ！」

ウェイターがビール二杯とウィスキー一杯を乱暴に置く。ハワードが尻のポケットを探った。

「ぼくが払う」エラリイは言った。「ほら、ウェイター、とっておいてくれ」

「おや！　ありがとうございます」ウェイターは機嫌を直して立ち去った。

「さあ、ハワード」ひと呼吸置いて、エラリイは言った。「灰皿をこっちへ」

エラリイは灰皿に手を置いて、さりげなくあたりを見まわした。目をもどしたとき、灰皿はエラリイとサリーのあいだの座面にあった。

「ふたりとも、飲んで話しつづけてくれ」

サリーはテーブルに肘を突いて微笑みながらビールを少し飲み、ハワードを見て話した。

「エラリイ、あなたのことも今回のことも、毎晩神さまにひざまずいて感謝する。死ぬまでよ。毎晩、そして毎朝も。ぜったいに忘れない、エラリイ。ぜったいに」

「下を見て」エラリイは言った
サリーは見た。大きなガラスの灰皿に紙くずの小山があった。

「きみにも見えるか、ハワード」

「見えるさ」

エラリイは煙草に火をつけてから、火の点いたマッチを左手に持ち替え、灰皿へ落とした。

「コートに気をつけて、サリー」

燃やされた捧げ物が四つ作られた。

ふたりが別々に帰ると、エラリイは三杯目のビールを飲みながら思案した。サリーが先に店を出た。背筋が伸び、足どりはケトノキス湖の上を飛ぶ鳥のように軽やかだった。そこには混じりけのない安堵があったが、それが荒々しい現実にベルベットの裏地を与えるのではないかとエラリイは思った。

ハワードのほうは声が大きくなり、喜びを抑えきれないらしかった。

手紙が取りもどされて焼かれ、危険は去った。サリーの足どりとハワードの声がそれを物語っていた。

ふたりを失望させてもはじまらない。

エラリイは午後のさまざまな出来事を思い返した。

恐喝者は金を手にする前に手紙の原本を手放すという危険を冒した。慎重な犯人がすることだろうか。ホリス・ホテルの化粧台の抽斗にある封筒の中身がただの紙切れだったら？　原本は持ち主の手にもどり、まったくの骨折り損になる。だから、恐喝者は四通の手紙をあらかじめ複写したにちがいない。そうすれば、原本を返したところでほとんど痛手にならない。このような例では特に、複写の文書は原本とほぼ同じ効力を持つ。ハワードの筆跡には特徴がある。癖のある、とても小さな、刻印したような文字で、ひと目でそれとわかる。

いま言ってもはじまらない。

きょうは日なたを歩けばいいよ、サリー。あすは曇りだ。

そして、また脅迫電話が来たら、ハワード、そのときはどうする？　一度目はやむをえず盗みを働いたが、二度目の要求にはどう応えるつもりなのか。

そして、ほかにもまだある。

エラリイは眉根を寄せてビールを見つめた。

まだ何かある。

はっきりとは正体がつかめない。だがなんであれ、不快にさせるものだ。頭皮の内側がむずむずする感覚がよみがえった。運命のうずきだ。

何かが異様だ。それは姦通でも、恐喝でも、これまでヴァン・ホーン家で見聞きした物事でもない。たしかにそういったことは異様だが、これはそれらとは別種の異様さであり、すべてを覆っている。大いなる異様さであり、たくさんある小さな異様さ、個々の異様さとは別物だ。そう――個々の異様さ！　この不快感の根源を突き止めようとしたとき、個々の異様さが全体の、異様さを生み出すそれぞれの部分にすぎないと考えるだけで、なんとなく解決できそうな気がしてきた。それらは大いなる法則の一部なのだろうか。

法則？

エラリイはビールを飲み干した。

なんであれ、それは進行している。なんであれ、悪い結果しか生むまい。なんであれ、しっかり見守ったほうがいい。

エラリイは大急ぎで〈ホット・スポット〉を出ると、制限速度を無視してノース・ヒル通りへ引き返した。ヴァン・ホーン家では何かが起こりかけていて、すぐにもどればそれを避けられるのではないかという気がしていた。


ところが、ふだんとちがうことは何もなかった。もっとも、安堵していること、急に肩の力が抜けたことは、ふだんどおりとは言えないのだが。

夕食のとき、サリーは快活だった。目は輝き、歯はまばゆく光った。主人のいる広間でのびのびとふるまうさまは、ディードリッチと向かい合って坐する女性として実にふさわしく、サリーの相手がディードリッチではなくハワードだったらさぞ惨めだろう、とエラリイは思った。ディードリッチは最上の天国にいるかのようで、ウルファートでさえサリーの陽気さにひとこと感想を述べた。ウルファートはあまりよく思っていないらしく、その感想には棘があった。それでもサリーはただ笑い飛ばした。

ハワードも上機嫌だった。美術館の計画についてとうとうと述べ立てて、父親を喜ばせた。

「スケッチをはじめましたよ。いい感じです。とってもいい。なかなかのものができるでしょう」

「そう言えば、ハワード」エラリイは言った。「きみのアトリエをまだ見せてもらっていなかったな。そこは聖域なのか、それとも……」

「そうか！　そうだったね。じゃあ、上へ来てくれ」

「みんなで行きましょうよ」サリーが言う。そして、意味ありげな親愛のこもった目を夫へ向けた。

だが、ウルファートがきびしく言った。「今夜はハッチンソンの契約書に取りかかると約束したじゃないか、ディードリッチ。先方には、あすいっしょに書類を検討しようと言ってあるんだ」

「だが、土曜の夜じゃないか、ウルフ。そして、あすは日曜だ。あの連中は月曜の朝まで待てないのか」

「月曜の朝から作業にかかりたいんだと」

「まったく！」ディードリッチは顔をしかめた。「わかったよ。ダーリン、すまないな。

今夜はきみに男女の主人役両方を引き受けてもらうしかなさそうだ」

エラリイが思い描いていたのは壮大な空間で、巨大な掛け布が豪奢にさがり、さまざまな段階の大きな彫りかけの石がいくつも置かれ、ハリウッドのスタジオに設置された彫刻家のアトリエと似ている、そんな部屋だった。しかし、予想は完全に裏切られた。アトリエは広かったが、簡素でもあった。大きな石はなく（「建築の心得がないんだね、エラリイ」ハワードは笑って言った。「この床はそんな重みに耐えられないよ」）、掛け布はごくふつうのものだった。そこには小さな仮枠、彫刻針、塑像台、道具類――締め具、丸たがね、万力、金べら、鑿、木槌など――が散らばり、ハワードが言うには、それらは石だけでなく木や象牙の彫刻にもさまざまな用途で使われるらしい。小さな模型や粗いスケッチがそこかしこに置いてあった。

「ここは下準備に使ってるんだ」ハワードが説明した。「家の裏手に大きな納屋がある。もしよかったら、あす案内するよ、エラリイ。そこで仕上げをする、つまり石を彫るんだよ。そこの床ならじゅうぶん硬いし、かなりの重さにも耐えられる。石材を運び入れたり完成品を運び出したりするにも便利だ。三トンの大理石の塊をここまで持ちあげようとしたらどうなると思う？」

ハワードは美術館の彫像のためにたくさんのスケッチを描いていた。「ざっと描いたものばかりだ。頭に浮かんだものを大まかに絵にしただけさ。くわしいことまでは決めてない。もっと細かいスケッチをしてから、粘土で塑像を作る。そして、ずいぶん長くこの屋根裏部屋にこもったあとで、ようやく裏のアトリエに向かう準備ができるってわけだ」

「ハワード、ディーズから聞いたんだけど」サリーが言った。「あなた、あそこのアトリエを改装したいんですってね」

「そうだよ。床の補強が必要だし、西側の壁にも窓がほしい。できるだけ光を入れたいんだ。それに、あれよりずっと広くしたい。西側の壁を取り払って、少なくとも全体のもう半分は広くしようかと考えてる」

「彫像を全部おさめたいということか」エラリイは尋ねた。

「いや、全体像をつかむためだよ。装飾用の大きな彫刻がかかえる問題は、肖像彫刻のそれとはまったくちがうし、ミケランジェロなどの作品とも異なる。ミケランジェロの作品をきちんと鑑賞するには――質感や細部の輪郭などを見るには――近づかなきゃいけない。そうした作品を遠くから見ると、ぼやけて形がわかりづらいんだ。ぼくの場合はちがう。どの作品も、戸外で離れた場所から鑑賞されることを前提に制作するんだよ。鋭く明快に彫って、はっきりした輪郭や横顔にする技術が必要になる。ギリシャ彫刻が広い場所でこそ際立つのはそのせいだ。実を言うと、ぼくが新古典派を好きなのはそこなんだよ。何があろうと、ぼくは屋外の彫刻師だ」

ここでは、ハワードは別人だった。とまどいがちな内にこもった態度が消えて、しっかりと眉があがり、話しぶりは堂々として優雅ですらある。エラリイは自分自身を少し恥じた。ディードリッチが美術館を〝購入〟したことを、富がもたらすいささか不快なふるまいだと思っていた。しかしいまは、才能ある若い芸術家にやりがいのある仕事を与えたのではないかと感じ、自分の目論見のなかに新たな好ましい要素が加わった気がした。

「創作活動の証拠をこんなに見せられると」エラリイはにっこり笑った。「ゲストハウスで取り組んでいる自分のつまらない仕事を思い出すよ。さっさとあそこへ帰って、しばらくタイプライターをいじめたら、きみたちはぼくを付き合いの悪いやつだと思うかい？」

ふたりとも、すっかり悔いている。だからエラリイはそのまま立ち去った。ふたりはスケッチに互いの頭を寄せ、ハワードが生き生きと語るのを、サリーが目を輝かせ、うるおいのある唇を開いて耳を傾けていた。

では、これで何もかも終わったのだろうか。エラリイは暗澹《あんたん》たる思いにとらわれた。すべての証拠が手紙の形をとるとはかぎらない。ディードリッチがいるのが二階下の書斎でよかったと思った。

もしディードリッチが自分の目で事実を見いだし、複写がなんの意味もない無価値なものとなったら、恐喝者はあてがはずれていい気味だ……などとエラリイが考えていたそのとき、またあの女の姿が見えた。

三階から二階へおりようと、エラリイは階段の途中の曲がり角に差しかかったところだった。それは影のなかの影だったが、その影のなかの影は怒った猫のように半円に背をまるめていたので、あの老女だとわかった。

エラリイは音を立てないように数歩ですばやく二階へおり、壁に体をぴったりつけた。

廊下をゆっくりと動く老女は、ゆったりした頭巾をかぶった古い鎌の化身を思わせ、歩きながら信じがたいことをつぶやいている。

〝そこでは悪しき者も悶着を起こすのをやめ、疲れし者も憩いを得る（ヨブ記第三章第十七節）〟

老女は廊下の突きあたりのドアの前で止まった。そして驚いたことに、衣服に手を入れて鍵を取り出した。その鍵を鍵穴に入れる。錠をはずしてドアを押しあけたが、その奥はエラリイには見えなかった。長方形の宇宙空間だ。

やがてドアが閉まり、錠がかかる音が見えない天空から聞こえた。

あの老女はここに住んでいる。

ここに住んでいるのに、二日半のあいだ、だれも老女のことを口にしなかった。ハワードも、サリーも、ディードリッチもウルファートも——ローラやアイリーンもだ。

なぜだろうか。そもそも、あれはだれなのか。

夢のなかの魔女のように、あの老女はエラリィの意識から消えたと思うとまたふと現れる。

たとえ客人の身でも、これを突き止めずにおくものか。エラリィは廊下を駆けおりながら、憤然と心に誓った。

五日目

エラリイが階段をおりきったちょうどそのとき、だれかの走る音に気づいて目をあげると、サリーがスーパーマンのように急降下してくるところだった。

「どうしたんだい」エラリイはすぐに尋ねた。

「わからない」サリーはエラリイの腕につかまって息を整えた。震えているのがわかる。

「あなたが出たすぐあと、わたしもハワードと別れて自分の部屋へ行ったの。そうしたらインターホンが鳴って、書斎へすぐ来るようにディードリッチが言ってきたのよ」

「ディードリッチが？」

サリーは怯えていた。

「もしかして、きみは……」

ハワードが血の気のない顔で騒々しく駆けおりてきた。

「いま、父にインターホンで呼ばれたんだ」

そこへウルファートも現れた。時代物のバスローブの裾が痩せた脚のまわりではためき、喉仏が古い骨のように突き出ている。

「ディードリッチに起こされたよ。何があった?」

一同は沈黙をぶつけ合いながら書斎へ急いだ。

ディードリッチはじれったそうに待っていた。机の上の書類が片側に寄せてある。感嘆符が大集合したように、髪が逆立っていた。

「ハワード!」ディードリッチは息子をつかまえて抱きしめた。「ハワード、無理だと言われていたが、ついにやりとげたぞ!」

「ディーズったら、絞め殺すわよ」サリーは半ば怒った声で笑った。「死ぬほど驚いたじゃないの。いったい何をやったの?」

「ああ、そうだ! 階段から落ちて首の骨を折るところでしたよ」ハワードがうなるような声で言った。

ディードリッチは両手をハワードの肩に置いて、体を離した。「息子よ」重々しく言う。

「おまえがだれなのかわかったんだよ」

「ディーズ」

「ぼくがだれなのかわかった」ハワードは鸚鵡《おうむ》返しに言った。

「なんの話だ、ディードリッチ」ウルファートが不機嫌そうに訊いた。

「いま言ったとおりだ、ウルフ。ああ、クイーンさんにはわけがわからないだろうな」

「ぼくはゲストハウスへもどったほうがよさそうですね、ヴァン・ホーンさん」エラリイは言った。「いま帰るところだったんですが、そこへ——」

「いやいや、ハワードは気にしないだろう。実はクイーンさん、ハワードはわたしの養子でね。赤ん坊のときにうちの玄関先に置かれていたんだが……まあ、これまでは」ディードリッチは含み笑いをした。「コウノトリが運んできたようなものだったわけだ。とにかくすわって、すわって、クイーンさん。ハワード、そんなでかい足でうろうろしたらつまずくぞ。サリー、わたしの膝にすわるといい。これはちょっとした事件だ！　ウルフ、笑ってくれ。ハッチンソンの件はあとでいい」

　全員がどうにか腰をおろすと、ディードリッチはエラリイがすでに知っていることを嬉々として説明した。エラリイは心底驚いたふりをしながら、目の端でハワードを観察した。ハワードは身動きひとつせずにすわっていた。両手は膝に置かれている。顔つきからでは何を考えているかわからない。口をとがらせているのは不安のせいだろうか。目はどんよりと曇っていて、こめかみがときどき小さく引きつった。

「一九一七年、わたしは探偵社に調査を依頼した」ディードリッチはサリーの髪に手を置いて話した。「それはハワードがうちに来た年で、わたしはどうにかして両親を探してやろうと思った。〝探偵社〟というより、ひとりでやっている探偵事務所だ。テッド・ファイフィールドという年配の男だった。警察署長をやめて、自分で商売をはじめたらしい。わたしはファイフィールドに三年間手数料を払いつづけ、生計を立てさせてやったようなものだ。自分が陸軍に入隊していたときも含めてだ――覚えているだろう、ウルフ。だが、それだけの年月をかけても見つからず、ついにあきらめた」

ハワードが聞いているのかいないのか、どうもはっきりしなかった。サリーもそれに気づいたらしく、困惑と不安の入り混じった顔をしている。

「些細なことが、ときには最も重要となるのだから、おもしろいものだ」ディードリッチは熱心に話しつづけた。「二カ月ほど前、わたしはジョー・ルーピンに髪を刈らせていた。場所はホリス・ホテルの床屋で――」

「理髪室ですね」エラリイはそうつぶやき、懐かしく思い出した。ジョー・ルーピンは、ロワー・メインの美容室で働く妻のテッシーを通じてヘイト事件に少しかかわった。その床屋はルイージ・マリーノが経営するホリス・ホテルの理髪室のことであり、いま思えば、まさにきょうの午後、ホテルのロビーをこっそり横切るとき、泡にまみれた客の顔に身を乗り出したマリーノの白髪交じりの頭をエラリイは見かけていた。

「――そこでわたしは、隣の椅子で太陽灯を浴びていたJ・C・ペティグルーと話しはじめた。きみも知っているだろう。あの不動産屋を……」

はじめてライツヴィルを訪れたあの日、ロワー・メインの不動産屋の机に載っていたJ・Cのサイズ十二の靴をいまも覚えている。靴と、あの象牙の爪楊枝を。

「あれこれ話すうちに、いまは亡き人々の話題になり、だれかが――ルイージだったと思うが――ずいぶん前に死んだテッド・ファイフィールドのことを口にした。それを聞いたJ・Cが急に勢いづいてね。〝死んでいようがいまいが、あのファイフィールドって男はいかがわしい悪党さ〟と言って、そのときの顚末を語ったんだよ。なんでもJ・Cは、不動産取引で自分に損をさせて逃げた男をつかまえたくて、ファイフィールドにかなりの大金を払って依頼したのに、調査費をすっかり巻きあげられて、でっちあげの報告書を渡されたらしい。そいつはライツヴィルから一歩も外へ出ず、指一本動かさずに金を稼いだのだと。J・Cが探偵の免許を無効にさせてやると脅したら、ろくでなしのファイフィールドはあわてて金を返したそうだ。そんなわけで、話を聞いたわたしはいやな気分になった。ファイフィールドには三年間ずいぶんな額を払ったのだからな。さらにそのあと、床屋にいたほぼ全員が、テッド・ファイフィールドにまつわるなんらかの不快な話を知っていることがわかり、ひととおり聞き終わるころには吐き気がしたほどだった。わたしは人にだまされるのが大きらいで、そういう仕打ちに遭うと頭に血がのぼる。だが、そんなことより、ある問題をファイフィールドにまかせていたことが気になった……そう、家族全員にとってきわめて重要な問題を」

サリーは眉間の皺を深くした。片腕を夫の首にかけて明るく言う。「作家になればよかったわね、ダーリン。そんなにくわしく語れるんですもの。で、わくわくするところはどこ?」

ウルファートは塩漬けにでもされたようにただすわっている。

「つまり」ディードリッチは神妙そうに言った。「わたしは自分の直感に頼ることにした。三十年前、ファイフィールドがわたしをだましてまったく調べもしなかったものと見なして、調査を一から再開したというわけだ。今回はコンヘーヴンにある評判のいい探偵社にまかせた」

「ぼくにひとことも教えてくれませんでしたね」ハワードがいつもとまったく異なる、こわばった妙な声で言った。

「ああ、そうだ。成功する見こみがきわめて小さく——何しろ三十年も前のことだ——たしかなことがわかるまで、おまえには希望を持たせたくなかったのだよ。

ところが、予想に反して成功した。やはりファイフィールドはわたしを欺いていたよ。

あんな――」その口をサリーが手でふさぐ。ディードリッチは苦笑した。「とにかく、何分か前にコンヘーヴンから電話があった。探偵社の社長からだ。すっかり突き止めたという。自分でも信じられないほど運がよかったらしい――依頼したときは時間と金の無駄になるだろうと言われたものだ。しかし、わたしは自分の勘を信じた。そして、ついにわかった」

ハワードは尋ねた。「ぼくの両親はだれなんですか」相変わらずこわばった声だ。

「ああ、それは……」ディードリッチはためらった。それから穏やかに言う。「ふたりとも亡くなった。残念だが」

「亡くなった」ハワードは言った。その事実と苦闘しているのが傍目にもわかる。両親は死んだ。父も母も死んだ。もう生きていない。会うことができず、どんな顔かを知ることもない。それは悪いことなのか、いいことなのか。

サリーが言った。「でも、わたしは残念だと思わない」

そして夫の膝から跳びおり、机の端にすわって書類をいじった。「残念なんかじゃない。だってハワード、もしあなたのご両親が生きてたとしたら、とんでもなくややこしいことになるもの。ご両親にとってあなたはまったく見ず知らずの人間だし、あなたにとっても同じことよ。だれもが混乱し、だれのためにもならない。だから、ぜんぜん残念じゃないのよ、ハワード。あなたもそう考えればいい」

「そうだね」ハワードはどこかを見つめている。エラリイはその目が気に入らなかった。さっきより濁っている。「わかった、死んだんだな」ハワードはゆっくりと言った。「でも、どんな人たちだったのか」

「おまえの父親は農夫だった」ディードリッチは答えた。「そして、母親は農夫の妻だった。貧しい、とても貧しい人たちだった。ここから十マイルほど先の粗末な農家に住んでいた。ライツヴィルとフィデリティのあいだだ。覚えているだろう、ウルフ。三十年前、あのあたりはひどい荒れ地だったな」

ウルファートが言った。「ふん、農夫か」その口調を耳にして、エラリイはこの男の義歯を喉までめりこませてやりたいと思った。サリーはウルファートを視線で殺し、ディードリッチもさすがに眉をひそめた。

だが、ハワードはなんの反応も示さなかった。育ての父をただ見つめていた。

「探偵社が集めた情報によると、その夫婦は野良仕事に人を雇う余裕などなかったそうだ」ディードリッチはつづけた。「おまえの両親は何から何まで自分たちでやるしかなかった。土を耕して、ぎりぎりの暮らしをしていた。そんなとき、妻が身ごもった。おまえをだ」

「だから、いちばん手近な戸口にぼくをぽいと捨てた」ハワードが微笑みながら言ったので、だまって見つめるだけにもどってくれないかとエラリイは思った。

「おまえが生まれたのは夏の真夜中の、激しい雷雨のさなかだった」ディードリッチは笑みを返したが、顔は楽しげではなかった。いまは後悔と不安が見てとれ、少し険しい声になっている。ハワードの反応を見誤っていたことで、自分に腹を立てているらしい。その先は急いで話を進めた。「コンヘーヴンの探偵社は、見つかった記録をもとにその夜の一部始終を明らかにしたんだが、その雷雨というのが大事なことだ。

ハワード、おまえの母親は、ライツヴィルのサウスブリッジという医師にお産の面倒を見てもらったんだよ。おまえが生まれて無事に処置を受け、母親が落ち着くと、医師は嵐のいちばんひどいときに馬車で町へ帰っていった。たぶん、その途中で馬が雷に怯えて暴れだしたんだろうな。馬とサウスブリッジ医師と馬車が、道を少しはずれた谷底で見つかったんだ。馬車は壊れ、馬の脚は二本折れ、医師の胸はつぶれていた——医師は死んだ状態で発見された。もちろん、町役場におまえの出生届けを出せたはずがない。おまえの親があういうことをしたのは、そんな事情もあったのだろうと探偵社は考えている。おそらく、貧しくておまえを育てられないと感じていた両親は——ほかに子供はいなかった——サウスブリッジ医師の事故死を聞いて、まだ出生届けが出されていないのを知り、赤ん坊の身もとを隠してもっと裕福な者に子供をゆだねるいい機会だと思ったのだろう。

おまえが生まれたことを知っていたのはおそらく夫婦と医師だけで、その医師は死んだ。なぜうちの玄関先におまえを置いたのか、もはやだれにもわかるまい。わたしたちが選ばれた特別な理由があったとは思えない——家の外見が立派だったことぐらいだ。少なくとも、貧しい農家の夫婦にはそう見えたにちがいない」

「何もかも、仮定に基づいた話ですよ」ハワードが微笑む。「名なしの赤ん坊のために、両親が手を尽くそうとしたという。だけど、その赤ん坊が要らないから捨てたわけじゃないと、どうして言えるんでしょうか」

「ハワード、そんなふうに悲観するのはやめて」サリーが鋭く言った。サリーは不安げだ。不安と動揺に襲われ、ディードリッチに腹を立てている。

ディードリッチはすばやく言った。「いずれにせよ、コンヘーヴンの探偵社が何もかもを突き止めることができたのは、サウスブリッジ医師のスケジュール帳を見つけたからだ。それはポケットにはいる手帳で、医師の服から葬儀屋が取り出して故人の所持品といっしょにしたまま、古い家の屋根裏に埋もれていたのを、調査員が見つけたという。医師が農家を出たとき、その家の妻が男児を出産したことを手帳に書き残していて、その日付はおまえの誕生日とぴったり同じだったんだよ、ハワード。わたしがおまえを見つけたとき、毛布に留められていた紙切れにあった日付だ。そして探偵が言うには——もちろん、わたしはその紙切れを長年保管しつづけ、それを探偵社に渡しておいたんだが——紙切れに書かれた字とその農夫の字はまちがいなく筆跡が同じだった。古い抵当証書に本人の署名があったからわかったんだよ。だから、ハワード」ディードリッチはほっと息をついて、話を締めくくった。「そういうことだ。もうおまえは自分が何者だったのかを考えずにすむ」目を輝かせて言う。「これからはありのままの自分でいればいい」

「今夜はじめて、あなたから晴れやかなことばを聞きましたよ、ディーズ」サリーが声を大にして言った。「さあ、みんなでコーヒーでも飲まない？」

「待ってくれ」ハワードが言った。「ぼくはだれなんですか」

「だれかって？」ディードリッチはとまどった顔をした。それから、力をこめて言った。「おまえはわたしの息子だよ、ハワード・ヘンドリック・ヴァン・ホーン。そうに決まっているじゃないか」

「ぼくはだれだったか、という意味です。なんという苗字だったのか」

「言わなかったかな。ウェイだ」

「ウェイ？」

「綴りはW-a-y-eだ」

「ウェイ」ハワードはその名を味わっているかのようだった。「ウェイ……」香りがまったく感じられないとでも言いたげに、首を横に振る。「上の名前はなかったんですか」

「ない。名前をつけなかったのは、おそらく育ての親に命名をまかせようとしたからで、それももっともな話だ。少なくとも、サウスブリッジ医師のメモには子供の洗礼名《クリスチャン・ネーム》がなかった」

「クリスチャン。その夫婦はキリスト教徒だったんですか」

「もう、どうでもいいじゃないの」サリーが言った。「キリスト教徒だろうと、ユダヤ教徒だろうと、イスラム教徒だろうと——あなたはあなたが育てられたとおりの人間よ。もうやめましょうよ」

「キリスト教徒だった。宗派までは知らないがね」

「で、ふたりは死んだ、と」

「そうだ」

「どんなふうに死んだのでしょうか」

「さあな……そう、サリーの言うとおりかもしれない」ディードリッチはいきなり立ちあがった。「この話は終わりにしよう」

「どんなふうに死んだのかな」

ウルファートが目を輝かせた。視線がディードリッチとハワードのあいだをすばしこい小動物のように動いている。

「おまえがわたしに託されてから十年ほど経ったとき、農場が火事になった。ふたりとも焼け死んだ」ディードリッチは疲れがにじんだぎこちない動作で頭をこすった。「ほんとうにすまない。わたしが愚かだったよ」

エラリイはハワードの濁った目に惹きつけられた。そのとき、記憶喪失の発作が起こる現場を目撃しかねないことに急に気づき、それを思うと心が乱れた。

エラリイは急いで言った。「ハワード、ずいぶん落ち着かなくて気が揉めただろうけど、サリーの言うとおりだ。結局、これでよかったんじゃ――」

ハワードはエラリイのほうを見もしなかった。「何も残ってないんですか、お父さん。昔の写真とか」

「ハワード……」

「答えてください！」

ハワードはふらつく足で立った。ディードリッチは衝撃を受けたらしい。サリーは落ち着かせようと、ハワードから目をそらさずに夫の腕をつかんだ。

「ああ……どうやら、火事のあと、母親のほうの親戚が葬式を手配し、焼け残ったものを少し持っていったらしい。農場自体はまるごと抵当にはいっていて――」

「どういう親戚ですか。名前は？　どこに行けば会えますか」

「行方がわからないんだよ、ハワード。火事のあと、すぐによそへ越していったという。探偵社は居どころを突き止められなかった」

「そうですか」ハワードは言った。それから、かすれた声でゆっくりと訊いた。「埋葬された場所は？」

「それならわかる」ディードリッチはすぐに答えた。「ふたり並んでフィデリティ墓地に葬られているよ。さて、コーヒーをもらおうか、サリー」声が明るくなる。「たしかにコーヒーが必要だな。ハワードも――」

けれども、ハワードは書斎から出ていくところだった。目を大きく開いて両手をわずかにあげ、そのままふらふらと立ち去った。

階段をあがるおぼつかない足音が響く。

しばらくして、ドアを閉める音が最上階から聞こえた。


サリーが怒りのあまり何か軽率なことをするのではないかとエラリイは危ぶんだ。

「ディーズ、あなた、なんて考えなしなの！　ほんの少し興奮しただけでハワードがおかしくなるのは知ってるでしょうに」

「だが、サリー」ディードリッチは意気消沈した様子で言った。「知らせたほうが本人のためになると思ったんだよ。ずっと知りたくてたまらなかったようだから」

「せめて、まずわたしに相談してくださればいいのに」

「すまない。後悔しているよ」

「後悔ですって！　あの顔を見たでしょう？」

夫は不思議そうに妻を見た。「サリー、どうもわからないな。きみはふだんから、ハワードは知ったほうがいいと……」

サリー。きみが結婚した男は抜け目がないぞ。

「ぼくはすっかり混乱してしまった」エラリイは陽気に言った。「大きなお世話だろうけど、あえて言わせてもらうよ、サリー。ヴァン・ホーンさんは、できるただひとつのことをなさったと思う。もちろんハワードにはつらいことだ。心の安定した人間でも打撃を受けただろう。でも、自分の出自を知らないことがハワードの不幸のひとつだった。このショックが和らげば――」

サリーは理解した。目を伏せ、両手をひらりと泳がせておろすしぐさからそれがわかった。とはいえ、女性ならではの怒りをまだかかえている。おそらく、いままでより強い怒りを。

口にしたのはこれだけだった。「そうね、わたしがまちがっていたのかもしれない。ごめんなさい、あなた」

すると、ウルファート・ヴァン・ホーンがとんでもないことを口にした。ウルファートは骨張った膝を上半身に近づけて前のめりにすわっていたが、びっくり箱の人形さながら、急に体をまっすぐ起こしたので、バスローブの前がはだけて胸の剛毛があらわになった。

「ディードリッチ、これは遺言書にどう影響するんだ」

兄は弟を見つめた。「何に影響するって？」

「兄さんは法律上の問題にまるで疎かったからな」いまやウルファートの声は鋭さを通り越して金属の響きを帯び、帯鋸《おびのこ》のうなりを思わせた。「遺言書だ。兄さんの遺言書。遺言書というのはきわめて重要な道具になりうる。こんな事情であれば、さまざまな揉め事が
──」

「事情？　ウルフ、特に〝事情〟などないと思うが」

「これがあたりまえだと言うのか？」ウルファートは薄笑いを浮かべた。「あんたの相続人は三人──わたしとハワードとサリーだ。ハワードは養子。サリーは最近資格を得たばかりの妻で──」実のところ、エラリイには〝妻〟ということばが引用符つきに聞こえた。

ディードリッチはひとことも発せずに坐していた。

「――そして、遺産は等分に分配されるとわたしは理解している。そうだろ？」

「ウルフ、さっぱりわからんな。いったい何が言いたい？」

「相続人のひとりがウェイという名の男だと判明した」ウルファートはにやりと笑った。

「法律家にとっては、大きな意味がある」

「ねえ、ディーズ」サリーが言った。「クイーンさんとわたしは庭を散歩してきます」そこでエラリイは椅子から腰を浮かしかけたが、ディードリッチは穏やかに「どうぞそのままで」と言うと、立ちあがって弟の前まで歩いていき、弟を見おろした。ウルファートはやや不安げに身を引き、灰色の義歯を見せた。

「ウルファート、事情は何も変わっていないし、これからも変わらない。ハワードはわたしの遺言書で正式に指名してある。法律上の名前はハワード・ヘンドリック・ヴァン・ホーンだ。そして本人が変更を望まないかぎり、今後も変わりはない」ディードリッチは並はずれて大きく見えた。「ウルフ、わたしが解せないのは、そもそもなぜおまえがそんな話を持ち出すのかということだ。わたしがあいまいな言いまわしをきらうのは知っているだろう。何を考えている。言いたいことはなんだ」

ウルファートの鳥の目に、あの地獄がよみがえった。一方は立って一方は坐したまま、兄と弟は見つめ合った。ふたりの息づかいをエラリイは聞いた。ディードリッチは深い呼吸、ウルファートは鼻水混じりの荒い息。それは、濃密な危機がもたらす果てしない時間のなかのひととき、全歴史を記せるほど長い時間でありながら、ハエの羽ばたきひとつで崩れ去る瞬間でもあった。あるいは、そのように感じられた。ウルファートが何かを知っているはずがない。生来の辛辣さゆえに、知らないにもかかわらず意味ありげな忌々しさが満ちている。この男は不快な秘密のにおいを死骸のように発散させていた。

やがて時が過ぎ、ウルファートがぎこちなく立ちあがった。「ディードリッチ、あんたは大ばか者だ」そう言って、オズの魔法使いの案山子《かかし》のようにぎくしゃくと書斎から出ていった。

ディードリッチがその場を動かずに立っていると、サリーが近づいて、爪先立ちで夫の頬にキスをした。それからエラリイにおやすみの挨拶を目で伝え、やはり出ていった。

「まだここにいてもらえないか、クイーンさん」

エラリイはドアのところで振り返った。

「こんなことになるとは思わなかったよ」悲しげな声だったが、ディードリッチは自分の口調に気づいて笑い、椅子を手で示した。「人生は大騒ぎの連続だな。すわってくれ、クイーンさん」

ハワードとサリーがいてくれればいいのに、とエラリイは思った。

「弟の肩を持ちすぎたのかもしれない」ディードリッチは顔をしかめて言った。「あいつが不幸だというのを理由にね。惨めさが惨めさを呼ぶと言ってやればよかったよ。それはそうと、二万五千ドルの件は何かわかったかね」

エラリイは跳びあがりそうになった。

「いえ……ヴァン・ホーンさん、まだ二十四時間しか経っていませんよ」

ヴァン・ホーンはうなずいた。机をまわってその奥にすわり、書類をさわりはじめる。

「きみが午後に外出したとローラから聞いたよ。だから……」

ローラのやつめ！　クイーン氏は胸の内で毒づいた。

「ええ、そうですが……」

「この程度の単純な事件なら」ディードリッチは気をつかいながら言った。「つまり、幼稚な手口なのでは……」

「いえ、ときには」エラリイは言った。「最も単純な事件が最もむずかしい場合もあります」

「クイ、イ、イーンさん、い」ディードリッチはゆっくりと言った。「きみはあの、金を、だれが、と、った、の、かを知っている」

　エラリイはまばたきをした。自分自身にも、ヴァン・ホーンにも、サリーとハワードにも、ライツヴィルにもがっかりしたが、とりわけ自分自身に腹を立てていた。ディードリッチほど鋭い男が、たとえクイーン印の上等なものだろうと、戯言《たわごと》を真に受けないのは当然ではないか。

　エラリイはすぐに腹を決めた。

　無言で通すことにした。

「知っていても、わたしに教える気はないらしい」

　大きな体が机の奥で回転し、急にどこかへ消えてしまいたいかのように顔をそむける。だが、体をひねったせいで肩のあたりに長い皺が寄り、奥にこもる力が静止の姿勢からにじみ出ていた。

　エラリイは何も言わなかった。

「わたしに教えないのなら、よほどの理由があるにちがいない」ディードリッチは突然立ちあがった。しかし、大きな体はそこで動きを止め、手を後ろに組んだディードリッチは外の闇を見つめた。

「よほど大きな理由が」繰り返し言う。

エラリイはそこにすわっているしかなかった。

ディードリッチのたくましい肩が落ち、両手は縮こまって震えていた。妙なことに、そのさまは死を思わせた。**もしこの瞬間に検死がおこなわれたら、ヴァン・ホーンは疑心のせいで死んだとされるはずだ。この男は何ひとつ知らず、あらゆることを疑っている――真実以外のあらゆることを。ディードリッチ・ヴァン・ホーンのような男にとって、これは死も同然の苦しみなのかもしれない。**

やがてディードリッチが振り向くと、何が死んだのであれ、すでに相手が解剖を終えてそれを捨て去ったことをエラリイは悟った。

「わたしもそれなりに歳を重ねた」ディードリッチは暗い笑みを浮かべた。「引き際は心得ているよ。きみが言いたくないなら、それでいい。クイーンさん、この話はもう終わりだ」

エラリイが口にできた返事はこれだけだった。「ありがとうございます」

少しのあいだ、ふたりはライツヴィルについて話したが、会話ははずまなかった。潮時を見てエラリイは立ちあがり、ふたりは挨拶を交わした。

だが、エラリイはドアまで来て急に立ち止まった。

「そうだ、ヴァン・ホーンさん！」

ディードリッチは驚いた様子だ。

「忘れるところでした。お尋ねしたいことがあるんですよ」エラリイは言った。「あの高齢の女性はいったいだれでしょうか。庭で見かけ、二階の暗い寝室へはいっていくところも見ました」

「というと――」

「正直にお願いします」エラリイは断固として言った。「そんな女がいるなんて聞いたこともない、なんて言わないでください。ぼくは悲鳴をあげて夜の闇に駆け出しますから」

「こいつは驚いた。だれからも聞かなかったのかい」

「ええ、ぼくは気が変になりそうです」

ディードリッチは大笑いした。やがて涙をぬぐい、エラリイの腕に手をやって言った。

「こっちへ来てブランデーをやらないか。それはわたしの母だよ」

謎などなかった。クリスティーナ・ヴァン・ホーンは百歳に近づいていた。いや、むしろ、百歳のほうがクリスティーナ・ヴァン・ホーンに近づいていた。というのも、本人は時の流れに気づかず、四十数年前と変わらないままだからだ。心の荒野をさまよう、変化の止まった生き物だった。

「だれも母のことを言わなかったのは」ディードリッチはブランデーグラスを手にして言った。「ふつうの意味で、母がわたしたちとともに〝生きている〟わけではないからだろう。母は別の世界に生きている――わたしの父の世界に。父の死後、母は妙なふるまいをするようになったが、そのときウルファートとわたしはまだ子供だった。母に世話をしてもらうどころか、わたしたちのほうが母の面倒を見ることがだんだん多くなったものだ。母はオランダの非常に厳格なカルヴァン派の家に生まれたが、父と結婚してからまさしく地獄の業火の日々を送った。そして父が亡くなると、父の……」ディードリッチはことばを探した。「獰猛なまでの信仰心を受け継いで、父の記憶に捧げようとした。体に関しては、母はいまも健康体のすばらしい見本だ。医者は母の体力に驚いているよ。母は完全に独立した生活を送っている。わたしたちと交わろうとせず、食事も別々だ。明かりもつけずにいることが少なくない。そして聖書をほとんど暗記している」

エラリイが庭で母親を見かけたと知って、ディードリッチは驚いた様子だった。

「母はよく、何カ月も部屋にこもりきりになる。身のまわりのことは全部自分でできるし、干渉されるのを滑稽なほどいやがる。ローラとアイリーンのことが大きらいでね」ディードリッチはくすりと笑った。「あのふたりを部屋に入れようとしないんだよ。食事は盆に載せて部屋の外へ置いておくしかない。替えのシーツなども同じだ。母の部屋を見せたいものだよ、クイーンさん。自分で隅々まできれいにしている。床で物を食べられるくらいにね」

「ぜひお目にかかりたいですね、ヴァン・ホーンさん」

「そうか」ディードリッチはうれしそうだった。「では行こう」

「こんな時間に？」

「母はフクロウと同じだ。夜のうち半分は起きていて、睡眠のほとんどを昼間とっている。驚くべき人物だよ。とにかく、いま言ったとおり、母にとって時間は問題ではない」

階段をあがっていく途中で、ディードリッチは尋ねた。「母の姿をはっきり見たのかね」

「いえ」

「そうか、会ってみて驚かないでくれ。父が死んだ日から、母は世間と歩調が合わなくなった。隊列からはずれ、ほかの者がどんどん進んでいっても、本人は今世紀のはじめあたりにとどまっている」

「失礼ですが、小説に登場させたくなる人物ですね」

「五作で使えるよ」ディードリッチは笑い声を漏らした。「自動車に乗ったことも映画を観たこともない。電話にはけっしてさわらず、飛行機の存在を否定し、ラジオを魔法と断じる。それどころか、どうやら母は自分が煉獄にいると信じているらしい——悪魔がみずから支配する本物の煉獄に」

「テレビを見たらなんと言うでしょうね」

「考えたくもないな！」

ふたりが着くと、老女は自分の部屋にいて、膝の上に閉じた聖書があった。

ホイッスラーが描いた〈母の肖像〉の曾祖母版。エラリイはまずそう思った。ディードリッチをミイラのようにしなびさせた顔で、いかめしい顎と誇り高い頬骨を青白くたるんだなめし革が覆っている。目はディードリッチのものと同じく、彼女の真髄であり、かつては長男の目に似て、飛び抜けて美しかったにちがいない。喪服地の黒服を着て、頭部は——髪はほとんどないだろう——黒いショールに隠れている。老女の手には弱々しくも独立した命が宿り、青白く節くれ立った硬い指が、膝に置かれた聖書の上でかすかだが絶え間なく動いていた。

かたわらのテーブルには、ほとんど手をつけられていない盆があった。

遠い時代の別世界のちがう家に足を踏み入れたかのようだ。この屋敷のほかの場所とはなんのつながりも見いだせない。部屋はみすぼらしくて古い。使いこんだ不恰好な手製の家具、年を経て黄ばんだ壁紙、すっかり色褪せた刺繡《ししゅう》入りの敷物。装飾はほとんどない。暖炉の煉瓦は黒ずみ、マントルピースは手斧で削られたものだ。ふちの欠けた平凡なデルフト陶器を並べたオランダ風の食器棚が、たわんだ大きなベッドの奥にあり、ちぐはぐな印象を受けた。

どこを見ても美しいと言えるものはない。

「父はこの部屋で亡くなった」ディードリッチが説明した。「この屋敷を建てたとき、部屋をそっくりここに移したんだよ。母はこの部屋でなければけっして心が休まらない……。母さん？」

その年老いた女はふたりを見てうれしそうだった。息子、そしてエラリィの順に見あげ、干からびた唇を開いて大きな笑みを浮かべた。しかし、老女の喜びは鞭を使うときの厳格な訓育者のそれだとエラリィは気づいた。

「また帰りが遅くなったね、ディードリッチ」その声は驚くほど力強く太かったが、無線信号が遠のいたり近づいたりするかのように奇妙に揺らいだ。「お父さんの言うことを忘れるんじゃないよ。洗いておのれを清めよ（イザヤ書第一章第十六節）。手を見せなさい」

ディードリッチがすなおに両手を差し出すと、老婦人はそれをつかんでじっと見つめ、ひっくり返した。よくよく見るうちに、その手の大きさに気づいたらしい。表情を和らげ、ディードリッチを見あげて言った。「もうじきだよ、おまえ。もうじきだ」

「何がもうじきなんです、母さん」

「大人になるのがさ！」そう言い放ってから、自分のことばにくつくつと笑った。突然、エラリイに視線が向けられた。「この子はあまり会いにこないじゃないか、ディードリッチ。それにあの娘も」

「母はあなたをハワードだと思っている」ヴァン・ホーンはささやいた。「それに、サリーがわたしの妻であることも覚えていられないようだ。ハワードの妻だとまちがえることもある——母さん、これはハワードじゃありません。この紳士は友人です」

「ハワードじゃない？」それが老女を悩ませたらしい。「友人？」じっとエラリイを見つめる姿は、命を吹きこまれた小さな疑問符のようだ。そしていきなり背をのけぞらせ、揺り椅子を強く動かしはじめた。

「どうしたんです、母さん」ディードリッチは訊いた。

老女は答えようとしなかった。

「友人ですよ」ディードリッチはもう一度言った。「この人の名前は——」

「しかり！」老女は言い、あまりにも猛々しい視線でエラリイをひるませた。「しかり、わが頼みしところ、わが糧を食らいしところのわが親しき友さえも、われにそむきて踵をあげたり！」

詩篇の第四十一章だとわかり、エラリイは胸騒ぎを覚えた。老女はエラリイのことをハワードだと信じこみ、糸の切れた思考は〝友人〟ということばをきっかけとして、エラリイから見ると不思議なほど適切な引用を思いついた。

老女は椅子を揺らすのをやめ、まぎれもない敵意をこめて一喝した。「ユダめ！」それからふたたび椅子を動かしはじめた。

「母はきみをきらいになったらしい」ヴァン・ホーンが申しわけなさそうに言った。

「そのようですね」エラリイはつぶやいた。「ぼくは失礼しましょう。お母さんを興奮させてもしかたがない」

ディードリッチは齢百歳に達しようとする小さな老母の前に身をかがめて、そっとキスをし、それからふたりで部屋を出た。

ところが、クリスティーナ・ヴァン・ホーンのほうはまだ終わっていなかった。

エラリイにはやや不快に思えるほどの強さで椅子を揺らしながら、金切り声をあげた。

「われら死と契約を立てり！（イザヤ書第二十八章十五節）」

この家の主がドアを閉める間際にエラリイが見たものは、まだこちらをにらんでいる小動物の凶暴なまなざしだった。

「きらわれてもかまいませんよ」エラリイは笑いながら言った。「お母さんが最後に言ったことばはどういう意味でしょうか、ヴァン・ホーンさん。殺気を感じましたが」

「母は老いている」ディードリッチは言った。「自分の死が迫っていると感じているのだろう。きみのことじゃないよ、クイーンさん」

それでも、エラリイは暗い庭を通ってゲストハウスまでゆっくりと歩きながら、あの老女はまったくちがうだれかのことを言ったのではないかと感じていた。別れ際の一瞥がそれを物語っていた。

ゲストハウスに着いたちょうどそのとき、細かい雨が降りだした。

六日目

そして、まったく眠れなかった。

エラリイはゲストハウスのなかを落ち着きなく行ったり来たりした。見晴らし窓の向こうでは、ライツヴィルが陽気に浮かれ騒いでいる。ロウ・ヴィレッジのバーは客でいっぱいだろう。カントリークラブでは夏の土曜の舞踏会が催されているはずだ。パイン・グローブがビーバップの響きではじけている。銀の鎖と化した一六号線には、〈ホット・スポット〉やガス・オールセンの〈ロードサイド・タバーン〉が放つ真珠色のきらめきが見える。そして、ヒル通りに浮かぶ赤々とした上品な明かりからは、グランジョン家、F・ヘンリー・ミニキン家、エミール・ポッフェンバーガー博士の家、リヴィングストン家、ライト家が〝もてなし〟に興じているのがうかがえた。

ライト家……。すべてが遠い昔のことで、やさしく清らかに感じられる。実際には、やさしくも清らかでもない事件だったのだから、おかしな話だ。よくあるとおり、時の魔法が記憶に変質をもたらしたのだろう、とエラリイは思った。
あるいは、やさしくも清らかでもなかった出来事も、いまの現実と比べたらそう思えてしまうということなのか。
良識がこの考えを否定した。浮気や強請の罪は、狡猾な殺人に比すれば軽いに決まっている。
では、ヴァン・ホーン家の件が格別に邪悪だと感じられるのはなぜだろう。たしかに邪悪だ。〝われら死と契約を立て、陰府《よみ》と契りを結べり……そはわれら虚偽をもて避所となし、欺きをもて身を隠したればなりと……。そのさまは床短くして身を伸ぶることあたわず、衾《ふすま》せまくして身を覆うことあたわざるがごとし〟（イザヤ書第二十八章第十五節、第二十節）
エラリイは顔をしかめた。イザヤはエフレイムを脅したが、力を貸したのは神だ。老クリスティーナは聖書をまちがって引用した。〝そはエホバ、昔ペラジムの山にて立ちたまいしがごとくに立ち、ギベオンの谷にて憤りを放ちたまいしがごとくに憤り、而してその行為をおこないたまわん、奇しきおこないなり。そのわざを成したまわん、異なるみわざなり〟（イザヤ書第二十八章第二十一節）
するりと逃げていく理解しがたいものをとらえようとするかのように、エラリイはどうにもならない苛立ちを覚えた。わけがわからなかった。

これでは、階上の墓場でミイラと化しているあの老婦人と変わらない。

エラリイは本棚で見つけた聖書を脇へ置き、こちらを非難するかのように見えるタイプライターと向き合った。


二時間後、エラリイは碾臼《ひきうす》にかけた文章を読み返した。それはざらついた粉だった。書けたのは二ページと十一行、×印や三度書きなおした語が無数にあり、ことばが少しも歌っていない。ある個所では、サンボーンと書いたつもりがヴァンホーンとなっていた。二百六ページにわたってかなりのびのびと生きてきたヒロインが、突然、年配のガールスカウトに変じた。

エラリイは二時間ぶんの労作を破り捨てて、タイプライターにカバーをかけ、パイプに煙草を詰めてから、スコッチを注いでポーチへふらふらと出た。

雨が強くなっていた。プールが月のように見え、庭は黒いスポンジだ。それでもポーチが乾いていたので、座面が籐で編まれた竹の安楽椅子に腰かけて、土砂降りの様子をながめた。

しばらくのあいだ、エラリイは母屋の北側のテラスに打ちつける雨をぼんやり見ながら、ただただ苛立ちを忘れようとした。心のなかと同じく、屋敷も暗い。あの老女がまだ起きているとしても、明かりは消したらしい。向こうも闇に坐しているのではないかと思った。そして、何を考えているのか……。


どれほどの時間、そこにすわっていたのかはわからない。だが、エラリイはいつの間にか立っていて、灰の飛び散ったパイプが空のグラスの横に転がっていた。

眠りに落ちたあと、何かに起こされたらしい。

雨が降りつづき、庭は水浸しだ。雷が鳴った記憶がかすかにあった。

そのとき、雨の向こうからもう一度それが聞こえた。

雷鳴ではない。

走る車のエンジンの音だ。

車が母屋の南側、ヴァン・ホーン家のガレージのほうからやってくる。

見えた。

ハワードのロードスターだ。

だれかが冷えたエンジンをあたためようとして、クラッチペダルに足を置いてから一気にアクセルを踏みこんでいる。だれであれ、車のことをあまり知らない者らしい、とエラリイは思った。

だれであれ。

いや、もちろん、ハワードに決まっている。

そう、ハワードだ。

庇つきの車寄せに半分はいったところでエンジンが止まった。

ハワード。

スターターの不機嫌そうなうなりが聞こえた。エンジンがかからず、しばらくして鳴りやんだ。ロードスターのドアが開いて、だれかが砂利敷きの私道へ飛び出す音がした。黒い人影がすばやく前へまわって、ボンネットをあける。つぎの瞬間、細い光が差してエンジンを探った。

やはりハワードだ。あの長いトレンチコートと、ハワードの好きなつば広のステットソン帽は、見まちがえようがない。

どこへ行くのだろう。ヘッドライトの向こうで人影がすばやく動くさまには、異様なものがあった。夜遅く、しかも猛烈な豪雨のなかを、ハワードはどこへ行こうというのか。

数時間前に書斎で見たハワードの顔が、急に脳裏によみがえった。コンヘーヴンの探偵社の成果を父親から聞かされたときの、固く結んだ口、大きくあいた濁った目、脈打つこめかみ。書斎を出るときの足のふらつきと、アトリエへ向かう不規則な足音。ひょっとして、いま見ているのは記憶喪失のはじまりではないのか……。

エラリイは明かりもつけずにゲストハウスへ駆けこんだ。わずか十五秒でコートを見つけて飛び出し、もどかしく袖を通しながら走った。しかし、すでにエンジンがかかってボンネットが閉まり、車は動きだしていた。

エラリイは水を跳ね散らして庭を駆け抜けながら、叫ぼうと口をあけた。けれども、やめた。意味がない。エンジンと雨風に掻き消されてハワードには聞こえるはずがないし、ヘッドライトはすでに公道のほうへカーブを曲がって消えている。

エラリイは突っ走った。

ガレージの車のどれかにキーが差してあることを願うしかない。

手近な車……。イグニッションにキーがあった！

サリーに感謝しながら、ガレージからコンバーチブルを急発進させた。

エラリイは走っていたときから濡れていたが、運転席にすわって十秒も経たないうちに、全身がずぶ濡れになった。おりた幌をあげるスイッチを探してみたが、すぐには見つからないのであきらめた。いまはそれどころではなく、これ以上濡れようもない。それに、コルク抜きのように曲がりくねった私道を運転するために集中しなくてはならない。

道のどこにも、ハワードのロードスターの気配はなかった。敷地を出てすぐのノース・ヒル通りに急停車し、どちらへもすぐに曲がれるようにした。

右のヒル通りの方角には何も見えなかった。

だが、北へ向かう左の道には、遠のいていくテールランプの明かりが見える。

エラリイはサリーのコンバーチブルを勢いよく左へ動かし、アクセルを踏んだ。


最初、エラリイはハワードがマホガニー山地へ向かっていると思っていた。おそらく、贖《あがな》いの地ケトノキス湖か、原罪の地ファリシー湖だろう、と。記憶喪失の発作が起こっているときは、感情の危機に見舞われた場所へ回帰したいという漠然とした衝動に突き動かされるのではないだろうか。むろん、あれがハワードの車のテールランプだとしたらだ。もしそうではなくて、ハワードがノース・ヒル通りを南へ曲がっていたら、完全に手詰まりだった。

エラリイはさらに強くアクセルを踏んだ。

時速六十五マイルで飛ばし、ようやく迫った。

あれがただの田舎の酔っぱらいの車だとわかったとたん、こちらがスリップして、お節介の果てに悲惨な結末を迎えたりしたら、自業自得というものだ。

雨が鼻筋を伝って流れた。靴がびしょ濡れなので、右足がアクセルペダルの上で滑るのを抑えきれない。

それでも、ここぞとばかり一気に加速して前の車に近づいていくと、こんどはその車のブレーキランプが灯り、エラリイは急ブレーキをかけた。なぜ相手はスピードを落としたのだろう。

点滅する信号のせいだとわかったが、その瞬間、前の車はすばやく左折した。だが一瞬、コンバーチブルのヘッドライトがその姿をとらえ、ハワードのロードスターだとわかった。そして、またよく見えなくなった。

エラリイは暗闇と雨のせいで道路標識を見落とした。しかし左は西の方角だから、ライツヴィルの町に沿って進んでいることになる。一定の距離を保って赤いライトを追いつづけた。ハワードが時速二十五マイルまで減速したのがどうも解せなかったが、おかげでエラリイはヘッドライトを下に向けて相手に気づかれにくくできた。

行き先はどちらの湖でもなかったのか。

では、どこへ行くのか。

それとも、ハワード自身もわかっていないのか。

ライツヴィルに来た目的を果たせる、とエラリイははじめて思った。

突然、ハワードがスピードを落とした理由がわかった。
何かを探しているのだ。
すると、ロードスターのテールランプがまた消えた。
見つけたらしい。
そして、すぐあとにエラリイも見つけた。
道が分かれていた。分岐点に小さな標識があり、こう記されていた。

フィデリティ
二マイル

分かれた先の道は舗装されていなかった。ぬかるみが深く、路面は粘りつく。タイヤがはまりそうになるばかりか、道は曲がりくねって起伏が激しく、逃げるキツネのように、進んだと思ったら逆方向に走っていく。三十秒も経たずにエラリイはハワードを見失った。さすがのクイーン氏も悪態をつきはじめ、コンバーチブルと格闘しながら鯨のように息を荒らげた。
スピードは時速十八マイルまで落ち、やがて十四マイル、ついに九マイルになった。

ハワードに追いつくかどうかを放念し、エラリイは懸命にハンドルにしがみついた。池のなかにすわっているも同然で、体を動かすたびにごぼごぼと水音がする。背中に冷たい小川が流れこむのを感じた。かなり前にヘッドライトを水平に直してあったが、見えるのは延々と立ちはだかる雨の壁と両側に並ぶ濡れそぼった樹木だけだった。それから、道端にうずくまるみすぼらしい家の横を何軒か過ぎた。

　ハワードのロードスターの横も通過し、過ぎたあとで気づいた。

集落はなかった。道の分かれ目から二マイルも来ていない。こんな野原のど真ん中でなぜハワードは車を停めたのだろう。

記憶喪失の人間にしかわからない理屈があるんだろう。はっはっは。

　ハワードはロードスターを停めただけではなく、方向転換させていたので、いまは南を向いていた。

　そこで、エラリイもせまい道からはみ出して何度かハンドルを切り返し、コンバーチブルを南へ向けた。滑る車をなだめすかしながら、ロードスターからおよそ二十五ヤードの位置につけたあと、エンジンを切ってヘッドライトを消し、車から這い出る。

　履いていたオックスフォード・シューズがたちまち泥にめりこんだ。

ロードスターにはだれも乗っていなかった。

エラリイは車のステップに腰かけ、ずぶ濡れの手でずぶ濡れの顔を力なくぬぐった。

ハワードはいったいどこだろう。

ほんとうはどうでもよかった。いま求めているのは、熱い風呂にはいって乾いた服を着るという、なかなか手の届かない幸せだけだ。とはいえ、単純な科学的興味に基づく疑問として、ハワードはどこへ行ったのだろうか。

そうだ、足跡を探せばいい。

だが、このぬかるみは海と同じで、跡を残さないだろう。

いずれにせよ、懐中電灯を持っていない。

まあ、数分待ってみよう、とエラリイは思った。それでハワードが現れなかったら、もう知るものか。見てまわるのは無理だ。月が出ていないし……。

揺るぎない習慣の力で、エラリイは気が進まないながらも立ちあがり、ロードスターのドアをあけて計器盤のあたりを探った。

ハワードがキーを持ち去ったとわかったそのとき、明かりが見えた。

遠慮がちな明かりで、軽く縦に揺れたりゆっくり下へ動いたり、しばらく完全に消えたりした。けれども、すぐにまた現れる。一瞬だけ動きを止めたかと思うと、また縦に揺れ、ゆっくり下へ動いて消え、数フィート離れた場所に浮かびあがった。

明かりはかなり遠くで戯れていたが、そこはぬかるんだ道の上ではなく、ロードスターの向こう側の、横へはずれた場所だった。

あそこは牧草地だろうか。

明かりはときどき地面につくほどさがった。人の腰の高さまであがることもあった。

やがて、それまでより長く静止し、つば広の帽子をかぶった黒い塊がちらりと見えた。

ハワードが懐中電灯を使っている！

エラリイは両手を前に出し、ロードスターの車体の向こうへゆっくりまわった。コンバーチブルのグローブボックスに懐中電灯があるかもしれないが、とりにもどるうちに何かを見落とすかもしれない。それに、よけいな明かりを見せればハワードが怯えて逃げ去る恐れもある。

そのとき、ロードスターの向こうにある濡れた石塀に手がふれた。塀は腰の高さだ。

エラリイは勢いをつけてそれを乗り越え、棘だらけの藪にみごとに着地した。

その瞬間、クイーン氏は天も含めたすべてを罵倒した。

だが、ヒル並みのしたたかさも持ち合わせていたので、からみつくイバラを振りほどき、つまずきながらも手探りで明かりをめざした。

あまりにも歩きづらい場所だった。坂を少しのぼったかと思うと、その先はゆるやかにくだっている。冷たく硬く濡れたものに何度か行きあたった。一度それにつまずいて転び、それが雑草だらけの地面に置かれた平たいものだとわかった。ところどころに立ち木があるらしく、たいがい、まず鼻にぶつかった。

苦労して暗闇を進んだことはあるが、これほど足をとられやすい困った場所ははじめてだった。難渋するのは、なんと言っても、明かりから目を離すわけにいかないからだ。あの忌々しい明かりがじっとしてさえいたら！　けれども、それはぎくしゃくと踊るような動きをやめなかった。

腹立たしいことに、自分がその明かりに近づいていないのがわかった。それは不運な旅人を誘う愚者の火《イグニス・ファトゥス》のように遠くで踊りつづけ、まったく近づけそうにない。

爪先に何かがぶつかり、ここにいる旅人はもう一度転んだ。しかし、こんどは転びながら頭に異変が起こった。首が肩からもげて、大きな炎に包まれ、自分は死んだにちがいなかった。雨も、寒けも、ハワードも、踊る明かりも、すべてが止まったからだ。

おそらく、神を呪ったせいで、罰がくだったのだろう。ところが、目をあけると、明かりは倒れた場所からわずか二十フィートのところにあった。もちろん、明かりの前には、トレンチコートとステットソン帽を身につけたハワードらしき人影があり、いまは動かずにいた。自分がどこで倒れ、何につまずき、こめかみに何があたったのか、その明かりでエラリイにはじゅうぶんわかった。

雑草に覆われた小さな長方形の塚につまずいたのだ。塚の前方に大理石の柱が立ち、その上に一羽の石の鳩が据えられていた。

こめかみにあたったのはその鳩であり、エラリイが気を失って倒れているあいだにハワードがざっと一巡して、ここからわずか数ヤードの場所に目当ての墓を見つけたのだろう。

ここはフィデリティ墓地だ。


エラリイは膝を突いて体を起こした。自分とハワードのあいだに大理石の墓碑が立っている。膝立ちになって身をさらしても、ハワードに気づかれる恐れはあまりないだろう。ハワードはこちらに背を向け、懐中電灯で照らしたものにすっかり心を奪われているらしい。

エラリイは名も知らぬ人の墓碑にしがみつき、ひたすら目を瞠った。

突然、ハワードが前へ突き進んだ。明かりが激しく半円を描く。そしてまた一カ所を照らした。ハワードが足を止めて墓地の土をつかみとったのだとわかる。

その土をハワードは幅広の墓石に向かって異様な力で叩きつけた。

またかがみこみ、また明かりが円を描き、また一ヵ所を照らし、またハワードが土を叩きつける。

エラリイには、これこそが今夜の悪夢のきわめて当然な結末に思えた。男が真夜中に土砂降りのなかを何マイルも車で走り、墓石に土を投げつけるという結末だ。そして、地面に置かれた懐中電灯が泥だらけの墓石を照らすなか、ハワードはトレンチコートのポケットから鑿と木槌を出し、前へ突進して力いっぱい石を叩きはじめた。打ち出されたコンマやピリオドや感嘆符が斜字体の雨を貫いて、はるかな闇へと消えていく……。それは、彫刻家が未知なるものの究極の形を求めて、真っ当に励んでいるようにも見えた。


エラリイは暗い墓地でわれに返った。

ハワードがいない。

名残と言えるのは、未舗装の道のほうへゆっくりと去っていく明かりだけだった。

そしてエラリイが立ちあがると、その明かりも消えた。

一瞬ののち、ロードスターのかすかなうなりが聞こえた。やがて、それも消えた。

驚いたことに、雨はやんでいた。

暗闇でエラリイは、鳩の据えられた石柱に寄りかかった。ハワードを追うにはもう遅い。しかし、たとえ時間があったとしても追わなかっただろう。ずぶ濡れの足の下に横たわるどんな死者の霊も、エラリイをこの墓地から追い払えなかったはずだ。

エラリイにはすべきことがあり、必要とあらば夜明けまでここにいるつもりだった。

おそらく月が出るだろう。

まとわりつくコートのボタンを無意識のうちにはずし、泥のついた指で上着のポケットの煙草入れを探した。銀のケースだから中身は濡れていないだろう。ケースを見つけてあけ、乾いた煙草を取り出して唇にはさんでから、ケースをポケットへもどしてライターを探し——

ライターか！

ライターを出して蓋をあけ、炎を両手で囲みながら、塚を三つ越えて、ハワードが悪魔祓いをした場所へ向かった。

立ち止まって、小さな炎を風から守った。

かがむ必要があった。それはまちがいなく最も粗末な墓石で、柔らかくて崩れそうな白っぽい石でできている。高さは生い茂る雑草とたいして変わらないが、墓ふたつぶんの幅があり、上が丸味を帯びて中央に縦の筋目がはいっているので、モーゼの二枚つづきの石板を思わせた。風雨による侵食とそれ自体のもろさのせいで、みごとな窪みができている。けれども、彫刻家の鑿にとどめを刺され、ふたつ並んだ墓穴の上でいまにも崩れそうな無残な姿に変わり果てていた。

いくつかの文字が怒れる鑿の餌食となり、難を免れた文字も判読するのがむずかしかった。生年や没年の数字をどうにか見つけたが、それもほとんど読みとれない。墓碑銘があり、辛抱強く見たところ、もとは〝神が結びたまいし者たち〟と刻まれていたものとエラリイは推測した。しかし、名前は難なく読めた。墓石の上のほうに、凝った大文字でくっきりと刻まれている。

AARON AND MATTIE WAYE（アーロン&マッティ・ウェイ）

エラリイはコンバーチブルを運転してもどり、ヴァン・ホーン家のガレージに入れたが、すぐ隣にハワードのロードスターがあっても驚かなかった。ともあれ、安心した。ハワードの様子はあとで見にいくことにし、母屋をまわってゲストハウスへ急いだ。

泥でこわばったコートをポーチに置き、残りの服を浴室へ行く途中で脱ぎ捨てて、熱いシャワーを浴びると、ようやく骨から寒けが溶け出して筋肉がほぐれてきた。手早く体を拭いて乾いた服を着てから、居間へ行ってすばやく懐中電灯を手にとり、スコッチのボトルからひと口飲む。それから、夜明け間近の闇のなかを母屋へ向かって歩いた。

静かに階段をあがり、いくつかの寝室のドアの前を通り過ぎた。照明はすべて消えていたので、注意深く手探りで進み、懐中電灯は使わなかった。それでも、最上階の廊下では点灯した。暗褐色の絨毯にうっすら残った泥の靴跡が、階段からハワードの寝室までつづいている。そして、寝室のドアは半分あいていた。

エラリイは戸口で立ち止まった。

泥の跡はあちらこちらとさまよいながらベッドで終わっていた。ベッドでは、服を全部着たままのハワードが眠っている。

トレンチコートすら脱いでいない。

水のたまった枕の上で、濡れた帽子が大口をあけている。

エラリイはドアを閉めて錠をかけた。

ブラインドをおろす。

それから明かりをつけた。

「ハワード」

眠っている男を小突く。

「ハワード」

ハワードがよくわからないことをうめいてから寝返りを打ち、頭をのけぞらせていびきをかいた。ある種の昏睡状態だ。エラリイは小突くのをやめた。

まず、この服を脱がせたほうがいいだろう、とエラリイは思った。そうしないと肺炎にかかってしまう。

びしょ濡れのコートのボタンをはずした。生地が防水のものなので内側は乾いている。強く引っ張って片袖をはずしたあと、ハワードの重い体をどうにか持ちあげてコートを引き抜き、もう一方の袖も脱がした。靴と靴下とズボンをとったが、ズボンは膝まで泥がついて濡れていた。それから、毛布をタオル代わりにしてハワードのすねと足を拭いた。とにかくベッドはひどいありさまだった。

つぎにハワードの頭に取りかかった。

マッサージをしていると、ハワードが少し動いた。

「ハワード?」

ハワードは何かを寄せつけまいとするかのように、体を大きく揺すった。うめき声をあげた。それなのに目を覚まさない。そして、エラリイがすっかり拭き終えると、もとどおりの半ば昏睡状態の眠りに落ちた。

エラリイは眉をひそめて体を起こした。やがて、探しているものを棚の上に見つけ、歩いていって、そのウィスキーのボトルを手にとった。


ハワードが目をあけた。

「エラリイ」

目が充血し、大きく見開かれている。

その目が見たのはベッドと、体が半分あらわになった自分自身と、床の泥まみれの服だ。

「エラリイ？」

ハワードはとまどっていた。

そして突然、恐怖に襲われた。

エラリイにしがみついた。

「何があったんだ！」かすれ声だったが、口の動きで伝わった。

「知りたいのはこっちだよ、ハワード」

「あれが起こったんだね。きっとそうだ！」

エラリイは肩をすくめた。「ああ、何かが起こったよ、ハワード。最後に覚えているのはどんなことだ」

「書斎を出て上へあがった。しばらくあれこれやってた」

「そこまでは知っている。だが、それからどうした」

ハワードは固くまぶたを閉じた。それから首を左右に振った。「覚えてない」

「きみは書斎を出て上へあがり、しばらくあれこれやって——」

「どこで?」

「どこでだって?」

「ああ、そうか、ぼくが訊かれてるんだったね」ハワードはあやふやな声で笑った。「ぼくはどうしたんだろう。アトリエで何やらやってたよ」

「アトリエにいたんだな。そのあとは——何も覚えていないのか」

「何ひとつね。からっぽだよ、エラリイ。これまでと……」ハワードは言いよどんだ。

エラリイはうなずいた。「これまでの発作と似ているんだな」

ハワードはむき出しの脚をベッドからおろした。震えはじめたので、エラリイは敷き毛布を引っ張り出して、ハワードの膝へほうった。

「まだ暗いね」ハワードの声が大きくなった。「それとも、いまは別の夜なのかな」

「いや、同じ夜だ。今夜の残りだよ」

「また発作が起こったんだな。ぼくは何をした？」質問するハワードをエラリイはじっとながめる。「ぼくはどこかへ行ったはずだ。どこへ行ったんだ。見たのかい？　あとを尾《つ》けた？　でも、濡れてないじゃないか！」

「きみのあとを追ったよ、ハワード。着替えたんだ」

「ぼくは何をしたんだ！」

「落ち着け。脚を毛布でくるんだら話してやろう——ほんとうに覚えていないんだな？」

「ほんとうだ！　ぼくは何をしたのか」

　エラリイは話した。


　聞き終えたハワードは頭をすっきりさせたいらしく、かぶりを振った。頭を掻いて首の後ろをこすり、鼻を引っ張って、床にある泥だらけの衣服を見つめた。

「それで、どれも覚えていないのか」

「ぜんぜん」

　ハワードは顔をあげてエラリイを見た。

「信じられないな」ハワードはそう言って目をそむける。「ぼくがそんな……」

　エラリイはトレンチコートを拾いあげて、ポケットを探った。

鑿と木槌を見て、ハワードはひどく青ざめた。

ベッドからおり、裸足で寝室を右往左往しはじめる。

「そんなことができたなら、なんだってできる」興奮した口調でつぶやく。「以前の発作のときだって、何をしでかしたかわかったものじゃない。自由に動きまわる権利はぼくにはないってことだ」

「ハワード」エラリイはベッド脇の肘掛け椅子に腰をおろした。「きみはだれも傷つけていない」

「でも、なぜだ。なぜぼくはその人たちの墓を冒瀆したんだろう」

「自分の出自を知らされたショックで、また調子が悪くなったんだ。長年、このときが来るのを恐れていたんだろう。記憶喪失に陥ったとき、きみは強い怒りと不安と憎しみを表したが、それは自分を拒んだ両親にいつもいだいていた感情だと思う。拒んだというのは、もちろん心理面でということだが」

「憎しみなんてあるものか！」

「もちろんそうだろう」

「いままでまったく感じたことなんかないぞ！」

「意識のなかではね」

ハワードはアトリエにつづくドアの前で立ち止まった。少しのあいだ、薄暗い部屋に目を凝らす。そして足早にアトリエにはいり、動きまわる音が響いた。物音がやみ、明かりがついた。

「エラリイ、こっちへ来てくれないか」

「裸足をどうにかしたほうがいいんじゃないか」エラリイは肘掛け椅子から重い腰をあげた。

「足なんかどうでもいいさ！　とにかく来てくれ」

ハワードは塑像台のそばに立っていた。そこにはひげを生やした小さなジュピターの粘土像が据えてあった。

エラリイは怪訝《けげん》な顔で訊いた。「どうした」

「ゆうべ書斎を出たあとで、ここに来てあれこれやったと言ったろう。これはそのひとつだ」

「ジュピターがかい」

「ちがう、ちがう。これだよ」ハワードは塑像の基部を指さした。基部の粘土に、何か鋭利なものでこう刻まれていた。

H・H・WAYE《ウェイ》

「こう書いたのは覚えているのか」

「あたりまえさ！　理由だって覚えてる」耳障りな声でハワードは笑った。「ほんとうの名前がどう見えるかたしかめたかったんだよ。自分の作品に入れる名前は、いつもH・H・ヴァン・ホーンだった。H・Hはこのまま使うしかない――両親はファースト・ネームもミドル・ネームも与えてくれなかったからね。だけど、WAYEはぼくのものだ。それに、わかるかな」

「何がだ、ハワード」

「ぼくはこの名前が好きになった」

「気に入ったのか」

「気に入ったよ。いまも好きだ。階下ではじめて父から告げられたときは、なんとも思わなかった。でも、あとでここに来たとき……名前がぼくになじんだとでも言うのかな。ほら」ハワードは壁に駆け寄り、掲示板に留められた一連のスケッチを指し示した。「すごく気に入ったから、これまで美術館のために描いたスケッチ全部にH・H・Wayeとサインしてみたんだ。実は、仕事で使ってもいいなと思ってるくらいだよ。エラリイ、ぼくがもし両親を憎んでたら、この名前をこんなに好きになったろうか」

「意識のなかでは、ありうるんじゃないか。よくあることだ。自分の憎しみを隠すためだよ、ハワード」

「親の名前に惚れこんだあと、正気を失い、豪雨のなかを十マイル運転していって、その墓に唾を吐いたってことか？」ハワードは憂鬱そうな顔で椅子にすわった。「じゃあ、こういうことだ」のろのろと言う。「ふつうの状態のとき、ぼくはひとりの人間だ。でも、記憶を失うと別の人間になる。意識があるとき、ぼくはけっこういいやつだ。発作が起こると、凶暴な男か悪魔になる。ジキル博士とハイドだ！」

「また大げさなことを言う」

「そうかな。親の墓の墓石を打ち砕くのは〝合理的な〟ふるまいとは言えないじゃないか。卑劣な行為だよ。どんなに文化がちがっても人は親を敬うものだという共通認識があるのは、よく知られてるだろう。祖先崇拝とか、親孝行とか、言い方はともかく」

「ハワード、寝たほうがいい」

「親の墓を穢したのなら、人殺しをしないとなぜ言いきれる？　強姦は？　放火は？」

「ハワード、きみはなんの考えもなくしゃべっている。寝るんだ」

だが、ハワードはエラリイの手を強く握りしめた。「助けてくれ。ぼくを見張っててくれ。行かないでくれ」

目が怯えていた。

しがみつく相手をディードリッチからこっちへ変えたのか。いまでは、ぼくはこの男の父親だな。


エラリイはどうにかハワードをベッドに寝かせた。ハワードが疲れて眠りに落ちるまで、かたわらにいた。

それから、重い足どりで階段をおりて、母屋を離れ、コンバーチブルとロードスターの泥を落とすという、実にうんざりする一時間をガレージで過ごした。

日曜の朝の光がゲストハウスの窓から差しこむころ、エラリイはベッドに倒れこんだ。

七日目

　そして七日目、エラリイは果たしていないすべてのつとめ——とりわけ小説——から離れて、安息を得た。出版社のことも、その出版社が憤然と契約書を振りかざすであろうことも考えまいとした。とはいえ、束縛によって強いられるものではないにせよ、文芸の大義のための労働は尽きない。そこで、きょうは休止の喜びを遊惰に堪能することにした。

　教会というものがある。

　これがいかに時宜を得たものとなるか、エラリイは予想もしていなかった。その日のつとめを果たしたのはセント・ポールズ・イン・ザ・ディングル教会のチチャリング牧師で、その声は預言者のごとく朗々と響いた。高教会派にふさわしく、たしかに雷鳴のような声だったが、その精神はまさしく預言者エレミヤのもので、断罪と忠告と嘆きに満ちていた。

「わが腸《はらわた》よ、わが腸よ！　痛み、心の底に及び、わが胸とどろく」会衆席の最後列まで届く声だ。「われ黙しがたし、わが魂よ……この地はみな荒らされ……われは禍なるかな！　わが魂、殺す者のために疲れ果てぬ（エレミヤ書第四章第十九節、第二十節、第三十一節）」それを聞いて、ハワードは消え入りそうになり、ウルファートはにやりと笑い、サリーは目を閉じ、ディードリッチはいかめしい顔で静かに坐していた。ところが、説教の締めくくりに、チチャリング牧師はなんの予告もなく、エレミヤ書からルカによる福音書の第六章三十八節へと切り替えた。「与えよ、さらば汝らも与えられん。押しこみ、揺すり入れ、あふれるほどに量りをよくして、懐中に入れん。汝ら、おのれの量る秤で量らるべし」それから、牧師はある教区委員が内陣の新しい祭壇を寄付したことを発表した。これまでは古い祭壇を苦労して使っていたらしい。さらに、その神の僕《しもべ》はよく知られた人物だという。「わたしがよく知られたと言うのは」チチャリング牧師は大きな声でよどみなく語った。「世俗的な意味ではなく――いえ、それもありますが――神の目に届いているという意味です。というのも、この敬虔なクリスチャンが善行をなしたのは、おのれのために地上に富を築いたからではなく――いや、地上に富を築きはしましたが、それは避けられぬ成り行きであり――山上の垂訓に従って、虫も食わず、錆もつかぬ地である天国に、おのれのために富を築いたのです。ですから、そのわれらが慈悲深き兄弟の名をここで高らかに告げたとしても、神はお許しくださるでしょう。ディードリッチ・ヴァン・ホーンです！」その知らせに会衆はどよめき、その神の僕のほうへ首を伸ばして笑みを送ったが、当人はヴァン・ホーン家の特別席でますます深く身を沈め、特に謙遜もせず教区牧師を見つめつづけた。それでも、牧師の重苦しい説教で暗鬱になっていた空気が一掃されるなか、終わりの賛美歌が力強い声で歌われ、全員がすがすがしい気分になって集会を終えた。エラリイですら、高ぶった思いを胸にセント・ポールズ・イン・ザ・ディングル教会をあとにした。

その後もいいことがつづいた。栗と臓物を詰めたローラ風の七面鳥のロースト、サツマイモの砂糖煮、レモン・アイスフレなどなど。食後はメンデルスゾーンの〈エリア〉の出番で、その曲を聴いてサリーは厳粛な気分になり、ディードリッチは興奮した。ハワードが何週間か前にレコードを買っていたのだが、家族めいめいがひそかに魂の救済を求めるこの日までとっておいたとは気がきいている、とエラリイは思った。さらに、ライツヴィル随一の伝統である社交の夕べがあった。笑いさざめくご婦人たちと優雅な紳士連は常套句を使いこなし、ときどきおもしろいことも口にした。エラリイと面識のある人物はなく、それがなんとなくありがたかった。

最後まで心地よい一日だった。ライツヴィルでは日曜の夜が終わるのが早い。だれもが十一時半までに帰り、エラリイは零時にはベッドにはいった。

暗闇に横たわり、きょうは一日じゅう、だれもがそつなくふるまったと思った。ハワードすら、ウルファートすらそうだ。人はなんと多くの欺瞞をかかえていることか。そして、生きていくためにはそれがどれほど必要なのか。最後にエラリイは、忌々しい小説を書き終えるまで煩わされずにすむよう神に祈り、何があろうと朝一番から仕事に取りかかれと自分に厳命した。いつの間にか、古いバスローブを着たままケトノキス湖に飛びこみ、赤土の湖底で光る四通のふやけた手紙をつかもうとしていた。そばには青白いサリーの裸像が沈んでいたが、顔はディードリッチのもので、それを特に不思議とも思わなかった。

タイプライターが生きのよいことばを猛然と繰り出している月曜の朝十時五十一分、ゲストハウスのドアがいきなりあいたので、エラリイがすばやく立って振り向くと、サリーとハワードが戸口で身を寄せ合っていた。

「また電話があったの」

一瞬のうちに日曜が消え去り、土曜のホリス・ホテルがよみがえった。

それでもエラリイは尋ねた。「だれからまた電話があったんだ、サリー」

「恐喝者よ」

「豚野郎」ハワードがかすれ声で言った。「底なしの欲張りめ」

「電話はいまかかったばかりかな」

サリーは震えていた。「ええ。自分の耳が信じられなかった。すっかり終わったと思ってたのに」

「前と同じ、ささやくような性別不明の声かな」

「そう」

「なんと言っていたか教えてくれ」

「ローラが電話に出たの。ミセス・ヴァン・ホーンを出してくれと言ってきたそうよ。わたしが出ると、〝金をありがとう。こんどは二回目の支払いだ〟と言った。わたしは最初、意味がわからなかったから、〝全部受けとったんじゃありませんか〟って訊いたの。すると向こうは〝二万五千ドルをもらった。もっと必要だ〟って。わたしは〝何を言ってるの？　あなたのものはたしかに買いとったのに（ローラとアイリーンが聞いてるかもしれないから、手紙とは言わなかった）。もうありません。焼いてしまいましたから〟と言った。ところが相手はこう来たのよ、〝写しを持っている〟って」

「写しだと」ハワードが憤然と言った。「写しで何ができる。ぼくならとっとと失せろと言ってやるぞ、サル」

「写真複写について聞いたことがないのか、ハワード」

ハワードは呆然とした。

「〝写しを持っている〟って言われたのよ」サリーは声をひそめてつづけた。「〝それに、これはもとの手紙と同じ効力がある。今後はこれを売ることにする〟って」

「それで？」

「わたしはもうお金がないと言った。ほかにもいろいろ言った、いえ、言おうとしたの。でも、向こうは聞く耳を持たなかった」

「今回いくら要求されたんだ、サリー」人間というものは、はじめからしっかり忠告を聞いて、あとでこわがらずにすむようになれないのか。

「二万五千ドル。前と同じよ！」

「また二万五千ドルか！」ハワードが吠えた。「あと二万五千、どこから手に入れろってんだ。ぼくたちを金のなる木だとでも？」

「だまってくれ、ハワード。サリー、最後まで聞かせてもらいたい」

「二万五千ドルを、ライツヴィル駅の待合室に最近設置されたコインロッカーに入れておけと言われたの」

「何番のコインロッカーに？」

「十番よ。鍵は朝一番の郵便で届いてると言ってたけど、そのとおりだった。いま走って、とってきたところよ」

「きみ宛だね、サリー」

「そう」

「鍵にさわったのか」

「ええ、封筒から出して調べたけど。ハワードもそうした。いけなかった？」

「たいして変わらないだろう。指紋を残すような間抜けなやつじゃない。封筒はとっておいたかな」

「ぼくが持ってる」ハワードが注意深くあたりを見てからポケットの封筒を取り出し、エラリイに渡した。

　それは安手のつるりとしたありふれた封筒で、アメリカのどの雑貨店にも置いてある規格品だった。住所はタイプライターで打ってある。垂れ蓋にはなんの痕跡もない。エラリイは何も言わずに封筒をしまった。

「そして、これが鍵」サリーが言った。

　エラリイはその顔を見た。

　サリーは赤面した。

「鍵は十番のロッカーの真上に置いておくようにって。見えないように、奥の壁に近づけて」

エラリイは鍵を受けとらなかった。

ややあって、サリーはエラリイの前の机におずおずと鍵を置いた。

「相手は二度目の支払いの期限を設けなかったのか」エラリイは何事もなかったかのように尋ねた。

サリーは見晴らし窓からライツヴィルをぼんやりながめていた。「お金はきょうの五時までに駅のロッカーに入れておけ、さもないと、今夜ディードリッチへ証拠を送るって。事務所のほうにね。事務所だと、途中でこっそり抜くこともできない」

「五時か。駅が混雑するラッシュアワーに金を回収する気だな」エラリイは考えをめぐらした。「スローカムやバノックやコンへーヴンからの通勤帰り……。そいつはずいぶん急いでいるな」

「少しは考える余裕がほしい」

「恐喝者に何を期待しているんだ――スポーツマンシップか？」

「わかってる。前にも釘を刺されたし」サリーはまだエラリイに目を向けていない。

「嫌味を言っているわけじゃないんだよ、サリー。将来起こりうることを知ってもらいたいだけだ」

「将来！」ハワードが迫ってきた。エラリイはすわったまま少しのけぞり、物珍しそうにハワードを見あげる。「なんの将来だ。何を言ってるんだよ」

こんどはサリーもエラリイを見ていた。

「これで終わりだとは思ってないのね」

「でも、そんな――」

「サリー、写しの受け渡しについては何も言われなかったんだね」

「ええ」

「たとえ渡してきたとしても、そいつは四通の手紙の写真複製を十組作っておけばいい。それとも百組か。いや、千組だって可能だ」

女と男は無言で顔を見合わせた。

それは心地よいながめではなく、エラリイは椅子をまわして空を見あげた。ふたりが気の毒で、愚かさと欠点を許してやり、自分自身についても考えた。冷静で手きびしい皮肉屋の態度をとったほうがよかったのだろうが、いったん情がからむとエラリイは手のつけられない感傷家だ。それに、ふたりとも若くて苦境にある。

エラリイは椅子をもとの位置へまわした。サリーは大きな椅子に腰かけ、両手で顔を隠して胎児のようにまるくなっている。ハワードは思いつめた顔でグラスに酒を注いでいた。

「これははじまりにすぎない」エラリイは穏やかに言った。「敵はもっと要求してくるだろう。さらにもっと、何度も何度もだ。きみたちが持っているもの、盗みうるものを奪い、結局はディードリッチに証拠を売る。だから、払ってはいけない。朝のうちに、ふたりでディードリッチのところへ行くんだ。そして話すといい。何もかも。

　ふたりとも、それができるだろうか。ふたりのどちらかでもいい」

　サリーはいっそう深く両手に顔をうずめた。ハワードはスコッチのグラスを見つめた。

　エラリイは深く息をついた。

「銃殺隊の前に立たされる気分なのはわかる。だが、実際はそれよりずっと楽だ。一度どかんと来るだろうが――」

「わたしがこわがってると思ってるのね」サリーはもう手をおろしていた。泣いていたしいが、いまは怒っている。土曜の夜と同じくらい怒っているが、その理由がちがっていた。「わたしはディーズのことを気にかけてるの。あの人は死んでしまう」椅子から立ちあがる。「わたし、自分のことなんかどうでもいいのよ」小さいが熱のこもった声で言う。「これをすっかり忘れられさえすればいいの。そして、やりなおす。あの人に償うの。できるはずよ。必要ならハワードに出ていってもらう。わたしは非情な女になる。わたしがどれほど非情になれるか、知らないでしょうね。とにかく、やりなおすチャンスがほしいの」サリーは顔をそむけ、くぐもった声で言った。「つぎの要求までかなり時間が空くはずよ。つぎがあるとしてだけど……」

「この封筒はね、サリー」エラリイはポケットを叩いた。「ライツヴィル郵便局で土曜の五時三十分に消印が押されている。ぼくが一回目の二万五千ドルを払ってから、たった数時間後だ。ということは、犯人はアパム・ハウスであの封筒をとった直後にこれを投函したにちがいない。これでも、三回目の要求まで〝かなり時間が空く〟と思えるかい」

「これっきりにするかもしれないのよ」サリーは憤然と言った。「もうお金がないとわかって、やめるかもしれない。もしかしたら……そうこうするうちに相手が死ぬかもしれないじゃない！」

エラリイは言った。「きみはどうだ、ハワード」

「父に知られるわけにはいかない」ハワードはスコッチをあおった。

「では支払うんだな」

「そうとも！」

サリーは言った。「それしかない」

エラリイは腹のあたりで指を組み合わせて尋ねた。「どうやって払うんだ」

ハワードはウィスキーグラスを思いきり暖炉に投げつけた。グラスは耐火煉瓦にあたって砕け、ダイヤモンドのしぶきのように散らばった。

「ダイヤモンドみたいだ」ハワードはつぶやいた。「これがそうならいいのに」

「サリー」エラリイは気がかりで身を乗り出した。「どうしたんだ」

サリーはなんとも奇妙な口調で言った。「すぐにもどる」

庭へ出て、サリーは走りだした。プールをまわってテラスを突っ切り、屋敷へはいっていく姿をふたりは目で追った。

ハワードはかぶりを振った。「けさは何から何までうまくいかない」そして、すまなそうに言う。「グラスを割ったりして悪かったよ、エラリイ。まるで子供だ」もうひとつグラスを出して、また酒を注ぐ。「罪悪のために」

ひと息で飲むのをエラリイは見守った。

ハワードはうつろな目をそらした。

三分後、サリーがテラスに現れた。スーツの上着の右ポケットに手を押しこんでいる。静かにテラスと庭を歩いてきた。しかし、ゲストハウスのポーチに着くと急ぎ足になり、中へはいってドアを強く閉めた。

ハワードは呆気にとられた顔をした。

サリーは右手をハワードの前に掲げた。

その手にさがっていたのはダイヤモンドのネックレスだった。

「金庫から出してきたの」

「ネックレスをどうするんだ、サリー」

「わたしのよ」

「でも、それを手放しちゃだめだ！」

「これを持っていけば二万五千ドルにはなる。ディーズはこれに十万ドルは払ったはずよ」エラリイに目を向ける。「見てみる？」

「みごとな品だよ、サリー」エラリイはまったく手をふれようとしなかった。

「ええ、すごくきれい」サリーの声は落ち着いていた。「この前の結婚記念日にディーズからプレゼントされたの」

「だめだ」ハワードが言った。「いけないよ。危険が大きすぎる」

「ハワード」

「なくなったと気づかれるに決まってるだろう、サル。父さんにどう説明するんだ」

「あなただって、危険を冒してはじめの二万五千ドルを手に入れたのよ」

「だって、ぼくは……」

「どこからとったにせよ、記録や何かでわかるものよ。紙幣の通し番号か何かで。とにかくあなたは危険を冒した。こんどはわたしの番よ。ハワード——受けとって」

ハワードは顔を紅潮させた。

それでも、受けとった。

見晴らし窓から差しこむ日光がダイヤモンドのカット面にあたって光が乱舞した。ハワードの手が燃えているように見える。

「でも……これを現金に換えなきゃいけない」ハワードは小声で言った。「ぼくは……こういうことにくわしくないんだ」

役立たずのハワード。人頼みのハワード。

「おい」エラリイは回転椅子で言い放った。「こんなのは愚の骨頂だ」

ハワードはすがりつくようにエラリイを見た。

「エラリイ、二度とこんなことを頼むつもりはないけれども——」

「つまり、ぼくにこのネックレスを質屋へ持っていけと言うんだな、ハワード」

「きみはこういうことに慣れてるけど」ハワードは口ごもった。「ぼくはよく知らない」

「ああ、そうさ。だからこそ今回のことは正気の沙汰じゃないと言っている」

「でも、お金をどうしても作らなくちゃ」サリーが断固として言った。

エラリイは肩をすくめた。

「エラリイ」こんどはサリーが懇願した。「わたしのためだと思って。どうかお願い。わたしのネックレスよ。わたしが責任を持つ。ハワードの言うとおりよ——二度とあなたを巻きこんだりしない。何が起ころうとね。でも、このお願いだけは聞いてもらいたいの」

「ではサリー、ひとつ訊こう」エラリイははっきりと言った。「なぜきみが自分でやらないんだ」

「町でだれかに見られるかもしれない。ディーズやウルファートや、従業員のだれかに、質店に出入りするところを。せまい田舎町がどんなものか知らないのね。たちまちライツヴィルじゅうに知れ渡るのよ。そしてディーズの耳にはいる——だれかが告げ口するに決まってるもの。それがわからないの？」

そこにハワードが飛びついた。「そう、ぼくだって同じさ、エラリイ」**サリーが言いだすまで思いつかなかった。それをさっそく掠めとるとは。**

「それに、質店の主人がしゃべるかもしれないし、ほかにも——」

エラリイは眉をあげた。「つまり、こういうことかな。持ち主がきみだとわからないように、このネックレスを質入れしたいと」

「何より大事なのはそれよ。そうすればディーズは気づかないし——」

「それはどうかな。無理だよ」エラリイは冷ややかな顔で言った。「これほどのネックレスなら、ライツヴィルで知らない者はいないはずだ。仮に質店の主人が知らなくても、ほかのだれかが目にしたとたん——」

「でも、ディーズはこれをニューヨークで買ったのよ」サリーは懸命に食いさがった。「それに、わたしはこれをまだ一度も身につけてないの。家でもよ、エラリイ、お客さまを招いたときもね。もらってからまだ二、三ヵ月しか経ってない。特別なときのためにとっておいたのよ。だから町で知る人はまったく——」

「どこかほかの質店へ持っていくのはどうだい」ハワードがお節介な口出しをした。

「ライツヴィルから出る暇はないんだよ、ハワード。きみたちは、よそ者が質店にはいってくるまでに、何も訊かれないと思っているようだな。町に質店は一軒、広場にあるシンプソンの店だけだから、ほうぼうの店にあたることもできない。シンプソンはぼくが持ち主だという証拠をほしがるだろう。あるいは持ち主からの委任状を。そして現金を調達しなくてはならない。しかもすぐにだ」エラリイは首を横に振った。「これは愚かしいだけじゃない。ほぼ不可能だ」

だが、ふたりは一致団結して説き伏せようとし、エラリイはその頑なな態度に少し気分が悪くなった。

「あら、J・P・シンプソンとは知り合いだと言ってたじゃない」サリーは言った。「以前ライツヴィルに来てライト家に滞在したときよ。あのヘイトの事件で――」

「知り合いというわけじゃないよ、サリー。ジム・ヘイトの裁判で少し顔を合わせただけだ。シンプソンは検察側の証人だった」

「でも、シンプソンのほうは覚えてるさ」ハワードは叫んだ。「きみは有名人だからね、エラリイ。この町の人間が忘れるものか」

「だとしても、シンプソンが店に二万五千ドル置いておくと思うのか」

「あの人は町で指折りのお金持ちよ」サリーは勝ち誇ったように言い返した。「ライツヴィル・ナショナル銀行の高額預金者のひとりよ。ときどき巨額の融資もするの。去年、シドニー・グラニスがある男に熱をあげてのっぴきならないことになって――あれも手紙がからんでた――いくらか知らないけど、お金を強請《ゆす》られたの。グラニスは母親が遺した宝石をいっぱい持ってたから、それをシンプソンの店に質入れして、その男にお金を渡したんだけど、しまいに男はクロードに――クロード・グラニス、シドニーの旦那さまよ――手紙を渡したの。シンプソンがいくら用立てたか知らないけれど、一万五千ドルはくだらなかったんだって。男はつかまり、話が明るみに出て、クロード・グラニスは銃で自分の頭を吹き飛ばした。でも、恐喝者がつかまる前から――いまもその男は刑務所にいるけど

――町の人たちが全員そのことを知ってて――」

「では、町の人たち全員がこれを知るはずがないとなぜ思うんだ」

「それは、あなたがエラリイ・クイーンだからよ」サリーは言い放った。「あなたはシンプソンにこう言うだけでいいの。自分がライツヴィルにいるのはある密命のためで、ヴァン・ホーン家にひそかに身を寄せている。依頼人の名を明かすわけにはいかないが、その人物のネックレスを質入れする必要がある、とかね。それでいいでしょう？　わたしは筋書きまで用意してあげたのよ、エラリイ。だからお願い」

エラリイの体内にあるまともな細胞のひとつひとつが、立ちあがって荷造りをし、どこ行きでもいいから最初に来た列車に乗ってライツヴィルを離れろと命じた。

しかし、そうはせずに、エラリイはこう言った。「どんな結果が待っているにせよ、ぼくはいまここできみたちに言っておく。こんな子供じみて危険なばかばかしいことにかかわるのは、今後いっさいごめんだ。これからは、真実でないものに目をつぶれと頼みこむのはやめてもらいたい。そういうときはことわる――じゃあ、ロッカーの鍵とネックレスを渡してもらおうか」

エラリイは一時を少しまわったころ、町から帰ってきた。

ふたりは待ちわびていたらしく、エラリイが帽子をとるなり、ゲストハウスの玄関口に現れた。

エラリイは「終わった」と言い、帰ってくれと言いたげに無言で立っていた。

だが、サリーが中へはいって肘掛け椅子にすわった。

「話してちょうだい」サリーは頼んだ。「どんな様子だった？」

「きみの予想どおりだったよ、サリー」

「やっぱりそうだったのね。シンプソンはなんと言った？」

「ぼくを覚えていたよ」エラリイは笑った。「ああも簡単に人がだまされると気が滅入るね。特に、抜け目のない人間がやられるとね。ぼくはいつもそれを忘れて失敗する……。あれこれ言わなくても、シンプソンは自分から動いてくれた。ぼくがとてつもなく大きな秘密めいた重要な問題に取り組んでいると思いこんでね。かいがいしく協力してくれたよ」そしてまた笑った。

サリーはゆっくりと椅子から立ちあがった。

「でも、金のほうは」ハワードが訊いた。「金のことはなんの問題もなかったのかい」

「まったく平気だったよ。シンプソンは店に鍵をかけて自分で銀行へ出向いた。そして袋に入れて帰ってきた」エラリイはライツヴィルのほうを向いた。「ずいぶん感動していたよ。ネックレスやぼくに、そして、自分が国際的な問題の一端をになったらしいことに……。

金は駅の十番のロッカーにある。鍵はその最上段の壁際に置かれている。高い位置だから人目につかない。すべて敵の計算どおりだ」そしてエラリイは言った。「ぼくがどういう気持ちか、きみたちにはわかるか」

エラリイは振り向いた。

「どうだ」

ふたりは前に立って、ただエラリイを見ているだけだった。互いの顔を見ず、少しあとにはエラリイの顔も見ていなかった。

やがて、サリーの口が開いた。

「礼には及ばない」エラリイは言った。「さて、仕事を進めさせてもらえるかな」

月曜の夜、エラリイは一家と夕食をともにしなかった。ローラが食事の盆を運んできたので、エラリイはローラの目の前で律儀に全部たいらげてから盆をさげさせた。

そして、夜中過ぎまで仕事をした。

火曜の朝、エラリイがひげ剃り道具を片づけていると、居間のほうから声が聞こえた。

「クイーンさん。起きているかね」

声の主がモリアーティ教授だったとしても、エラリイはここまで驚かなかっただろう。アンダーシャツ姿で、剃刀《かみそり》を持ったまま戸口へ行く。

「邪魔をしていなければいいんだが」けさのウルファート・ヴァン・ホーンはずいぶん愛想がよく、頑張り屋のビーバーのように歯をむき出して笑いながら、両手をポケットに突っこんでいた。

「だいじょうぶですよ。けさのご気分はいかがですか」

「いいね。とてもいい。ドアがあいていたから、起きているのかなと思ったんだよ。夜じゅう明かりがついていたじゃないか」

「三時半ごろまで仕事をしていました」

「やはりそうか」ウルファートは散らかった机を見て目を瞠った。こんなに大きく目をあけて、ずるそうな顔でいられるのはこの男ぐらいだな、とエラリイは思った。「これが作家の机というものか。すばらしい、すばらしい。では、きょうは寝不足だな、クイーンさん」

さあ、ひと勝負はじまりそうだ。

「ほとんど眠っていません」エラリイは笑みを漂わせた。「ひとつのことに打ちこむと、何もかもに力がはいりすぎて凝り固まってしまうんですよ、ヴァン・ホーンさん。解きほぐすのに長い時間がかかることもあります」

「作家の暮らしは気ままなものだと思っていたんだがね。とにかく、起きていてよかった」

いよいよはじまるぞ。

「日曜日から、あんたを見かけなかったな。チチャリング牧師をどう思うね」

まだ様子見か。

「熱心な人物ですね。ほんとうの意味で」

「たしかに。はっはっ！　篤信のきわみだな。父のことをちょっと思い出すよ」ウルファートはばかにするように笑った。「むろん、父は原理主義者だったがね。ディードリッチとわたしは膝が震えるほど父をこわがったものだ。ところで、のんきにしゃべってしまったよ。お互い暇を持て余してるみたいにね」ウルファートは声を落とし、首を鋭く傾けて攻めに転じた。「けさは、われわれ家族といっしょに朝食をとらないつもりだったのかね。ゆうべは夕食に来なかったから、もしかすると……」

エラリイは微笑んで言った。「けさは特別な料理でも出るんですか、ヴァン・ホーンさん」

恐ろしいことに、ウルファートがウィンクをした。

「極上のものが出るよ」

「エッグ・ベネディクトとか？」

ウルファートは大笑いをして膝を叩いた。「そいつはいいな！　いや、それよりはるかにいいものだ」

「それでは、ぜひうかがいますよ」

「はじめにこれだけは言っておいたほうがよさそうだ。兄は妙にへそ曲がりでね。儀式ばったことが大きらいだ。兄に演説させるには、州兵を動員するぐらいしかない。わかるかね」

「いいえ」

「急いで着替えてくれ、クイーンさん。サーカスのはじまりだ！」

そう言われても、エラリイの気分は高まらなかった。

朝食のあいだ、ウルファート・ヴァン・ホーンは自分の秘密を後生大事にかかえていた。忍び笑いをしたり、兄に向かって思わせぶりなことを言ったり、いつもの陰鬱な態度とは似ても似つかないふるまいに及んだので、自分の問題で頭がいっぱいだったハワードさえもそれに気づき、驚いて言った。「叔父さんに何があったのかな」

「いいじゃないか」ディードリッチが淡々と言った。「穿鑿《せんさく》することもなかろう」

全員が笑い、ウルファートが一番の大声で笑った。

「そんなに意地悪をしないで、ウルフ」サリーが微笑んで言った。「そろそろ言ってよ」

「言うって何を?」ウルファートはあっけらかんと言った。「はっはっ!」

「急かさないほうがいい」夫がサリーを諭した。「ウルフが笑うことなんか、めったにないんだから……」

「よし、このぐらいでじゅうぶんだ」ウルファートは言って、エラリイにウィンクをした。

「楽にしてやろう、ディードリッチ」

「わたしを? なんだ、わたしのことだったのか」

「さあ、用意はいいか」

「いいとも」

サリーも身構えた。ハワードも身構えた。突然のことだった。**後ろ暗い者は追われなくても逃げる。**

「今夜はどこへ行くつもりだ、ディードリッチ」

「どこって? わが家に決まっているだろうが」

「ちがうね。サリー」ウルファートはカップを高々とあげて言った。「おかわりを頼む」

サリーはおぼつかない手つきでコーヒーを注いだ。

「いいから早く」ハワードが不満顔で言った。「いったいなんの話ですか」

「おい、ハワード。おまえにも関係があるんだぞ。はっはっはっ！」

「落ち着け、ハワード」ディードリッチが静かに言った。「さあ、どうした、ウルフ。わたしは今夜どこへ行くんだね」

弟は骨張った肘をテーブルに突いたまま、音を立ててコーヒーを飲み、カップを置いたあと、人差し指を思わせぶりに小さく振った。「まだ言わないつもりだったが――」

「なら言うな」ディードリッチは椅子をすばやく後ろへ押した。

「しかし、伏せておくのはもったいない」ウルファートはあわてて言った。「それに、きょう事務所へ行けばどうせわかることだ。兄さんを招待するための代表団がやってくるからな」

「わたしを招待？　どこへだ、ウルフ。何に招待するって？　なんの代表団だ」

「美術館委員会のばあさま連中が勢ぞろいだ――クラリス・マーティン、ハーミー・ライト、ドナルド・マッケンジー夫人、エミー・デュプレ、その他おおぜい」

「だが、どうして？　何に招待するというんだ」

いたたせ た。。。

「今夜のパーティーにだ」

「なんのパーティーに？」ディードリッチは警戒気味の声で問いただした。

「兄さん」ウルファートは得意げに言った。「たしか寄付のことでは委員会に大騒ぎしてもらいたくないと言ってたな。ところが今夜、あんたはホリス・ホテルの大宴会場での祝宴に主賓として出席するんだよ。芸術の擁護者だか文化の支援者だか知らないが、とにかく美術館設立を実現した男に謝意を表する晩餐会だ。ディードリッチ・ヴァン・ホーン、万歳！　やったぞ！」

「謝意を表する晩餐会か」ディードリッチは小さな声で言った。

「いかにも。正装、スピーチ、その他もろもろだ。今宵、ヴァン・ホーン家は公共のものになる。中央に偉大な男、右に美しい妻、左に才能豊かな息子――全員が着飾って並ぶ！」ウルファートはまた笑ったが、大きなうなり声のようだった。「逃げようがないぞ、ディードリッチ。実は何を隠そう」またウィンクをする。「準備したのはわたしだ」

ディードリッチがいつもどおりの反応を見せたのは幸運だったとエラリイは思った。兄が動揺するのを弟が喜ぶという一幕のおかげで、サリーは追いつめられた動物の目を隠しきり、ハワードは大きくあいた口をどうにか閉じることができた。

エラリイ自身は少し気分が悪くなった。

ディードリッチが大声をあげて憤慨する一方――断じて行くものか、無理強いされるいわれはないぞ――ウルファートが噛みついた――祝宴の準備はできているんだよ、料理の注文も、招待状も手配ずみでね。そのあいだに、サリーとハワードはなんとか落ち着きを取りもどした。

ひと騒動終わると、ディードリッチは両手をあげてサリーに言った。「どうしようもないな、ダーリン。だが、いいこともある――おまえにとっては、おしゃれを楽しむ機会だ。この前贈ったダイヤモンドのネックレスをつけるといい」

サリーは微笑んで「そうね、あなた」と返事をし、顔を傾けてキスを受けた。J・P・シンプソンの店の金庫にあるネックレスを身につけることが、この世でいちばん望みであるかのように。

ディードリッチとウルファートが出かけていった。三人の共謀者は坐したままだった。ローラがはいってきて、朝食の皿を片づけはじめる。サリーが首を横に振ったので、ローラはドアを乱暴に閉めて立ち去った。

「どうだろう」ついにエラリイが口火を切った。「場所を移しては」

「アトリエがいい」ハワードがぎこちなく立った。

階上へ行くと、サリーはへたりこんだ。体がひどく震えている。男ふたりは無言だ。ハワードは脚をひろげて立ち、姿勢だけが男らしかった。エラリイは小さなジュピター像の前を行きつもどりつした。

「ごめんなさい」サリーは鼻をかんだ。「わたしって、まちがったことをしでかす天才みたい。ハワード、どうしたらいいかしら」

「それがわかればいいんだが」

「罰を受けてるみたいね」サリーは椅子の肘掛けにつかまり、天井の梁に向かって疲れた声で話しかけた。「逃げ出したとたんにつぎの罠に落ちるなんて。おもしろいくらいよ。他人の身に起こったことなら、きっと笑ってる。わたしたちはマッチ箱から逃れようともがく二匹の虫なのね。ネックレスのことをどう言いわけすればいい?」

それはダイヤモンドの質入れを決めるときに考えておくべきことだったが、エラリイは何も言わなかった。

「時間があると思ったのよ」サリーは大きく息を吐いた。「そのときが来れば手立てを考えつくと思ってた。それがいまなのね。こんなに早く……」

そう、それがこの件の特徴だ、とエラリイは思った。圧力。いくつもの出来事がひしめき合ってできる圧力。いまや、それらがせまいスペースに押しこまれて、とどまっていられない。何かが起こる……。圧力という特異な要因。特異な要因……。そのことばが、しつこいと感じるほど脳内で繰り返されている。特異な……。

ハワードも何やら繰り返し言っているが、はっきり聞こえない。

「なんだって、ハワード」

「なんでもないの」サリーが言った。「ネックレスを漆塗りの箱にしまっておいたことにして、六月にほかの宝石といっしょに盗まれたと言えばいいって、ハワードが言うの」

「そして、もどらなかったことにするんだ、サル。それしかない！」

「ハワード、それはだめよ。あのとき、ディーズに宝石箱の中身を全部書いて渡したんだもの。ネックレスははいってなかったから書かなかった。わたしはなんと言えばいいの——忘れてたとでも？　とにかく、あれはずっと一階の金庫にはいってたのよ。書斎へ行ってとってきたと言ったでしょう？　ディーズだってそこにあるのを見たはずよ。しじゅう金庫を見てるんだから。たぶんウルファートもね」

「ウルファートめ」ハワードはどす黒い怒りを叔父へ向けた。「あの——あの死にぞこないさえいなければ、こんなことにならなかったのに」

「ああ、やめて、ハウ」

「待ってくれ」

「何を？」

「いや、待て、待て」ハワードの声は静かで、不気味なほどだった。「言い抜ける手があるぞ、サル。気は進まないが……」

「どうするの？」

ハワードはサリーを見た。

「どうするの、ハワード」サリーはさっぱりわからない様子だ。

ハワードはそっと言った。「でっちあげるんだ……盗みを」

「盗み？」サリーは背筋を伸ばした。「盗みって？」怯えたふうだ。

「そうとも。ゆうべ盗まれたことにする。朝までのあいだに。父さんとウルファートは、けさ書斎へ行かなかった。それはまちがいない。こうするんだ……金庫をあける。金庫の扉をあけたままにする。フレンチドアのガラスを破る。それから、サル、きみが事務所にいる父さんに電話して……」

「ハワード、あなた、何を言ってるの？」

サリーがもうひとつの盗みについて知らないということをハワードは忘れている。いま、サリーは疑いはじめている。そのことにハワードは気づく。**そして取りつくろう。**

「じゃあ、きみの案を出してくれ」ハワードはたたみかけた。

サリーはエラリイをちらりと見たが、そのあと——すばやく——目をそむけた。

「エラリイ」ハワードはもっともらしい口調で言った。「きみはどう考える？」

「いろいろ考えるよ、ハワード。愉快なことはひとつもない」

「ああ、そうだ、わかってる。でもぼくは——」

「うまくいかないだろう」

「だけど、ほかにどうしようがある？」

「真実を話せばいい」

「感謝するよ！」

「訊かれたから答えるが、この問題はひどくこみ入っていて、手の施しようがない。そうするしかないんだ」エラリイは肩をすくめて付け加えた。「最初からそうだったんだよ」

「だめだ。言えないよ。ぜったいに。そこまで父さんを傷つけるわけにはいかない！」

エラリイはハワードを見た。

ハワードの視線が泳いだ。「わかった、勝手にしてくれ。ぼくは自分が傷つくのもたまらない」

「でも、わたしはちがう」サリーが声を絞り出すように言った。「わたしは自分のことなんかどうでもいい。まったく、どうでもいいの」

「どうやらぼくたちは」エラリイは静かに言った。「行き止まりにぶちあたったようだな」

ハワードはだしぬけに言った。「きみはなんの提案もしないのか」

「ハワード、言ったじゃないか。質店へ行ったのがぼくの最後の仕事だ。ぼくはこの件のすべてについて、完全に、断固として反対する。きみの愚行を止められなくても、せめてその度合いを弱めることはできる。すまない」

ハワードはそっけなくうなずいた。「サリー、きみは？」

サリーは椅子から立ちあがった。

ディードリッチの書斎までふたりについていったのは、やむにやまれぬ心理が働いたからだが、エラリイはその心理をうんざりしながら分析した。荷造りして出ていくのが分別ある行動だった。それなのに、あたかも関係者であるかのように、ふたりの危なっかしい堂々めぐりを追わずにいられない。単なる好奇心なのか。あるいは、好奇心混じりのゆがんだ忠誠心か、それとも良心を全うしたい強い衝動か。とっくに自分の手を離れているはずなのに、引き受けた以上は最後までやり抜くしかない。

中へはいると、サリーが書斎のドアに背をもたせかけ、エラリイは隅に立った。

三人とも無言だった。

ハワードがハンカチをまるめた。パントマイムを見ているようだ。そしてハワードはディードリッチの金庫をあけた。手にハンカチを巻き、中を乱暴に引っ掻きまわした。ベルベットのケースをつかみ出す。ケースをあける。中は空だった。

「これだろ？」

「そう」

ハワードはケースをそのまま金庫の手前の床に落とした。金庫をあけっ放しにした。つぎにどうするのか。学問的興味を誘う場面だ。

ハワードはフレンチドアへ向かった。その途中で、父親の机にある鋳鉄《ちゅうてつ》のペーパーウェイトをつかむ。

「ハワード」エラリイは言った。

「なんだい」

「泥棒が外から来たという証拠を残したいなら、テラスの側からガラスを壊したほうがいいんじゃないか」

ハワードははっとした。顔を赤らめる。それから、ハンカチを巻いた手でフレンチドアをあけると、外へ出てドアを閉め、取っ手にいちばん近いガラスをペーパーウェイトで割った。ガラスの破片が書斎の床に飛び散った。

ハワードは中へもどった。こんどはドアをあけたままにしておく。あたりを見まわした。

「何か忘れてることはあるかな。よし、サリー。これでいい」

「どうするの、ハワード」サリーがまごついてハワードを見た。

「きみの番だ。父さんに電話をかけてくれ」

サリーは唾を呑みこんだ。

ガラスの破片をよけながら夫の机をまわり、大きな椅子に腰をおろすと、手もとに電話を引き寄せてダイヤルをまわした。

男ふたりは何も言わなかった。

「ヴァン・ホーンをお願いします。いいえ、ディードリッチ・ヴァン・ホーンのほうです。ええ、こちらはミセス・ヴァン・ホーンです」

サリーは待った。

エラリイは机に近寄った。

「サリーか」大きな声が弱まって聞こえる。

「ディーズ、ネックレスがないのよ！」

ハワードは顔をそむけ、煙草を取り出そうとした。

「ネックレスが？　ない？　どういう意味だ、ダーリン」

サリーはわっと泣きだした。

大泣きしても、そのことばを洗い清めることはできないんだよ。

「今夜のパーティーのために金庫からネックレスを出しにきたら……」

「金庫になかったのか？」

「そうよ！」

泣け、サリー、泣くがいい。

「自分で持ち出したまま、忘れているのかもしれないよ」

「金庫があいてたの。それに、テラスへ通じるドアが……」

「ああ」

ずいぶん妙な〝ああ〟じゃないか、ミセス・ヴァン・ホーン。夫が何を知って何を疑うか、わかったものじゃない。気をつけろ。

「ディーズ、どうしたらいい？」

泣け、サリー、泣くがいい。

「サリー。いい子だ。もう泣くんじゃない。クイーンさんに頼んで——そこにいるかな？」

「ええ、います！」

「電話を代わってくれ。そして泣くのをやめるんだ、サリー」まだ何か妙だ。「たかがネックレスじゃないか」

サリーはだまって受話器を差し出した。

たった十万ドルということか。

エラリイは電話に出た。

「もしもし、ヴァン・ホーンさん」

「もう現場を――」

「フレンチドアから侵入されました。壁の金庫があいています」

ヴァン・ホーンはガラスについて尋ねなかった。報告を待っている。だが、エラリイも待った。

「何もさわらないようにと妻に言ってくれ。すぐに帰るよ。クイーンさん、しばらく見張っていてもらえないか」

「もちろんです」

「ありがとう」

ディードリッチは電話を切った。

エラリイも受話器を置いた。

「どうだった？」ハワードが取り乱した顔で言った。サリーはただすわりこんでいる。

「見張ってくれと頼まれたよ。だれも手をふれてはいけない。すぐに帰ってくる」

「だれも手をふれちゃいけないって！」サリーは立ちあがった。

「たぶん」エラリイはゆっくりと言った、「警察に知らせるつもりだろう」


デイキン警察署長は以前より老けていた。痩せていた体はさらに華奢になり、皮膚は皺だらけで、髪は灰のように白い。大きな鼻がいっそう大きく見えた。だが、ふたつの目が曇りガラスの窓を思わせるのは変わっていない。

この家の兄弟にはさまれてデイキンは到着した。エラリイがいるのを知っていたはずなのに、まずはじめに割れたガラスを、つぎにあいた金庫を見てから、ようやくエラリイに目を向けたのは、いかにもデイキンらしかった。しかし、そこからなごやかな雰囲気になり、デイキンは近づいてきてエラリイの手を強く握った。

「われわれは事件が起こらないかぎり会えないようだな」デイキンが大声で言った。「来ているなら、なぜ知らせてくれなかったんだね」

「どちらかと言うと人目を避けていたんですよ、署長。ヴァン・ホーン家の人たちがかくまってくれましてね。ぼくは本を書いています」

「文章を書く合間に、この人たちのためにもっとよく目を光らせることもできたろうにな」デイキンはそう言って笑った。

「まったく面目もありません」

ライツヴィルの警察署長は骨張った顎をなでた。

「ダイヤモンドのネックレスか、ふむ。やあ、ごきげんよう、ミセス・ヴァン・ホーン」

デイキンはハワードにも会釈をした。

サリーが「ああ、ディーズ」と声をかけ、ディードリッチが妻の肩に手をまわした。

書斎の入口には、ウルファートが無言で立っていた。腹を空かせた鳥のように周囲をうかがっている。虫でも探しているのか、とエラリイは思った。

デイキン署長はフレンチドアへ近づいて、床のガラス片と、窓ガラスにできた鋭い割れ目を見やった。

「六月以来、二度目の窃盗ですか。だれかがあなたに悪意をいだいているようですな、ミセス・ヴァン・ホーン」

「今回も幸運に恵まれるといいんですけど、デイキンさん」

デイキンは金庫のほうへのんびりと歩いていった。

「きみのほうで何か見つけたかね、クイーンさん」ディードリッチが尋ねた。顎が突き出ている。

「ディキン署長から話があると思いますが、ヴァン・ホーンさん、これはかなりわかりやすい事件ですよ。それに、ディキン署長がいらっしゃるならぼくの出る幕ではありません。署長はすばらしい腕前ですから」

「やあ、ありがとう」ディキンはそう言ってベルベットのケースを拾いあげた。

ディードリッチは自分も同意見だと言いたげに、重々しくうなずいた。

腹に据えかねているだろうな、とエラリイは思った。最初は二万五千ドル、こんどはダイヤモンドのネックレス。怒るのがふつうだ。

ディキンはじっくりと見てまわった。それが以前からの流儀だ。潮が満ちてくるようにゆっくりと、腹立たしいほど慎重に調べを進めていく。潮の動きはほとんど察知できないが、やがて潮がすべてを呑みこんでだれもそれを止められなくなるのは知っていた。

サリーとハワードはディキンに心を奪われている。

「ミセス・ヴァン・ホーン」

サリーはびくりとした。「あら、みなさん、ずいぶん静かだったのね。なんでしょう、ディキンさん」

「ネックレスを最後に見たのはいつですか」

「ひと月以上前です」サリーはすぐに答えた。

答えるのが早すぎるぞ。

「おや、ちがうだろう」ディードリッチが眉をひそめて言った。二週間前じゃないか。忘れたのかい。金庫から出してだれかに見せるって――」

「ミリー・バーネットね。そうだった」サリーは顔を真っ赤にした。「忘れてた、ディーズ。うっかり者ね」

「二週間前」ディキンはその事実を嚙みしめていた。「その後、それを見かけた人はいましたか」

「おまえはどうだ」ディードリッチは言った。「ハワード」

醜い顔は石そのものだ。

「ぼくが？」ハワードがぎこちなく笑った。「ぼくがですか、父さん」

「そうだ」

「なぜぼくが見かけるんですか。金庫に近づく理由なんか、まったくないのに」

ディードリッチはかすれた声で言った。「見かけたかもしれないと思っただけだよ」

疑う。だがわからない。また疑う。そうやってディードリッチは命を削っていく。疑っ

てもわからないせいで、命が削られる。ハワードが？　ありえない。サリーが？　考えられない。だが……。

ディードリッチは顔をそむけた。

「月曜の朝、それは金庫にあった」弟が言った。

「きのう？」ディードリッチはウルファートへ鋭い目を向けた。「たしかか」

「まちがいない」ウルファートは薄笑いを浮かべた。「ハッチンソンの書類が必要だったから、金庫をあけた。ネックレスはそこにあったよ」

デイキンは訊いた。「このケースのなかにですか、ヴァン・ホーンさん」

「そうです」

「ケースはあいていましたか」

「いや……だが――」

「では、なぜネックレスが中にはいっていたとわかるのですか」デイキンは穏やかに尋ねた。「こうしたことには慎重を期す必要があるんですよ、ヴァン・ホーンさん。事実をつかむためにはね。それとも、あなたはたまたまケースをあけたんですか、ヴァン・ホーンさん」

「実はあけました」ウルファートの毛深い耳の先端が赤紫に変わった。

「あけたんですね」

「ちょっと見ただけですよ。それだけだ」ウルファートはいきり立った。「それとも、わたしが嘘をついているとでも？」

ディードリッチが怒鳴った。「どちらでも変わらんだろう！　盗難があったのは夜中で、ゆうべ遅くまでガラスは割れていなかった。ネックレスが最後に目撃されたのがいつだろうと、どうでもいいじゃないか」

この人は早くも後悔している。この騒動でディキンを呼んだことを。大失敗だった。いまは苦い後悔を味わっている。

警察署長は言った。「これについてはいずれわたしからお伝えしますよ、ヴァン・ホーンさん」そして、抜き差しならないことをはっきり言われたと一同が気づく前に、ディキンは帰っていった。

ディードリッチは町へもどらなかった。ウルファートはもどったが、ディードリッチは日中のほとんどを書斎に閉じこもって過ごした。一度、参考にする本を借りようと、エラリイは書斎のドアに近づいたが、家の主が歩きまわる足音を聞き、ゲストハウスへ引き返した。ハワードはアトリエから出てこなかった。サリーは自分の部屋にいた。

エラリイは仕事をした。

五時になると、ディードリッチはゲストハウスの戸口に現れた。

「やあ、どうぞ」

ディードリッチはみずからの戦いに勝っていた。皺は深いが、落ち着きを取りもどしている。

「雌鶏ばあさんの代表団には会ったかね」

「委員会ですか。いいえ、会っていません。仕事が……」

「ムハンマドに呼ばれた山の気分だよ。なんとも言いようがない。愚か者になった気がする。むろん、行くしかないが」

「おのおの苦しみに向かいて（コーランの一節）」エラリイは笑いながら言った。

「ヨブ記ではどうなっていたか」ディードリッチはかすかな笑みを漂わせて言った。「父がよく言っていたものだよ。ああ、そうだ。〝人の生まれて艱難《なやみ》を受くるは、火の粉の上に飛ぶがごとし（ヨブ記第五章第七節）〟。われわれのなかには、アセチレンランプで焼かれるかのように苦しむ者もいて……。いや、仕事の邪魔をするつもりはないよ、クイーンさん。ただ、今夜の忌々しい祝宴への同席をお願いしていなかったと思ってね。もちろん、出席してもらえたら――」

「いえ、申しわけありませんが、ぼくは遠慮します」エラリイは早口で言った。「ご家族のなかに加えていただくのは光栄ですが」

「いや、そう言わずにどうかね。ぜひとも来てもらいたい」

「夜会服を持ってきていませんし――」

「わたしのタキシードが余っているから、それを着ればいい」

「大きさが合いませんよ。とにかくヴァン・ホーンさん、これはあなたのための催しですから」

「ここに残って、そのタイプライターをいじめたいのかね」

「まだ半分もいじめていませんよ。ええ、そういうことです」

「きみと立場を交換できたらいいんだが」

ふたりは親しげに笑い、しばらくのちにディードリッチは手を振って立ち去った。

強い男だ。


エラリイはヴァン・ホーン家の人々が出かけるのを見守った。ディードリッチは燕尾服にシルクハットという堂々たるいでたちで、サリーのためにドアを押さえた。サリーはふっくらとしたミンクのコートにクチナシのコサージュをあしらい、踏み段をなでるほどの長い白のドレスを着て、頭には薄いベールをつけていた。あとにつづくウルファートは葬儀屋の助手のように見えた。ハワードが運転するキャデラックのリムジンが現れ、ディードリッチとサリーが後部座席に、ウルファートがハワードの隣にすわった。ライツヴィルの上流社会に、おかかえ運転手はほとんどいない。

大きな車はうなりをあげて私道を進み、角を曲がって消えた。

エラリイの耳には、ここまでだれの声も聞こえなかった。

エラリイはふたたびタイプライターに向かった。

七時半にローラがやってきた。「クイーンさま、夕食を家で召しあがると奥さまから聞いております」

「ああ、ローラ。手間をかけなくていいよ」

「手間だなんて」ローラは言った。「食堂で召しあがりますか、クイーンさま。それともお盆を運びましょうか」

「盆だ。盆で頼む。よけいなことはしなくていいよ、ローラ。どんなものでもかまわないから」

「承知しました」けれども、ローラはぐずぐずしていた。

「おや、どうした、ローラ」この仰々しい女がだんだんうっとうしくなってきた。

「クイーンさま、どうか……したんでしょうか。つまりその――」

「どうかしたとは？」

ローラはエプロンを引っ張った。「奥さまは一日じゅうお部屋にこもって泣いてらっしゃるし、ディードリッチさまはあんなふうで……。それに、けさは警察署長を連れてもどられましたし」

「そうか。ローラ、どうかしたとしても、ぼくたちにはなんの関係もないじゃないか」

「ええ。そうですね、クイーンさま」

盆を持ってさがるとき、ローラの口は固く引き結ばれていた。

偶像の土台がもろいことに気づいたな、とエラリイは思った。


仕事はとてもはかどった。ページがつぎつぎと進み、タイプライターの音以外、何も耳にはいらなかった。

「エラリイ」

ハワードがそばにいたので、エラリイははっとした。ドアがあいた音さえ聞こえなかった。

「もう帰ったのか、ハワード。いま何時だ」

ハワードは帽子をかぶっていなかった。夜会服の前があき、白い蝶ネクタイの両端が垂れている。その目を見て、エラリイはすべてを思い出した。

エラリイは机を押した。

「母屋へ来てくれないか」

「ハワード、どうかしたのか」

「いま晩餐会からもどったところなんだ。そうしたらデイキンが待ってた」

「デイキン。デイキンがここに？　仕事に夢中でちっとも――」

「きみを呼んでくるよう、デイキンに言われた」

「ぼくを？」

「そうだ」

「理由はなんだと……」

「わからない。ただ呼んできてくれと言われた」

エラリイはシャツの襟のボタンをはめ、上着へ手を伸ばした。

「エラリイ」

「なんだ」

「シンプソンも来てるんだよ」

シンプソン。

「質店の店主が?」

「質店の店主だ」

エラリイはすぐさま、心を固く閉ざした。

J・P・シンプソンは頭が禿げかかった、ぶどうのような目をした小柄な田舎男で、いつも何かを嗅ぎまわっているように見えた。汚れたコートのボタンをかけたままで、帽子を握りしめている。ディードリッチの大きな椅子の端に腰かけていた。エラリイとハワードがはいっていくと、あわてて立って椅子の後ろへまわった。

サリーはフレンチドアの近くの物陰にいて、まだ毛皮のコートを着ている。白い手袋をはめた手のなかで、メニューがもみくちゃになっていた。

ディードリッチの顔は途方に暮れた老人そのものだった。燕尾服とシルクハットが床に落ちている。蝶ネクタイはハワードと同じで、首から垂れたままだ。髪を乱し、異様なまでに静かだ。

ウルファートは兄の後ろでうろうろしている。

デイキン署長が書棚に寄りかかっていた。

「デイキンさん」

デデイキンは書棚から離れ、ポケットに手を入れた。

「この件ではきみに来てもらうほうがいいと思ったんだよ、クイーンくん」

「なんの件です？」

ずいぶん白々しいな。

「さあ、来ましたよ」ディードリッチがぞんざいに言った。「さて、どういうことですか、デイキンさん」

イキンの手がポケットから現れ、そこにダイヤモンドのネックレスがあった。

「これはあなたのネックレスですか、ミセス・ヴァン・ホーン」

持ち帰ったメニューが床に落ちた。

サリーがかがんだが、デイキンのほうが速かった。それを拾ってサリーへそっと手渡すのを見て、なんとみごとな手際かとエラリイは感心した。近づくそぶりも見せずに近づいている。ライツヴィルで埋もれるにはまったく惜しい男だ。

「ありがとう」サリーは言った。

「そうなんですか、ミセス・ホーン」

サリーが受けとると、それは手袋から垂れてきらきらと光った。

「ええ」サリーは消え入りそうな声で言った。「ええ、そうです」

「驚いたな」ディードリッチが言った。「デイキンさん、どこでこれを？」

「それはシンプソンさんに話してもらいますよ、ヴァン・ホーンさん」

質店の主人は高ぶった声で言った。「わたしはこれを担保に金を貸しました。きのうです。きのうの午後でした」

「まわりを見てください、シンプソンさん」警察署長はゆっくりと言った、「それを質入れにきた人物はここにいますか」

シンプソンは腹立たしげにエラリイを指し示した。

ウルファートすら驚いた顔をした。ディードリッチは卒倒しそうだった。

「この紳士がかね？」ディードリッチは信じられないという口ぶりで尋ねた。

「クイーン。エラリイ・クイーン。その人です！」

エラリイは顔をゆがめた。だからうまくいかないと言ったのに。いよいよ、このふたりは追いつめられる。サリーとハワードへ悲しい目を向けた。サリーはつかんだネックレスを見つめている。ハワードは驚いたふりをしている。

なんとばかなことを。

「クイーンさんがこのネックレスを質に入れただと？」ディードリッチが言っている。

「このクイーンさんが？」

「依頼人だかなんだか、そういうくだらない話をわたしは信じこまされたんですよ」小柄な質店の主人が叫んだ。「いいように操られた。一杯食わされたよ。だからニューヨークの連中は信用ならないっていつも言ってるんだ。有名人ほど小ずるいんだから。年じゅう盗品を持ってくる。なぜ言わなかったんですか、クイーンさん。ミセス・ヴァン・ホーンから盗んだものだって」肘掛け椅子の後ろから激しい身ぶりで訴える。

ディードリッチは笑った。「やれやれ、正直なところ、なんと言うべきやら、どう考えるべきやら。クイーンさん……」なすすべもなく、ことばが途絶えた。

さあ、きみたちの番だぞ……。エラリイはもう一度ハワードを見た。

すると、奇妙なことが起こった。

ハワードが目をそむけた。

目をそむけるのか……。

だが、こちらの視線をとらえたはずだ。

エラリイはもう一度、うまくハワードと目を合わせた。

ハワードはふたたび視線をそらした。

エラリイはすばやくサリーへ目を移した。

しかし、サリーはダイヤモンドの数をかぞえているように見える。

ばかな。こんな裏切りはないじゃないか。ハワード！　サリー！

そこで、エラリイはサリーに無理やり視線をあげさせた。

サリーは目の焦点を合わせなかった。

突然、エラリイは喉が締めつけられる感覚に襲われた。そう感じながら、理由を悟った。怒りだ。人生でこれほど憤ったことはない。あまりの怒りに自分でも何を言いだすかわからなかった。

ディードリッチはエラリイのほうを見ていた。もはや途方に暮れているわけでなく、何かを問いたそうにしている。光をあてて問題の輪郭がくっきり見えた喜びが顔に浮かんでいる。

ディードリッチは喜んでいる。これにしがみつこうとしている。もがき苦しんでいたところに、どこからともなく救命具が投げられたのだから、つかんだら離すまい。

エラリイはもったいぶるように煙草に火をつけた。

「クイーンくん」デイキンは丁重な態度を崩さずに言った。「言うまでもないが、ずいぶんと奇妙なことになった。きみはまちがいなく説明してくれるだろうが――」

「そうとも！　説明させよう」シンプソンが叫んだ。

「では、説明してもらえないだろうか、クイーンくん」デイキンはあくまでも丁重だ。

エラリイはマッチの火を吹き消した。煙草を吸い、様子を見た。

デイキンの目が曇ってきた。

「どうだね、クイーンさん」これはディードリッチだ。声がかすれている。

救命具をつかんだな。

「本を書いているとか言ってたな、この人は」ウルファート・ヴァン・ホーンが唐突に大声で言った。体を揺らして咳払いをし、下劣な楽しみに浸っている。

「クイーンさん」ディードリッチがまた言った。**いまこそ正々堂々とあろう。処刑宣告の前に真実を語るチャンスだ。そう、ぜったいに……。**「クイーンさん、なんとか言ってくれないか！」

「何を言えとおっしゃるんですか」エラリイは微笑んだ。「恥をかかされたと？　侮辱されたと？　怒っていると？　驚いていると？」

ディードリッチは考えこんだ。そして静かに言った。「何か、きわめて巧妙な裏があるのかもしれない」

「そうでしょうか、ヴァン・ホーンさん」

「考えてみると、ほかにもいくつかの事実がある」

「というと?」

「別の盗難事件だよ。金曜の朝のことだ」

デイキンがすかさず言った。「どういうことでしょう、ヴァン・ホーンさん」

「わたしの金庫が金曜の早朝に荒らされたんですよ、デイキンさん。現金二万五千ドルが盗まれました」

踏み出せ、サリー。そうだ、彼を見ろ。ああ、目をそらしたな。なんともすばやい。

「そのことは通報なさっていませんね、ヴァン・ホーンさん」デイキンは目をしばたたいた。

「ディードリッチ、わたしも聞いていないな」ウルファートが言った。「どうして……」

「あのとき、きみもいたな、クイーンさん」ディードリッチは言った。

エラリイは仔細らしくうなずいた。

「そのときもフレンチドアのガラスが割られたんですよ、デイキンさん。週末にガラス職人を呼んで修理させました。しかし最初のとき、ガラスは書斎のなかから割られていました。だから……あのときは内輪の者の犯行だと思ったわけです。つまり……使用人のだれかとか」

あなたらしくないな、ディードリッチ。使用人のだれか? だが、ほかに言いようもないのか。

「しかし、いま思えば……最初に割られたガラスは巧妙な目くらましだったのかもしれない。うまく策を弄したのか」

「素人のしわざに見せるためですね」デイキンはゆっくりとうなずいた。「それはありえますよ、ヴァン・ホーンさん」

「あんたらはなぜこの人をただながめてるだけなんですか」シンプソンが声を荒らげた。「この人は何者だ。神さまか何かだとでも？　わたしをペテンにかけたんですよ。悪党なんだ！」

ディードリッチが顔をしかめて顎をなでた。「シンプソンさん、このネックレスを質入れしたのはたしかにクイーンさんだったのかね」

「たしかにですって？　ヴァン・ホーンさん、人の顔を覚えておくのがわたしの商売です。もちろん、まちがいありませんとも。ぜったいにたしかです。わたしはこの国の真っ当な金を、しかも大金をはたいたんですよ。この人に訊いてくださいよ。さあ！」

「認めますよ、シンプソンさん」エラリイは肩をすくめた。「ぼくはミセス・ヴァン・ホーンのネックレスを質に入れた……そのとおりです」

サリーが「ちょっと失礼します」と弱々しい声で言った。そして、部屋を出ていこうとした。

ディードリッチが「サリー」と声をかけた。たちまち歩みを止めて振り返ったサリーの美しい顔には、エラリイが見たこともない奇妙な表情があった。サリーは決断の崖っぷちに立っている。踏み出すのか、それとも逃げるのか。エラリイは暗澹たる気持ちになった。

「われわれは真相を究明しなくてはならない」ディードリッチはきびしい声で言った。

「わたしにはどうしても信じられないんだ。クイーンさん、あなたはこそこそ逃げまわる人じゃない。ひとかどの人物だ。こんなことをするのは、よほどの理由があるからだと思う。事情を話してくれないか。頼むよ」

「おことわりします」

「ことわる?」ディードリッチは口もとを引き締めた。

「そうです、ヴァン・ホーンさん。代わりにハワードに答えてもらいましょう」

サリーではだめだ。サリーは自分ひとりで言うしかない。そこが肝心だ。自分は愚か者だが、そこが肝心だ。

「ハワード?」ディードリッチは言った。

「ハワード、ぼくは待っている」エラリイは言った。

「ハワード?」ディードリッチはもう一度言った。

「何か言うことはないのか、ハワード」エラリイは穏やかに尋ねた。

「何を?」ハワードが唇を舐めた。「ぼくが何を言わなきゃいけないんだ。だって……わからないよ。さっぱり」

あともどりはできないんだ、ハワード。

「クイーンさん」ディードリッチはエラリイの腕をつかんだ。エラリイは苦痛の声をあげそうになった。「クイーンさん、息子はこれとなんの関係があるんだ」

「最後のチャンスだぞ、ハワード」

ハワードはエラリイをにらみつけた。

エラリイは肩をすくめた。「ヴァン・ホーンさん、ハワードがネックレスをぼくに渡したんです。これを金に換えてくれと頼みました」

ハワードは震えだした。「嘘っぱちだ」かすれた声で言う。「何を言ってるのかわからない」

あともどりはできないんだ。もう。

そして、サリーは?

サリーはそこにただ立っていた。

立ってはいるが、もう踏み出した。非情な女になる、とサリーは言った。そしてハワー

ドはなんでもすると言った。ディードリッチに真実を知られないためなら、嘘をつき、盗み、裏切る。きみたちはどちらも本気だったのか。

サリーをかばい立てする理由はまったくない。それでもなぜか、エラリイの舌は動かなかった。ただの感傷にすぎない、とエラリイは断じた。何より、サリー自身が納得しているる。その目には、ささやかで、あざとく、勝利を手にした女の知恵が浮かんでいるのがわかる。それでもサリーは、ささやかでもあざとくもない。ここにいるだれよりもすぐれていて、大きな存在なのかもしれない。エラリイはサリーを守ることができておおむね満足だった。ハワードがとんでもないへまをしてサリーを引きずりこまないかぎり、だいじょうぶだろう。だが、ハワードがそんなことをするとは思えない。サリーを助けたいからではなく、自分を助けたいからだ。

エラリイは考えるのをやめた。それでも、自制心は保った。ディードリッチはエラリイを、それからハワードを見つめていたが、やがて奇妙なことをした。サリーへ歩み寄って、妻の指からネックレスをとると、金庫へと走ってネックレスを投げ入れ、扉を閉めてダイヤルをまわした。

デイキン署長のほうへ向きなおったとき、ディードリッチの顔は穏やかだった。

「デイキンさん、これで終わりにしましょう」

「告発しないのですか」

「告発しません」

ディキンの曇った目の表情がわずかに変わった。「ヴァン・ホーンさん、あなたの財産ですからご自由に」

「待ってくださいよ！」J・P・シンプソンが叫んだ。「これで終わりですって？　じゃあ、ネックレスと引き換えにわたしが貸した金はどうなるんです。わたしが金をとられっぱなしで引きさがるとでも？」

「金額はいくらだろうか、シンプソンさん」ディードリッチが丁重に尋ねた。

「二万五千ドルですよ！」

「二万五千ドル」ディードリッチは口を引き結んだ。「聞き覚えのある金額だな、クイーンさん。それはそうと、それでいいんだね――その金額で」

「はい、そうです」

ディードリッチは机へ向かい、耐えがたい静けさのなかで小切手に署名をした。

ウルファートに見送られてディキンとシンプソンが帰ると、ディードリッチは机を離れ、サリーの腕に手を置いた。

サリーは震えたが、「はい、ディーズ」と言った。

ディードリッチが妻をドアのほうへ導いた。ハワードもそれにつづいたが、父親が大きな体でそれとなく阻んだ。

ハワードの目の前でドアが閉められた。

みごとな手際だ。

ハワードが叫んだ。「どうしてばらしたんだ。ひどいじゃないか。なぜなんだよ」

両手を握りしめ、顔を青くしたり赤くしたりしながら、激怒のあまりエラリイに飛びかからんばかりだ。

「なぜばらしたかって?」エラリイは信じられない思いで尋ねた。

「そうだ! どうしてぼくたちをかばわなかったんだ」

「ぼくが犯してもいない罪を告白しなかったことを責めているのか?」

「よけいなことを言う必要はなかった! その減らず口を閉じてるだけでよかったんだよ」

冷静に応じろ。

「この男にまちがいないと真っ向からシンプソンに言われてもか」

「父が告発するわけがない!」

こいつは正常じゃない。

「それなのに、きみはぼくたちを裏切った。父を疑心暗鬼にさせた。無理やりぼくに嘘をつかせた。そして、ぼくが嘘をついたと父は知ってる。ぼくがだまっていても、そのうちサリーから聞き出すだろう」

耐えるんだ。

「ハワード、サリーはうまく取りつくろうんじゃないかな。少なくともサリーがやったとは感づかれないだろう。疑われているのはきみひとりだよ」

無理やり嘘をつかせた。ハワードはそう思いこんでいる。

「ああ、それはそうだ」湧き起こったときと同じく、一気にハワードの怒りの波が引いた。

「それは認めるよ。サリーが巻きこまれないようにしてくれた」

「そうだよ」エラリイは言った。「寛大なるクイーンさ。だからいまのところ、きみが泥棒だということとしかお父さんは考えていない。妻を寝取られたと知る由もない。ぼくは寛大なるクイーンだからね」

ハワードはひどく青ざめた。

肘掛け椅子に尻を落として、爪を噛みはじめる。

「ハワード、今回の件ではあまりにも信じがたいことばかりが起こって、正直なところ、生まれてはじめてだが、ぼくはなんと言っていいのかわからない。きみの首を叩き切りたいくらいだ。きみがまともな状態だったら、やっているところだぞ」

エラリイは電話へ手を伸ばした。

「何をしようってんだ」ハワードがつぶやいた。

エラリイは机にすわった。「ハワード、ぼくがここにいても、いっそう混乱が増すだけだ。それがひとつ。もうひとつ、ぼくはうんざりだ。この愚かしくて信じがたい事態からきっぱり手を引かせてもらう。あとはきみとサリーで好きにするがいい。いずれにしろ、ぼくの助言はまったく聞き入れられなかった。ぼくは不倫の相談のためにここに来たわけじゃない。知っていたら、はじめから来なかった。きみの記憶喪失に関するぼくの意見は――どうせきみは受け入れないだろうが――もうニューヨークで言ったとおりだ。一流の精神科医を訪ねて、包み隠さずに話せ。

そして三つ目だがね、ハワード」エラリイは微笑を漂わせて言った。「ぼくは大事なことを学んだよ。パリで二、三週間いっしょにいたことだけを根拠に、ひとりの男の人格を判断してはぜったいにいけない。そして、どんな根拠があろうと、ひとりの女について判断をくだしてはぜったいにいけない」

エラリイは電話をかけて交換手を呼び出した。

「出ていくのかい」

「今夜。いますぐだ。あ、交換手さん――」

「待ってくれ。タクシーを呼ぶのか」

「ちょっと待ってください、交換手さん。そうだよ、ハワード。それがどうした」

「今夜はもう列車は動いてない」

「ああ――やはりけっこうです、交換手さん」エラリイはゆっくりと受話器を置いた。

「じゃあ、ホテルに泊まるしかないな」

「ばかげてる」

「それに、危険でもあるな。ハワード・ヴァン・ホーンの家にいた客が、ライツヴィルで最後の夜をホリス・ホテルで過ごしたという話が広まることになりかねない」

ハワードが赤くなった。

エラリイは笑った。「何かいい手はあるか」

「ぼくの車を使うといい。どうしても今夜帰りたいなら、車で行ってくれ。車はどこかのガレージに入れてくれれば、ぼくがこんどニューヨークへ行ったときにとってくる。どうせ週末には、美術館のことで買い物に出向かなきゃいけない。きみが今夜急に発つことに決まって――嘘じゃない――ぼくの車を貸したと――それも嘘じゃない――父には言っておくよ」

「だがな、ぼくが冒す危険を考えてみてくれ」

「危険？　どんな危険だよ」

「デイキンが追ってくるかもしれない」エラリイは言った。「車の窃盗容疑の逮捕状を持って」

ハワードはつぶやいた。「なかなかおもしろいじゃないか」

エラリイは肩をすくめた。

「わかったよ、ハワード。危険を冒すとしよう」


エラリイは着実に車を走らせた。夜も遅いので、幹線道路はがら空きだ。ハワードのロードスターが脱出の歌を奏で、誠実な星々が目を楽しませるなか、燃料タンクがいっぱいで、エラリイは気楽で穏やかな気分だった。

出だしからまちがっていた。ハワードの記憶喪失にかかわるなんて、とんだ筋ちがいだった。とはいえ、あのときは興味を引く謎だったのであり、嗜好と好奇心は人間に不可欠のものだ。だとしても、その後ファリシー湖での官能の爆発について知ったとき、いちばん近い出口へさっさと駆けこめばよかった。仮にとどまったとしても、恐喝者との交渉役など、何があろうと断固として拒むべきだった。どの段階であれ、自分に分別さえあれば、ハワードの裏切りという不愉快な結末を迎えずにすんだのかもしれない。だから、責められるべきはほかならぬ自分自身だ。

しかし、そんな自責の念も心地よかった。平穏がスーツケースに腰をおろし、心を癒す道連れとなっている。

いまでは、遠ざかっていくライツヴィルを広い視野でとらえることができ、不快な要素が急速に消えていった。ディードリッチ・ヴァン・ホーンとサリー・ヴァン・ホーン、それぞれの大いなる苦悩が見えた。ハワードの真の姿――残酷な生い立ちにとらわれて悩み衰えた男、怒りの主よりも同情の的となるべき人間――も見えた。そして、ウルファートはとるに足りない卑しい男だ。クリスティーナ・ヴァン・ホーンは幽霊にも及ばない。単なる大昔の幽霊の影であり、穴蔵にこもって聖書の乾いた断片を力なく口にするばかりだ。

聖書。

聖書か！

いつの間にかエラリイは道路脇に車を停め、覆いかぶさるような姿勢で動かぬハンドルを握りしめていたが、そのあいだ、心臓は正常に動こうとつとめ、頭のなかは想像を絶する思念でいっぱいだった。

考えがまとまるまで、しばらくの時間を要した。疑念をなぎ払い、枯れ木を拾って捨てる必要があった。物事の信じがたい姿を見てとるには、秩序立った筋道で考えるしかない。じゅうぶんな距離を置いて、その全貌を見通さなくてはならない。

だが、そんなことがありうるのか。ほんとうにそうなのか。

そうだ。まちがいない。ぜったいにそうだ。

ひとつひとつのピースが全体のなかで恐ろしい色を帯びながら、互いにぴたりと合わさり、異様な――単純なほど異様で、異様なほど単純な――法則をあらわにした。

法則……。かつて法則について不吉な思いをいだき、そのヒエログリフを解読しようと頭を悩ませたことを思い出した。しかし、これはその謎を解くロゼッタ・ストーンだ。まちがっているはずがない。

ピースがひとつ足りない。

どれだろう。

ゆっくり数える。ひとつ……四つ……七つ……。

青ざめた馬。これに乗る者の名を死という。

（ヨハネ黙示録第六章第八節より。青ざめた馬に乗った死は陰府《よみ》を従えている）

エラリイは夢中でロードスターのエンジンをかけ、車をすばやくUターンさせた。

アクセルペダルを床まで踏みこんだまま、がむしゃらに走りつづけた。

何マイルかもどったあたりに、終夜営業の食堂があったはずだ。


食堂の店員が落ちくぼんだ目を大きく見開いた。

エラリイは震える手で硬貨を電話のスロットに入れた。

「もしもし」

早く！

「もしもし！　ヴァン・ホーンさんですか」

「はい？」

無事だ。

「ディードリッチ・ヴァン・ホーンさんですね」

「そうです。もしもし。どなたかな」

「エラリイ・クイーンです」

「クイーンさん？」

「そうです。ヴァン・ホーンさん――」

「ハワードが寝る前に言っていたが、きみは――」

「そんなことはいい。あなたは無事だ。それが大事なんです」

「無事？　当然だよ。何か危ないことがあるのか。なんの話だ」

「いまどこにいらっしゃいますか」

「どこだと？　クイーンさん、どうしたんだ」

「言ってください！　どの部屋にいるんですか」

「書斎だよ。眠れなかったから、手をつけずにいた書類仕事でもしようと――」

「全員、家にいますか？」

「ウルファート以外はいるよ。弟はデイキンとシンプソンを町まで送っていったんだが、書置きを残していてね。交渉中の取引に関する契約書を作るのを忘れていて、たぶん徹夜仕事になるから――」

「ヴァン・ホーンさん、よく聞いてください」

「クイーンさん、今夜はこれ以上聞きたくないよ」ディードリッチの声は疲れていた。「どんな話か知らないが、こんどにしてもらえないか。わたしにはわけがわからない」

苦々しそうに言う。「きみが荷物をまとめて出ていくなんて――」

エラリイは口早に言った。「注意して聞いてください。聞いていますか」

「ああ」

「ぼくの指示に正確に従ってください」

「指示？　どんな指示だ」

「書斎の内側から鍵をかけてください」

「なんだと？」

「鍵をかけて閉じこもるんですよ。ドアだけじゃだめです。窓も。フレンチドアも。だれが来てもあけないこと。ヴァン・ホーンさん、わかりましたか。ぼく以外のだれが来てもです。わかりましたか？」

ディードリッチは無言だった。

「ヴァン・ホーンさん！　そこにいますか」

「ああ、いるとも」ディードリッチはとてもゆっくりと言った。「聞いているよ、クイーンさん。言われたとおりにする。きみはいまどこにいるんだ」

「ちょっと待ってください。おい、きみ！」

カウンター係が言った。「だれかに何かあったんですか」

「ここはライツヴィルからどれくらい離れているかな」

「ライツヴィル？　四十四マイルってとこですかね」

「ヴァン・ホーンさん！」

「ああ、クイーンさん」

「ぼくはライツヴィルから四十四マイルぐらいのところにいます。なるべく急いでもどります。四十分から四十五分で着くでしょう。南のテラスのフレンチドアへ行きます。ノックがあったら、だれだと尋ねてください。ぼくが答えます。そのときは、そのときだけは、ドアをあけてください。まちがいなくぼくだと見きわめたうえであけてくださいよ。わかりましたね？　例外はなしでです。家の外からも中からも、だれも書斎に入れちゃいけません。わかりましたか？」

「聞こえているよ」

「それでも不十分かもしれない。三八口径のスミス＆ウェッソンはまだ抽斗にありますか。もしなくても、それをとりに書斎を出てはいけませんよ！」

「まだここにある」

「では出してください。いますぐ。手に持って。それでいい。ぼくは電話を切ったらすぐに出発します。この電話が終わったらすぐに鍵をかけて、あとは窓に近づかないように。あとでそちらへ――」

「クイーンさん」

「はい？　なんですか」

「こうすることになんの意味があるんだ。そんな言い方をされたら、だれだって自分の命が危ないと思うはずだ」

「そう、危ないんですよ」

八日目

四十三分後、エラリイはフレンチドアを叩いた。

書斎は暗い。

「だれだね」

ガラスの向こう側のどこにディードリッチがいるのかはわからなかった。

「クイーンです」

「だれだって？　もう一度言ってくれ」

「クイーンです。エラリイ・クイーン」

鍵がまわった。エラリイはドアをあけて中へはいり、すばやく閉めて鍵をまわした。暗がりのなかを手探りし、やがてカーテンの紐を見つけた。

そこでようやく口を開いた。「もう明かりをつけてもいいですよ、ヴァン・ホーンさん」

卓上ランプが灯る。

ディードリッチは机の反対側に立ち、手には三八口径が光っていた。机上には帳簿や書類が雑然と置かれている。パジャマの上にローブを着て、裸足に革のスリッパを履いている。顔はずいぶん青白く、起伏が感じられない。

「明かりを消したのはいい考えです」エラリイは言った。「ぼくが思いつくべきでした。銃はもうけっこうですよ」

ディードリッチは武器を机に置いた。

「何かありましたか」エラリイは訊いた。

「いや」

エラリイは笑みを浮かべた。「なかなかのドライブでしたよ。夢でうなされるでしょうね。足が疲れたので、すわってもいいですか」

エラリイはディードリッチの回転椅子に腰をおろして、脚を伸ばした。

大きな男の口の端がひくついていた。「我慢の限界だよ、クイーンさん。すっかり話してもらいたい。いますぐに」

「わかりました」エラリイは言った。

「わたしの命が危険というのは？　わたしにはこの世に敵などひとりもいない。そういう

た。

「いるんですよ、ヴァン・ホーンさん」

「だれだ」節くれ立ったこぶしに全体重を注ぎこみ、ディードリッチは机に身を乗り出した。

だがエラリイは大儀そうに、椅子の背もたれの最上部に首をもたせかけた。

「だれなんだ！」

「ヴァン・ホーンさん」エラリイは首をめぐらした。「ぼくはあることを発見したところなんですが、それが……恒星のごとく揺るぎない真実なので、ここへ帰ってきました。一時間半前だったら、たとえ議会制定法で義務づけられようと、ここへはもどらなかったでしょう。

先週の木曜に列車をおりて以来、実に多くのことが起こりました。はじめは互いにつながりがあるようには見えませんでした。そのうち、つながりの輪郭が現れましたが、ごく当然のわかりやすいつながりだけです。そのあいだずっと、もっと大きなつながり、すべてを包みこむ何か……つまり、なんらかの法則がある気がしてなりませんでした。どういう法則かはまったくわかりません。それは単なる感覚――直感のようなものです。冗談半分に魂がどうのこうのとよく言いますが、そうした領域の暗い穴をつつきまわしていると、特殊な感覚が発達するんですよ」

ディードリッチの目は氷河のごとく冷たいままだ。

「ぼくはそれを気のせいと見なしました。突きつめて考えなかった。けれど、ライツヴィルから離れていくちょうどそのとき、ひらめいたんです。

稲妻のように、というのは使い古されたたとえですが」エラリイはつぶやくように言った。「でも、あのときのことを正しく言い表す別のことばがありません。まさに全身を打たれました。青天の霹靂《へきれき》というやつです。その稲光で、ぼくは法則があることを悟りました」エラリイはゆっくりと言った。「すべてを網羅する、おぞましく気高い法則。〝気高い〟と言ったのは、そこに威厳があるからですよ、ヴァン・ホーンさん。それはサタン、つまり魔王ルシファーの威厳です。黒い天使にもある種の美しさがあります。そして、悪魔は聖書を都合に合わせて引用することができるんです。ええ、わかっていますよ。あなたには戯言《たわごと》に聞こえるでしょうね。でも、ぼくはまだ乗り越えられずにいます」エラリイはことばを探して、一瞬の間を置いた。「この黙示録さながらの恐ろしさを」

「だれなんだ」ディードリッチがうなるような声で言った。「何を見つけた？　何を解明した？　どういうことなんだ」

けれども、エラリイは言った。「逃げられないことがこの法則の忌々しい特徴です。たとえば、布に型紙が置かれて鋏が握られたら、最後のへりまで布を切らなくてはいけないのと同じです。その法則は完璧だ。完璧なはずだ。そうでなくては意味がない。だからこそぼくは知った。あなたに電話をかけた。首の骨を折りかねない無茶をして、もどってきた。その法則は長くつづく。余すところなく力を発揮する。何があろうと」

「力を発揮する？」

「目的をとげるまでね」

「どんな目的を？」

「言ったでしょう、ヴァン・ホーンさん。殺人ですよ」

ディードリッチはエラリイを少し長く見つめた。やがて、机を離れて重い足どりで肘掛け椅子へ向かう。腰をおろし、頭を椅子の背に預けた。

この男を揺さぶるのは疑念と不透明さだけだ。わかっていれば、どんなことにも立ち向かえるだろう。ぜったいに知るべきだ。

「わかったよ」ディードリッチは不機嫌な声で言った。「殺人がおこなわれる。そして、殺されるのはわたしだ。そういうことだね、クイーンさん」

「これは重力と同じくらい、否定しようがありません。いまの時点でその法則は未完成です。それを完成しうるのはただひとつ、殺人の罪なんです。そして、いったん法則とその考案者が明らかになると、被害者になりうる人間はあなたしかいないことがわかりました」

ディードリッチはうなずいた。

「では教えてくれ、クイーンさん。わたしを殺そうとしているのはだれだ」

ふたりの視線は、距離を置いてしっかりとからみ合った。

エラリイは言った。「ハワードです」


ディードリッチは立ちあがり、机へもどった。葉巻ケースをあける。

「一本どうかね」

「ありがとうございます」

卓上ライターがエラリイの葉巻へ差し出された。穏やかな炎だ。

「よりによって」ディードリッチは煙をふわりと吐いた。「そんな殺人の話になるとは意外だった。きみの結論を受け入れるわけじゃないよ、クイーンさん。専門家として大いに尊敬しているのは最初の日に伝えたとおりだ。しかし、そんな話をされて信じるほどわたしは愚かではない」

「そのまま信じていただけるとは思っていません」

ディードリッチは紫煙の向こうからエラリイを見た。「立証できるのか」語気が強まる。

「自明のことです。いま申しあげたとおり、否定しようがありません」

ディードリッチは何も言わなかった。

しばらくしてこう言った。「ハワードのことだがね。クイーンさん……あれはわたしの息子だ。実の息子とはちがうが、そんなことは問題ではない。わたしは探偵小説を読んでよく失笑するんだが、たとえば子供が殺人者の場合、実の親を殺すことにはならず、そういう子供は養子だと相場が決まっている。そこに大きなちがいがあると言わんばかりに！だが……人と人の絆というものはともに生きてきた結果として生まれるもので、遺伝とはほとんど関係がないんだよ。わたしはハワードを赤ん坊のときから育てた。いまのあの子をわたしが作りあげた。ハワードの細胞のなかにはわたしがいる。そして、その逆も言えるんだ。

あまりうまく育てられなかったことは認めるとも。精いっぱいやったことは神がご存じだがね。そうは言っても、殺人とはな。ハワードが殺人者で、狙われているのがこのわたしだと？　それはあまりにも……現実離れしているよ、クイーンさん。とうてい信じられない。わたしたちは三十年以上人生をともにしてきた。承服しかねるよ」

「お気持ちはわかります」エラリイは苛立たしげに言った。「こんなことを言って、申しわけありません。ただ、ヴァン・ホーンさん、もしぼくの結論がまちがっていたら、こんなことはきっぱりやめます。つまり……ぼくは考えることをやめます」

「大きく出たな」

「一言たりとも嘘偽りはありません」

ディードリッチは腹立たしげな角度で葉巻をくわえたまま、室内を行ったり来たりしはじめた。

「だが、なぜだ」きびしい口調で言う。「裏に何があるというんだ。まともな理由は思いつかない。わたしはハワードになんでも与えて――」

「ひとつだけ与えなかったものがあります。そして不幸なことに、それはハワードが最も欲するものでした。あるいは、欲すると思いこんでいるものですが、結局は同じことです。そのうえ」エラリイはささやいた。「ハワードはあなたを愛しています。それはあまりにも自分本位の愛なので、いくつかの条件があれば、あなたを殺すのがきわめて理にかなった行動になるんですよ、ヴァン・ホーンさん」

「何を言っているのかわからん」ディードリッチは大声で言った。「わたしは平凡な人間で、平凡なやりとりにしか慣れていない。きみの言う法則とやらがわたしの殺害とどう結びつくんだね。しかも、よりによってハワードが犯人とは！

それなら、ハワードを連れてきて説明したほうが――」

ディードリッチはドアへ向かって歩きはじめた。

「だめです！」エラリイは勢いよく立った。「ひとりで上に行ってはいけません」

「ばかなことを言わないでくれ」

「ヴァン・ホーンさん、ハワードがいつどのようにやるつもりなのか、ぼくにはわかりません。もしかしたら、今夜かもしれない。だからぼくはこうして……どうかしましたか」

「今夜かもしれないのか」ヴァン・ホーンは天井へすばやく目を向けたが、それとほとんど同時に首を左右に振った。

「どうしたんですか」

「いや。ばかばかしい。きみのせいで過敏に……」ディードリッチは短く笑った。「ハワードを連れてこよう」

ディードリッチがドアの錠をはずす前に、エラリイはその腕をつかんだ。

一瞬ののち、ディードリッチは言った。「本気でそう信じているんだな」

「はい」

「そうか。サリーとわたしは寝室を別にしている。だが、とにかくそんな話は異常だ！」

「ヴァン・ホーンさん、これからぼくが話すことの異常さに比べたら、百分の一にも満たないでしょう。さあ、言いかけたことを話してください!」

ディードリッチは顔をしかめた。「今夜の騒ぎがあってきみが帰ったあと、サリーはひどく怯えていた。あんなに怯えたさまを見るのははじめてだったよ。二階の部屋で、サリーは大事なことを話したいと言った。これまで隠していたが、もうだまっていられなくなったと」

手遅れだよ、サリー。

「それで?」

ディードリッチはエラリイを凝視した。「まさかきみも……なんだかわからんが……その内容を知っているわけではないだろうな」

「結局、そのときは話さなかったんですか」

「わたしがネックレスのことでまだ腹を立てていたからな。正直なところ、あのときはもうたくさんだった。だから、あとにしてくれと言った」

「でも、そのことではないでしょう、ヴァン・ホーンさん。あなたがたったいま心配したことは何ですか?」

「どうしたのかね、クイーンさん。いったい何だというんだ」

「何を心配したんですか?」

ディードリッチは葉巻の吸いさしを暖炉へ力いっぱいほうり投げた。「サリーは聞いてくれと頼みこんだ」大声で言う。「だからわたしは言った。今夜は片づけなくてはいけない仕事がある。どんな話か知らないが、あとでもいいだろう、と。サリーはわかったと答えた。では上で待っている、今夜話すしかない、と。そして、わたしの寝室で待つと言った。仕事が遅くまで長引くようなら、わたしのベッドで先に眠ってしまうかもしれないが、そのときは起こしてくれと――」

「あなたのベッド？　あなたのベッドで？」

ディードリッチの寝室のドアはあいていた。

ディードリッチが照明のスイッチを押したので、一気に室内が見え、部屋の一部であるサリーの姿が、横たわっているベッドよりも、周囲のほかの命なきものよりも勢いよく目に飛びこんできた。

それは奇妙なことだった。サリーにも命がなかったからだ。

サリーは醜く死んでいた。ゆがんで死んでいた。まったくサリーに見えなかった。ねじれて充血した怪物の顔にあるサリーの名残はただひとつ、はじめて会ったときにエラリイを悩ませた、あのかすかな笑みだけだった。いま、サリーの面影のなかでそれだけが残っていて、エラリイを慰めた。エラリイはサリーの髪に指を入れ、見えるはずのものを見るためにそっと首をそらした。サリーの喉を画布にして、ヴァン・ゴッホが力強く指で描いたような跡。それが死因を物語っていた。

サリーは暴力の鋳型のなかにねじれて横たわっていた。いまわの際の創作として、腕と脚がシーツや毛布を乱している。

裂けた喉の皮膚はすっかり冷たくなっていた。

エラリイがあとずさってディードリッチにぶつかると、ディードリッチはバランスを崩し、ベッドに横たわるサリーの片脚の上に尻もちをついた。目をあけたままだが、意識を失ったかのようにそのまま坐していた。

エラリイはディードリッチの鏡台から手鏡をとってきて、死人の口にあてた。死んでいるとわかっていても、そうするのが習慣だった。喉の奥がつかえて息苦しかったが、その苦痛に自分でも気づかなかった。心のどこかで、この大罪の責任は自分にあるという非難の声があがったが、それにも気づかなかった。サリーの唇の赤い跡がついた手鏡をあとで夫の鏡台にもどしたとき、繰り返し訴えるその声をようやくとらえたものの、それでもエラリイは急いでディードリッチの寝室から出ていった。

ハワードは三階で、広いアトリエに接した寝室のベッドに横たわっていた。

服をすべて身につけたまま、夜のフィデリティ墓地をさまよったあとでエラリイに発見されたときと同じく、ぶざまに熟睡している。

きみは自分に最高の診断をくだしたんだな、ハワード。自分をハイドに見立てて、最も忌まわしい殺人を予見した。

ハワードの両手に何かが見える。

エラリイはその手の一方を持ちあげた。長く柔らかな髪の毛が四本、彫刻家のたくましいふたつの指のあいだにはさまり、親指以外のすべての爪に、サリーの喉の赤い肉片が付着していた。

九日目

　ディキン署長が夜通し出入りしていたので、わが家にいるような安心感が少しあったが、ほかの者はすべて初顔だった。鳩のように口をとがらせたフィル・ヘンドリックス検事はどこにいるのだろう。その前任者だった若きカート・ブラッドフォードは、いまや州都の知事公邸に住んで二度目の任期をつとめている。喘息持ちでグースベリー酒が好きだった神経質なサルムソン検死官はどうなったのか。ダンカン葬儀店の中風病みのダンクじいさんはどこだろう。ああ、そうか。ヘンドリックスはワシントンで魔女狩りをしているところで、サルムソンはツイン・ヒル墓地で安らかに眠り、ライツヴィルの人々を二世代にわたって大地に葬ってきた老ダンカンは風や塵とともにいる。自分が死んだらかならず火葬にしてくれという遺言を残していた。

　エラリイに探るような視線をじっと向けている、陰気そうな若い男がいた。名をチャランスキーといい、いまはこの男がライト郡の重罪犯に対して復讐神ネメシスを演じていることがわかった。検死官はグラップという名の痩せてきびきびとした外科医で、鼻が高く、目はメスのように鋭い。そして葬儀を扱うのは（ライツヴィルにはまだ正式な遺体安置所がない）太っちょのダンカン二世だが、検死官、チャランスキー郡検事、デイキン警察署長を相手につややかな唇で嬉々として遺体解剖について話し合う様子を見るかぎり、この男は遺体安置台で命を授かり、棺を揺り籠とし、離乳後は死体防腐液を吸い、思春期にはじめて憧れた相手は父親の仕事場に来る週末の訪問者のだれかだったのだろう。丸々としたダンカンがサリーを見る目つきが、エラリイはどうも好きではなかった。なんともいやな感じがした。

水曜の午前中、がっしりした体格で樹皮に似た首を持つ鈍重そうな男がやってきて、強烈な体臭を放った。郡保安官のモスレスで、ギルファントの後任者だ。人選にまったく改善が見られない。さいわいモスレス保安官は、外の新聞記者たちが保安官の名前を正確に綴るのをたしかめただけで帰っていった。

ほかにもいろいろいた。州警官、ライツヴィルの無線パトカーの警官、黒い鞄を持った民間人らしき人々、ただの群衆。エラリイが思うに、あとのふたつのなかには伸縮自在の首を持つ物見高い町民がいて、この国の古来の特権を生かして名士の邸宅を踏み荒らしつつ、日ごろ押さえつけられていた好奇心を解放していたのではないか。

もっとも、ライツヴィルで殺人事件が起こったからといって、ほかの土地の殺しより甘い香りがするはずもないのだが。

不思議にも、クイーン氏は心穏やかだった。もちろん、そう感じるのは自身の一部だけであり、大部分は疲労と不快感に占められている。睡眠をまったくとっていなかった。また悪いことに、ムハンマドの妻アイシャが変わり果てるように、若々しかったディードリッチ・ヴァン・ホーンが一気に老けていくのを見守らざるをえなかった。ウルファート・ヴァン・ホーンには居間の隅でつかまって、幼少期から見られたハワードの邪悪な性質について二時間聞かされた。ガーターヘビをつかまえてばらばらに切り刻んだとか、ハエの翅《はね》をむしったとか、九歳のときにウルファートのベッドにアザミをいっぱい入れたとか、親もわからない子を育てたらろくなことにはならないとウルファートがいつも兄に忠告していたとか。そして当然ながら、ここにはハワード本人もいた。目を真っ赤に充血させ、髪をもつれさせて、途方に暮れている。体を動かすのはたびたびバスルームへ行くときだけで、その際はディキンに〝ジープ〟と呼ばれているライツヴィルの警官が付き添った。エラリイの知らない警官であり、その警官の報告によると、ハワードはバスルームまで行っても手をこすって洗うだけだった。何時間か経つうちに、ハワードの手はだんだんと青白くふやけ、しまいには浜に打ちあげられた漂流物のようになった。水曜の午前中のハワードはなんとも困り者だった。どんな質問にも答えられず、相手にひたすら尋ねるだけだったからだ。コンヘーヴン州立病院の主任神経科医が犯行現場でハワードと二時間過ごしたあと、むずかしい顔で現れた。エラリイはその医師に、ハワードの記憶喪失にまつわるこれまでの出来事を伝えた。州刑罰委員会の顧問精神科医もつとめるこの医師は何度もうなずき、エラリイをよく苛立たせる医者特有の、すぐに行動しそうなのに実は何もしない態度をちらつかせた。

それでも、ほんの少しだが平和ではあった。闇だったものがいまは明るくなり、結末が手の届くところにあったからだ。

エラリイはデイキンとチャランスキーに、事件の解明に役立つ重要なことをつかんでいると告げた。そして、ハワードが連行される前に、正義というよりも真実のためにそれを明らかにする機会を与えてもらいたいと頼んだ。さもないと、裁判そのものが理にかなったものであっても、ハワードに対する刑事訴訟はゆがめられ、不可解で不完全なものになる、と。さらに、神経科医にも残ってくれないかと頼み、医師は迷惑そうだったが結局とどまることにした。

水曜の午後二時半、デイキン署長が厨房へはいってきた。エラリイが食べかけの鴨のローストをたいらげていると（ローラとアイリーンは自分たちの部屋に鍵をかけて閉じこもり、一日じゅう姿を見せなかった）、ディキンが言った。「さあ、クイーンくん、準備ができたらいつでもいいぞ」

エラリイはさらにブランデー漬けの桃を頬張り、口をぬぐって立ちあがった。

「そう言えば」居間でエラリイは言った。「クリスティーナ・ヴァン・ホーンさんがいらっしゃいませんね。ああ、いや」ディキン署長が立とうとしたので、エラリイは急いでつづけた。「かまいませんよ。あの老婦人は聖書を引用するだけで、あまり助けにはならないでしょう。かえって面倒かもしれません。それに、今回のことをあまりご存じないはずです。このまま二階にいてもらいましょう。

さて、ディードリッチ」エラリイがヴァン・ホーンをそう呼んだのははじめてであり、自分の洗礼名を聞いて少し驚いたディードリッチが興味ありげに目をあげた。「お気の毒ですが、いまから申しあげることはあなたを傷つけると思います」

ディードリッチは手を振った。「わたしはなぜこんなことになったのかを知りたいだけだよ」律儀に返し、それからこう付け加える。「ほかはたいした問題ではない」これはひとりごとに近かった。

ハワードは肩と膝を寄せて椅子におさまっていた。ひげが伸び、寝不足で、落ち着きがない――現実から切り離されて孤立した何かの塊のようだ。目だけが現実とふれ合っているが、それは見るも哀れな目だった。実のところ、ハワードは神経科医とウルファートを除く全員から痛々しいほど無視されていたが、そのふたりだけはしっかり注目していた。

「この事件には……」エラリイはためらいがちに言った。「はっきりといくつかの段階がありますが、そのひとつひとつをみなさんにしっかり理解していただくためには、振り出しにもどる必要があります。一週間と少し前に、ハワードがニューヨークのぼくのアパートメントにやってきたのがはじまりでした。なるべく簡潔にお話ししましょう」

そして、エラリイは過去八日間のすべての出来事を話した。ハワードがバワリー通りの簡易宿泊所で目覚めてエラリイを訪ね、記憶喪失の発作に悩まされているからライツヴィルへ来て自分を見張ってもらいたいと頼んだこと。エラリイがヴァン・ホーン家に来た最初の夜、夕食の席でウルファートが美術館建設の知らせをもたらし、それによると、美術館委員会がディードリッチの示した条件を呑んで、ハワードが美術館の認めた彫刻家として建物正面を飾る古代の神々を制作すると決まったこと。大役をまかされたハワードが発奮してスケッチを描き、数日のうちには彫刻の雛形となる塑像を作りはじめたこと。二日目にサリーとハワードとエラリイでケトノキス湖へ出かけ、若いふたりがディードリッチから受けた恩義についてエラリイに語ったこと――捨て子のハワードがいまあるのはすべてディードリッチのおかげである一方、ポリー通りでサラ・メイソンとして生まれたサリーは、ディードリッチがいなければ貧しくて無知で自堕落な女として生きていくしかなかったこと。そして、ファリシー湖の山荘でふたりが情熱に身をまかせて過ちを犯したことと、それをエラリイに告白したこと（このくだりを話すとき、最大の裏切りによって屈辱を受けたディードリッチをエラリイはなるべく見まいとした。ディードリッチは紙が燃えて灰と化したかのようにひっそりと縮んでいた）。そして、のちにハワードが無分別で赤裸々な内容の四通の手紙をサリーに渡し、その手紙が隠された二重底の漆塗りの宝石箱が六月に盗まれたこと。エラリイが到着する前日に恐喝者から電話があったこと。二回目の電話もあり、エラリイが使者役をつとめたこと。ケトノキス湖へ出かけた夜にエラリイがディードリッチと話したところ、六月にサリーの宝石箱が盗まれただけでなく、前の晩も盗難があって書斎の金庫から五百ドル札で二万五千ドル盗まれたと知り、それが恐喝者へ払う金として湖でハワードから手渡された封筒入りの紙幣と同額だったこと。三日目には、エラリイが恐喝者に出し抜かれる一方、その夜ディードリッチが息子の出自をついに突き止めたと明かし、それによるとハワードの両親はウェイという貧しい農民の夫婦で、ずいぶん前に死去していたこと。それに対するハワードの反応と、日曜の未明のフィデリティ墓地での一部始終。そのときハワードが記憶喪失の発作を起こし、両親の墓石に泥を投げつけて、鑿と木槌で傷つけたこと。その後エラリイがハワードの目を覚まし、ジュピターの塑像に彫った本人の銘をハワードから見せられたところ、いつものH・H・ヴァン・ホーンではなく、H・H・ウェイとなっていたこと。さらに、そのあとで起こったもろもろ、つまり、恐喝者からの三回目の電話があり、ハワードに頼まれてサリーのネックレスを質に入れたこと。エラリイがとんでもない大泥棒だと疑われたとき、信じがたいことにハワードが真実を否定したこと。

すべてを話すあいだ、ディードリッチは椅子の肘掛けを握りしめ、ハワードは彫像のように動かなかった。

「以上がこれまでのいきさつです」エラリイはつづけた。「みなさんはいくつもの出来事が無造作に並べられたという印象を受けるでしょう。そして、なぜこのような独演会に時間をとられなくてはいけないのかとお思いでしょう。しかし、これらはけっしてばらばらではなく、密接につながっています。そのつながりはあまりにも強く、些細に見えるものも含めて、全体を構成するうえでどれも一様に重要なんです。

ゆうべのことでした」エラリイは言った。「ぼくはニューヨークへ帰る途中でした。ハワードに愛想が尽き、サリーに失望し——もうこりごりだったんです。ところが、ライツヴィルから遠く離れたところで、ある考えが頭に浮かびました。単純な思いつきでしたが、その単純さゆえにすべてが変わりました。そして、この事件の本来の姿を見たんです。そのときはじめて」

エラリイがことばを切って咳払いをすると、チャランスキー検事が言った。「クイーンさん、ご自分が何をおっしゃっているのかわかりますか。正直言って、わたしにはさっぱりです」

だが、デイキン署長が言った。「チャランスキーさん、わたしはこの人の話を以前聞いたことがある。つづけてもらおうじゃないか」

「とにかく異例です。この〝聴聞〟には――そう呼ぶべきかどうかもわかりませんが――なんの法的根拠もありません。それに、いかなる場合であれ、ヴァン・ホーンは弁護士を通して申し立てをするべきです」

「どちらかと言えば、これは検死審問で扱うべき問題でしょうな」グラップ検死官が言った。「正規の手順からはずれた対応だったとか、あとから不服を申し立てるための下地を作る策略かもしれませんよ、チャランスキーさん」

「話を聞きましょう」デイキンは言った。「この人は大事なことを言うから」

「どんな話ですかね」検事が嘲るように言った。

「それはわからない。だが、この人はかならず大事なことを言う人だ」

エラリイは言った。「ありがとう、ディキンさん」そして待つ。チャランスキーとグラップが肩をすくめたので、話をつづけた。

「ぼくは路肩に車を停め、この事件をひとつひとつ見直していきました。すべてを再検討したわけですが、今回は全体の枠組みをつかんでいました」

「何の枠組みですか」チャランスキーが尋ねた。

「聖書です」

「なんだって？」

「聖書ですよ、チャランスキーさん」

「わたしが思うに」検事は薄笑いを浮かべて周囲に目を向けた。「コーンブランチ先生の診察が必要なのは、ここにいるこの男より、クイーンさん、あなたのほうじゃありませんか」

「話を聞こうじゃないか、チャランスキーさん」神経科医が言ったが、そのあいだもハワードから目を離さなかった。

「つぎのことがすぐにわかりました」エラリイは言った。「ハワードは六つのことをおこない、その六つには異なる九つの罪が含まれていたんです」

それを聞いたチャランスキーの笑みが消え、横柄に脚を組んでいた検死官が長い脚をほどいた。

「異なる九つの罪？」チャランスキーは鸚鵡返しに言った。「どんな罪か知ってますか、グラップさん」

「いや、まったく」

「いいから聞きなさい」デイキンが言う。

「九つの罪とは？　クイーンさん」

しかし、エラリイはこう言った。「九つの罪はそれぞれ異なる罪ですが、大きな意味では同じものです。つまり、それらには連続性と一貫性があり、ひとつの法則が見られます。互いに強く結びつき、それぞれが全体の一部なんです。

　ぼくにはその結びつきの本質がわかりました」エラリイはつづけた。「みなさんだって、いったん理解すれば、ある罪がこれから犯されることをぼくと同じように予見できるんですよ。かならずね。それは免れようのない結末です。九つの罪があり、それが必然として十番目の罪をもたらした。それだけではありません。その法則の本質をひとたび理解すれば、ぼくがディードリッチ・ヴァン・ホーンさんに予告したように、十番目の罪とはなんであるか、だれに向けられているか、だれによって犯されるかを正確にあてられるのです。ぼくのこれまでの経験で、こんなに完璧なものに出くわしたのははじめてです。失礼ながら、みなさんもはじめてではないでしょうか。これから先もだれひとり、たとえどこにいても、こんなことには出会わないでしょう」

いまや聞こえるのは何人もの男たちの息づかいと、外にいる州警官の荒々しい声だけだった。

「予測できない要素はただひとつ、時間でした。十番目の罪がいつ犯されるのか、ぼくにはわかりませんでした」エラリイは淡々と言う。「ライツヴィルから約五十マイル離れたところで考えこんでいるときに事態が急変しないともかぎりません。だからぼくは電話のあるいちばん近い場所に行き、ただちに予防策を講じるようヴァン・ホーンさんにお願いしてから、全速力でもどってきました。

ただ、今夜、ミセス・ヴァン・ホーンが夫の寝室の夫のベッドで眠ることになろうとは、知るはずもありませんでした。ハワードの手は暗闇のなかで父の喉を探し、その代わりに、愛する女性の息の根を止めたんです。もし記憶喪失の状態でなければ、手の感触でまちがいに気づき、手遅れになる前にやめていたかもしれません。しかし、そのときのハワードはただの殺人機械であり、動き出したら最後、機械のように仕事をこなしました」

そしてエラリイは言った。「ここまでが大まかな話です。

では、ハワードの六つのおこない、ぼくが九つの罪を含むと言った六つのおこないについて考え、その背後にある計画を明らかにしながら、十番目の罪を予測可能なものにしましょう。

「一番目」エラリイはひと息つく。それから思いきって言った。「ハ、ワ、ー、ド、は、古、代、の、神、々、の、像、を、制、作、し、て、い、た、」

そしてことばを切った。現実的な精神の持ち主にいきなり突飛なことを言って、正気の発言として受け止めろと求めるのは無茶な話だ。待つしかない。

「古代の神々とは」検事が面食らったように言った。「どういうたぐいの――」

「どういうことだ、クイーンくん」ディキン署長が心配そうに言った。「それが罪なのか」

「そうですよ、ディキンさん」エラリイは言った。「しかも、ひとつじゃない。実はふたつの罪になります」

チャランスキーは口を大きくあけて、椅子の背に寄りかかった。

「二番目。ハワードは自作の像に――あるいはスケッチや予備段階の塑像に――奇しくも重要な意味を持つ〝H・H・ウェイ〟という名前を入れてしまった」

チャランスキーはかぶりを振った。

「H・H・ウェイ」腹も立てずに言ったのは検死官だった。なじみのある声でどう聞こえるかを知りたかっただけらしい。

「それも罪だと？」検事は憤然と歯をむいて尋ねた。

「そうですよ、チャランスキーさん」エラリイは言った。「格別に救いがたい罪です。三番目。ハワードは二万五千ドルをディードリッチから盗んだ」

それを聞いた一同はほっとしてうれしそうな表情を浮かべ、ウルドゥー語の講義のさなかに英語の一文がまぎれこんだかのようだった。

「そう、たしかにそれは罪ですね！」チャランスキーは笑いながら見まわした。しかし、だれも応じなかった。

「全体像がわかれば、ハワードのおこないのすべてが罪だと納得できると思いますよ、チャランスキーさん。かならずしも刑事罰の対象にはなりませんけどね。四番目。ハワードはアーロンとマッティのウェイ夫妻の墓を穢《けが》した」

「足もとの地面がだんだんしっかりしてきましたぞ」グラップ検死官が言った。「それは罪ですからな、チャランスキーさん。器物損壊とか、そういったものでしょうね」

「正確にはちがいます。法令では――」

「両親の墓を冒瀆することでハワードが犯したふたつの罪は、法令にはありませんよ、チャランスキーさん。つづけてもいいですか。

五番目。ハワードはサリー・ヴァン・ホーンと恋に落ちた。そして、これもまたふたつの罪になります。

最後に六番目。ハワードはサリーのダイヤモンドのネックレスを質入れするようぼくに預けたが、その事実を否定するという非道な嘘をついた。

六つのおこない、九つの罪」エラリイは言った。「人が犯しうる十の大罪における九つです。チャランスキーさん、あなたの言う法令よりはるかに古い権威に従えばね」

「それはどういった権威ですか」

「ふつうは大文字のGではじまる権威です」

チャランスキーはいきなり立ちあがった。「もういいかげんに――」

「神《God》です」

「なんだって？」

「そう、われわれが旧約聖書で知る神ですよ、チャランスキーさん。いまでもギリシャ正教徒やローマ・カトリック教徒やほとんどのプロテスタントが信じ、もちろん最初に聖書を記した古代のユダヤ教徒も信仰していた神です。そう、神、あるいはヤハウェ。これはヘブライ語の神聖なる四文字を音訳したもので、キリスト教の釈義ではエホバとされます。これは〝ことばで言い表せない〟または〝伝えようのない名前〟である至高の存在……それは神です、チャランスキーさん。呼び名はどうあろうと、神はシナイ山の雲のただなかにモーゼを呼び寄せて、四十日と四十夜にわたってそこにとどめました。″シナイ山にてモーゼに語ることを終えたまいしとき、律法の板二枚をモーゼに賜う、これは石の板にして神が手をもて記したまいしものなり（出エジプト記第三十一章第十八節）″。

　この六つのおこないに及ぶことによって」エラリイは言った。「ハワードは十戒のうちの九つを破りました」

　こんどは神経科医がかすかに体を動かした。ただならぬ夢でも見ているかのように落ち着きがない。だが、ハワードも含めたほかの全員はじっとすわっていた。ハワードは現実の外で独自の世界にいるらしい。そして、その恐るべき場所にはだれひとり、エラリイさえも踏みこまなかった。

「古代ローマの神々を彫ることによって」エラリイは言った。「ハワードはふたつの戒律を破りました。″汝、おのれのためになんの偶像をも彫《きざ》むべからず″ ″汝、わが面《かお》の前に、われのほか何物をも神とすべからず″（十戒はすべて出エジプト記第二十章にある）」

　エラリイはつづけた。「自分の彫った像に″H・H・ウェイ″という名を刻むことで、ハワードはつぎの戒律を破りました。″汝の神エホバの名をみだりに口にあぐべからず″。

そしてこれは、罪深い病に冒されながら、ハワードの頭脳がどのように働いたかを示す実に興味深い例です。ハワードはここで秘教に少し目を配り、中世の魔術的な神智学者を真似ています。神智学者は、特に聖典のひとつひとつの文字、語、数、抑揚に隠された意味があると信じていました。旧約聖書の最大の謎は、神みずからがモーゼに明かしたとされる神の名です。そしてその名は先ほど言った神聖なる四文字、さまざまに書き表される四つの子音字に隠され――実際にはＩＨＶＨからＹＨＷＨまでの五種類ありますが――そこから神の名の原形とされるものがいろいろと再現されてきました。再現された名のなかで現在最も広く受け入れられているのがＹａｈｗｅｈです。そして、Ｈ・Ｈ・Ｗａｙｅという名を構成する文字を考えれば、それがＹａｈｗｅｈの綴り替え《アナグラム》であることがおわかりになるでしょう」

チャランスキーが口を開いた。

しかし、エラリイは言った。「そうです。まったく正気の沙汰ではありませんよ、チャランスキーさん」

つづいてエラリイは言った。「ディードリッチ・ヴァン・ホーンの金庫から二万五千ドルを着服することで、ハワードはつぎの戒律を破りました。〝汝、盗むなかれ〟」

さらにエラリイは言った。「この前の日曜の朝早く、フィデリティ墓地でアーロンとマッティのウェイ夫妻の墓を冒瀆することで、ハワードはさらにふたつの戒律を破りました。〝安息日を覚えて、これを聖潔《きよく》すべし〟〝汝の父母を敬え〟」かすかに笑みを浮かべる。「セント・ポールズ・イン・ザ・ディングル教会のチチャリング牧師に同席していただくべきでしたね。このなかに専門家の助言が必要と思われるものがひとつあるからで――それは安息日です。第四の戒律に〝安息日〟とありますが――ローマ・カトリックとルター派ではたしか第三ですが、ユダヤ教とギリシャ正教と大半のプロテスタントでは第四です――それはイスラエルの安息日のことで、当然ながら土曜日です。ごく初期のキリスト教徒は安息日を、週ごとの復活を祝う〝主の日〟つまり日曜日と区別していたと思います。イエスの復活後、ユダヤ人の安息日にキリスト教徒がこだわることはないと当初パウロが宣言したとはいえ、この二重の慣習は何世紀かにわたって守られてきたのではないでしょうか。まあ、そんなことはどうでもいい。キリスト教徒のハワードにとって、安息日と言えば日曜日のことです。そして、ハワードが父母の墓を辱めたのは日曜の朝の早い時分でした」

さらにエラリイは言った。「サリーと恋に落ち、ファリシー湖のヴァン・ホーン家の山荘でベッドをともにしたことで、ハワードはふたつの戒律を破りました。〝汝の隣人の妻を貪るなかれ〟〝汝、姦淫するなかれ〟」

そして、すぐにエラリイは九番目の引用に移った。「サリーのネックレスをぼくに渡して質入れさせたことを否定し、その嘘によってハワードはまた戒律を破りました。〝汝、その隣人に対して虚妄《いつわり》の証《あかし》を立つるなかれ〟」

いまや全員が途方もなく奇妙な世界の魔力にとらわれていて、その呪縛を断ち切ろうともしなかった。

そして、エラリイはまたつづけた。「ゆうべ、ハワードの車のなかで九つの断片をつなぎ合わせながら、ぼくは当然の疑問を自分に投げかけました。すべては偶然の一致だったのだろうか。たまたまハワードがこうした行動を起こした結果、十戒のうちの九つを破ることになったのだろうか。ぼくはこう答えざるをえませんでした。ちがう、そんなことはありえない。十戒にそむく罪がこんなふうにそろって犯されることなど、どう考えてもありえない。つまり、この九つの戒律は意図して破られたんです。十戒を手引書として、あらかじめ考えられ、計画どおりに破られたんです。

しかし、もし十戒のなかの九つを破ったのだとしたら」エラリイは声を強めた。「ハワードはやめない、いや、やめられないでしょう。十で全部そろい、九は十ではありません。ひとつだけ欠けている、まだ破られていないその戒律は、現代人にとって最も倫理的とは言わないまでも、最も社会的に望ましいとされてきたそれらの戒律のなかでも、群を抜いています——〝汝、殺すなかれ〟。十で全部そろい、九は十ではありません。そして、十番目が殺人を禁じる訓戒であるということは、ハワードが世界へ驚くべき反撃をおこなう決定打として、殺人を最後まで残したのだとぼくは確信しました。

では、ハワードはだれを殺すつもりだったのでしょう。その答は、ハワードの言動に見られる外面の兆候を見ても、その奥にある心理的な意味合いを考えても、同じところへ行き着きます。ハワードはだれを殺すつもりだったのでしょうか。コーンブランチ先生、これは素人考えだと認めますが、ハワードは何を欲していたのでしょうか。あるいは、欲していると思っていたのでしょうか。ハワードはサリーをけっして本気で愛していたわけではなく、そう思いこんでいただけでしょう。ほんとうに欲していたのは、あるいは欲していると思っていたのは、ディードリッチの妻です。それを阻むのはだれでしょうか。ディードリッチしかいません。ディードリッチを排除すればその妻を手に入れられるとハワードは考えます。ディードリッチを殺すつもりでたまたまサリーを殺してしまったという事実は、論理的に言えば重要なことではありません。不幸にも的がはずれた結果です。

しかし、心理学的な観点から道筋をたどっても、狙われたのはディードリッチだという結論に達します。ぼくは以前からずっと——実は十年前パリでハワードと知り合ったときから——なんの疑いもなく、こう考えています。子供のころから、ハワードの感情のメカニズムをつかさどっていたのは、おもに父親への複雑な感情でした。ディードリッチ・ヴァン・ホーンへの崇拝の念はむき出しで、まぎれもないものでした。パリのアトリエにはゼウス、アダム、モーゼの像が並んでいて——当時からモーゼがいました——それらはすべて、つまるところ、ディードリッチそのものだったんです。そして十年後にぼくは生身のディードリッチに会ったわけですが、顔形も体格もあの彫像群はディードリッチだったとわかりました。

生い立ちのせいで、理想の父親に対するハワードの憧憬の情は決定的なものとなりました。赤ん坊のころに自分を捨てた見知らぬ母親。自分を引きとって父親に代わる庇護者となり、父母両方の役割をになってくれた、大きくて力強い、感嘆すべき男のなかの男。一方、オイディプス王（父を殺し、母を妻としたテーベの王）と同じく、父親殺しの種もそこにあったんです。理想の父親が息子を拒絶して愛情をひとりの女に移したとき——ハワードにはそう見えたのでしょう——愛が憎しみに変わりました。しかも、その女はよそ者でした。種が芽生えたのはそのときです。ディードリッチとサリーが結婚したのと同時に、最初の記憶喪失の発作が起こったのですから。その後ハワードは、父親を盗んだその女と〝恋に落ち〟てしまった！　まちがっていたらいつでも訂正しますよ、コーンブランチ先生。しかし、これは恋愛とはまったく別物だとぼくは考えます。これは無意識のうちにおこなわれた二重の策略でした。つまり、自分が拒絶された原因であるその女と父親との関係を壊すことによって、息子を拒絶した父親を罰すると同時に、父親の愛情を取りもどしたんです。

さて、つぎにこの驚くべき事実を見てみましょう。裏切り者の父親を殺す筋書きのなかに、息子はもうひとりの理想の父親も殺すという手法を採り入れました」コーンブランチ医師が困惑の表情を見せる。エラリイは身を乗り出して、神経科医に直接語りかけた。「この家族にはクリスティーナ・ヴァン・ホーンという養祖母がいて、ハワードの子供時代からその後に至るまで、ずっと聖書に取り憑かれています。極端な原理主義者と結婚したせいですが、この女性のもとにいて、神は父なりという父性の概念にハワードがどうして染まらずにいられましょうか。したがって、これがいかに完璧なものであるかおわかりになるでしょう。父たる神の定めた十戒をあえて破ることにより、ハワードはあらゆるもののなかで最も偉大な父親像を打ち壊すのですから」

エラリイはかつてハワードだったまとまりのない塊へ向かって、異常者を前にしたふつうの人間ならだれもがいだく憐れみと嫌悪の視線を投げかけ、きわめて穏やかな声で言った。「ぼくがなぜ時間をかけてお話ししたか、みなさんはもうおわかりでしょう。ハワードが作り出した筋書き全体が、均衡を失った精神の所産なのです。

医学の専門家がハワードの異常性をどう呼ぶかは知りません。しかしコーンブランチ先生、素人目にも明らかなのは、この男が今回おこなったような、殺人で終わる一連の罪の法則として十戒を持ち出し、それを狡猾に根気強く実行していくという行為は、すぐれた精神科医の診察室で分析されるべきであって、ふつうの法律違反者に対する罰則に基づいて法廷で裁かれるべきではないということです。

この男は、通常の殺人者として扱ったり罰したりすべきではありません。言ってみれば、罪深い異常者です。ぼくはいまの話と聖書に基づく分析を、求められればいつでもどこでも披露しましょう。そうすることで、この男がいるべき場所、つまり精神科の施設に落ち着く手助けができるのなら」

そして、エラリイはディードリッチ・ヴァン・ホーンを見たのち、目をそらした。ディードリッチが泣いていたからだ。

しばらくのあいだ、ディードリッチの声以外に何も聞こえず、やがてそれも消えた。

チャランスキー検事がコーンブランチ医師へ目を向けた。

咳払いをする。

「先生、いまの話ですが……あなたのご意見は？」

神経科医が言った。「いま、この事件について法医学的見解を明らかにするのは控えさせてもらいますよ、チャランスキーさん。なかなか時間のかかることですし、それに多方面からの――鑑定が必要です」

「なるほど」検事は両膝に肘を載せた。「検察としては――弁護側がどんな策を講じるかは別として――検死審問が終わりしだい、本件を法廷へ持ちこむつもりです」

ディキン署長がもぞもぞと動いた。「コンヘーヴンの研究所は？」

「ええ。これがはじまる直前に電話で予備報告がありましたよ。彼の指のあいだから見つかった四本の毛髪は、ミセス・ヴァン・ホーンの頭部のものと科学的に断定できました。爪のなかの細胞組織などは、研究所の所見によると、ミセス・ヴァン・ホーンの喉のもののようです。実のところ、それについて疑いの余地はありません。ただ、法的にもそれを立証できると思います。率直に言いますと、相手が夫人と知っていて殺したのか、暗闇のせいで父親とまちがえたのか、現時点ではどちらでもいいと考えていますよ。どちらにせよ、動機がありますから。姦通相手を殺したのはこの男がはじめてではありませんしね。それどころか」笑みらしきものが検事の顔をよぎる。「そちらを動機とするほうが、理想の父親への憎悪とかいう珍妙な説明より事は簡単でしょうね。では、そういうことで――

――」

チャランスキーは立ちあがりかけた。

ハワードが言った。「これからぼくを連行するんですか」

ハワードのアトリエにあるジュピターの塑像が突然口をきいても、一同はこれほど驚かなかっただろう。

ハワードが見ていたのはチャランスキーではなく、エラリイでもなく、警察署長ディキンだった。

「連行？　そうだよ、ハワード」ディキンがばつが悪そうに言った。「残念ながらそういうことになる」

「その前にしたいことがあります」

「トイレに行きたいのか」

「世界最古の手口だな」チャランスキーが微笑む。「そんなことをしても無駄だぞ、ヴァン・ホーン。それともウェイかな。屋敷は中も外も厳重に見張られている」

「頭が変になっているのか」グラップ検死官がゆっくり言った。

「逃げようなんて思ってません」ハワードが言った。「どこへ逃げるって？」

グラップとチャランスキーが声をあげて笑った。

「言うことを聞いてやったらどうだ！」

立ちあがり、顔を引きつらせてそう言ったのはディードリッチだった。

ハワードは同じく、真っ当で辛抱強い口調で言った。「上のアトリエへ行きたい。ただそれだけです」

しばらくのあいだ、だれも何も言わなかった。

「何をするんだね、ハワード」ようやくディキン署長が訊いた。

「二度とあそこを見ることはないでしょうから」

「問題ないと思うがね、チャランスキーさん」ディキンは言った。「どうせ逃げられないし、本人もそれをわかっている」

検事は肩をすくめた。「被疑者の勾留はあなたの役目ですからね、ディキンさん。わたしだったら認めないが」

「あなたのご意見はどうです、コーンブランチ先生」警察署長は険しい顔で尋ねた。

神経科医は首を横に振った。「武装した監視者をつければ別ですが」

ディキンはためらった。

「ハワード、いったいアトリエで何をしたいんだ」エラリイが尋ねた。

ハワードは答えなかった。

「ハワード……」ディードリッチも声をかけた。

ハワードはただそこに立って床を見ている。

コーンブランチ医師は言った。「なぜ答えないのかね、ハワード。何をしたいのかな」

するとハワードは言った。「自分の作品を壊したいんです」

「なるほど」神経科医は言った。「それはもっともだ。こんなことになった以上はね」

そして、デイキンをちらりと見てうなずいた。

デイキンは満足げだった。ハワードの後ろに立っていた長身の若い警官に指示を出す。

「いっしょに行け、ジープ」

ハワードは後ろを向き、しっかりした足どりで出ていった。

警官はベルトを引きあげて右手で銃の黒い台尻にふれた。そして、かかとを踏みそうなほど近づいて、ハワードの後ろを歩いていった。

「あまり長くかからないようにな」デイキンは声をかけた。

ディードリッチがぐったりと腰をおろした。ハワードは部屋を去るときですら父親に目を向けなかった。

こちらにも目を向けなかったな、とエラリイは思った。そして、偉大な男の部屋の大きな窓へ歩み寄って庭をながめると、三人の州警官が遅い午後の日差しを浴びて、煙草を吸いながら笑っていた。

三分も経たないうちに何かを砕く音がはじめて聞こえ、一同は首をめぐらして上を見た。そのあとでもう一回、またもう一回、やがて破壊のリズムを速めながら、何度もとどろいた。打ち砕く音はやがて止まり、長いひと呼吸のあと、偶像破壊の最後の一撃がすさまじい音で響いた。

こんどは静寂がつづく。

いまや全員が、戸口から見える階段のあがり口へ目を向け、像を破壊した男が警官に付き添われておりてくるのを待っていた。しかし、何も起こらない。破壊者も警官も現れない。いつまで経っても無人の広間と階段が見えるだけだった。

ディキンは広間へ出ていき、色の抜けたナラ材の階段の親柱に手をかけた。「ジープ！」と叫ぶ。「すぐに連れてくるんだ！」

無言だ。

「ジープ！」

動揺の混じった怒声になった。

それでもジープの返事はない。

「まずいな」ディキンは言った。一瞬振り返ったその顔はすっかり血の気を失っていた。

それからあわてて階段をのぼっていき、全員がそれにつづいた。

ハワードのアトリエの閉じられたドアの前で、左のこめかみに紫色のこぶを作った警官が手脚をひろげて倒れ、懸命に起きあがろうと長い両脚をひくつかせていた。もはやホルスターに銃はない。

「ドアの前まで来たとたん、腹に一発食らって」警官があえぎながら言う。「それから銃を奪われました。そいつで殴られて気を失いました」

デイキンは力まかせにドアノブをまわした。

「鍵がかかっている」

エラリイは「ハワード！」と叫んだ。しかし、チャランスキーが肩で押しのけ、大声で言った。「ヴァン・ホーン、このドアをあけろ。いますぐにだ！」

ドアに変化はなかった。

「鍵はありますか、ヴァン・ホーンさん」荒い息でデイキンが訊いた。

ディードリッチは呆然とデイキンを見た。何を言われたかわからなかったらしい。

「ドアを破るしかない」

一同がドアから数フィート離れて身を寄せ合い、一丸となって突進しようとしたそのとき、銃声が聞こえた。

銃声は一度だけで、つづいて金属らしきものが床に落ちる音が聞こえた。人体が倒れるときの重く鈍い音はしない。

一度の衝撃でドアは打ち破られた。

ハワードは垂木組みのアトリエの梁の中央からぶらさがっていた。両腕がだらりとさがり、両手首からしたたる血が床にふたつの血だまりを作っている。鑿で自分を切りつけたのだろう。そのあと、彫刻作業用の滑車のロープをとって椅子の上に立ち、梁にロープをかけて両端を首のまわりで固く結んでから、足もとの椅子を蹴った。それから警官の銃の銃口を鋭角にくわえ、引き金を引いた。三八口径の銃弾が口蓋を裂き、頭頂部の一片を吹き飛ばしていた。

チャランスキー検事が顔をしかめ、梁にめりこんだ弾を掘り出してハンカチにくるんだ。グラップ検死官が言った。「きっと、いちばんひどい死に方をしたかったのでしょう」

塑像用粘土やふつうの粘土や石の破片がアトリエの床に散らばるなか、ウルファート・ヴァン・ホーンがジュピターの大きなかけらを踏んで足首をひねり、悲鳴をあげた。

新聞各紙は色めき立った。

クイーン警視の言ったとおりだった。〝殺人、セックス、神――そういった事件が起こるのを新聞社の販売部長は夢見ている〟

十戒にまつわるエラリイの説の全容が、この事件を嗅ぎつけた通信社の耳にはいったらしい。それから先はさんざんだった。〝エラリイ・クイーン最大の事件〟〝大探偵、百発百中〟〝モザイク殺人犯対稀代の名探偵〟〝探偵、聖書にて邪悪を制す〟〝E・Q、自己ベストを更新〟――これらは当の名探偵をきまり悪さで身悶えさせた奇抜な大見出しと小見出しの一部にすぎない。アメリカとカナダじゅうの新聞の切り抜きでクイーン家のアパートメントの床が白く埋めつくされたのは、クイーン警視が苦労して稼いだ金をつぎこんで息子のスクラップブックをさらなる栄光で飾ろうとしたせいだが、それはあくまでも息子ではなく父親が考えたことだった。三週間にわたって賢者も愚者もクイーン家のドアへ大挙して押しかけ、電話が絶え間なく鳴った。記者がインタビューを求めた。ゴーストライターたちが早くもヴァン・ホーン事件を長大な小説にしたタイプ原稿を持ちこみ、大先生は承認だけして少しばかり内容を切りつめてもらえばいいと言った。電話の向こうには雑誌の編集者、ドアの外側の危険地帯にはカメラマンがいた。少なくともふたつの広告代理店が、名探偵先生に製品を推奨してもらえれば――片やクリームシャンプー、片や〈殺人〉という名の新しい香水だが――大事件《コーズ・セレブル》にからんで活気のある商戦を展開できると考えた。また、不屈のラジオ局が、プロテスタント、ローマ・カトリック、ユダヤ教諸派の名だたる聖職者を集めた日曜午後の討論番組にクイーン氏を出演させることを思いついた。番組のタイトルは〈聖書対ハワード・ヴァン・ホーン〉。それらに加え、名探偵をいまよりはるかに超人的な英雄に――それも一様に信じられない速さで――仕立てあげようと目論む怪しげな輩が腐るほどいた。エラリイは腹立ちまぎれに、十戒の話を報道関係者へ漏らしたロの軽いだれかを自分の手で痛めつけてやると息巻いたが――口を滑らせたのは難解かつ高次元の心理とやらに駆り立てられたコーンブランチ医師だと、その後何カ月ものあいだエラリイは公言していたが――クイーン警視に諭されてやめた。さらに、何ひとつ隠さずに記録するならば、こんなこともあった。九日目の不思議が終わってから、人に見つかる心配のないときを選び、クイーン氏は警視が作って限界までふくれあがったスクラップブックをこっそりのぞいてみた。すると、どんなに慎ましい人々の胸も高鳴らせずにはいられない輝きをそこに認めたのだった。そして、気分よく最後まで読んだある雑誌の記事には、〝比類なき偉業を成しとげた西八十七丁目通りの異才〟とあった。

だが、エラリイの職業人生の熱い間奏曲である報道記事のなかでも、比較的高尚な日曜特集の〈統合失調症の聖書マニアによる事件〉と題した論評において、ある造語の天才が編み出した言いまわしほど印象に残る表現はなく、そのことばは犯罪学辞典に掲載されることになった。

この語源学のアインシュタインはエラリイを〝今後末長く、十の戒律と十の論理の探偵と呼ばれるべき人物〟と評した。

かくして死の巻を閉じ、

これより生の巻を開く。

第二部　十日目の不思議

それは少なくとも十日間の不思議となるだろう。
一日長引くわけだ。

――シェイクスピア『ヘンリー六世』

十日目

獲物は人間だった。その男は悪のはびこる底辺の地を霊妙なる武器を手に渡り歩き、血みどろの追跡のたびに名声を積みあげた。どんな悪人であれ、これほど獰猛かつ狡猾で獲物に飢えた者はいなかっただろう。その男はエラリイ、リチャードの息子、法を前にした異能の狩人だ。かなう者はどこにもいまい。

ヴァン・ホーン事件で離れ業《トゥール・ド・フォルス》を披露した翌年、エラリイはまちがいなく人生で最も忙しく、最も華々しい日々を送った。四方八方から事件が舞いこみ、海の向こうから依頼されることもあった。その年、エラリイはヨーロッパへ二度、南アフリカと上海へ一度ずつ赴いた。ロサンゼルスとシカゴとメキシコ・シティーにも行った。クイーン警視は、エラリイをサーカスの先乗り団員に育てたも同然だとこぼし、息子とめったに会えなかった。ヴェリー部長刑事にいたっては、警察本部近辺の歩道でエラリイとすれちがって十フィート歩いてから、ようやく薄れた記憶が呼び覚まされて振り返るほどだった。

この巨匠が生まれ育った荒れ野でも、犯罪が尽きることはない。荒涼たるニューヨークの街にエラリイ・クイーンの偉業が知れ渡った。痙攣《けいれん》を起こしたコケ植物学者の事件では、親指の爪ほどの乾いたミズゴケをもとに完璧な推論をおこなって、ニューヨーク屈指の病院の手術にたどり着き、ひとつの命を救ってひとつの名声を葬った。アデリーナ・モンキュー事件では、みごとに真相解明を果たしたものの、その風変わりな婦人の遺言執行者たちの同意のもと、一九七二年まで公表が差し控えられることになった。これらの事件はわずかな例にすぎず、すべての事件はクイーンの備忘録に載っているから、いつの日かなんらかの形で出版されるにちがいない。

歯止めをかけたのはエラリイ自身だった。けっして肉づきのいいほうではなかったが、去年の九月以来めっきり体重が落ち、さすがに心配になってきた。

「そんなに駆けずりまわっているからだ」ある朝、早い朝食をとりながらクイーン警視が言った。「エラリイ、ブレーキをかけたほうがいいぞ」

「もうそうしていますよ。きのうバーニー・カルに診てもらったんですが、もし冠状動脈血栓症で華々しく散りたいなら、この十一ヵ月間のペースを保てばいいらしい」

「その忠告に効き目があればいいんだがな。これからどうする気だ」

「そう……今年は小説二十冊ぶんの題材がたっぷり集まったのに、一冊も書く暇がなかった。構想を練る暇さえもね。作家稼業にもどりますよ」

「では、クリップラー事件は？」

「謹んでトニーに進呈しました」

「そいつはよかった」警視は神妙な顔で言った。というのも、ベッドの上の棚には、もうスクラップブック一冊ぶんの余裕すらなかったからだ。「だが、なぜ急ぐのかね。まず骨休めをすればいいじゃないか。どこかへ出かけるなりして」

「どこかへ出かけるのはもううんざりですよ」

「いや、おまえが自宅でしおらしく寝転がっているところなど想像できん」老警視はつぶやきながらコーヒーポットへ手を伸ばす。「たぶん、自分で書斎と呼ぶあの阿片窟に閉じこもって、顔も見せないんだろう。おい、なんだ。例のくたびれたスモーキング・ジャケットを着ているじゃないか！」

エラリイはにやりと笑った。「言ったでしょう。本を書くことにしたんですよ」

「いつだ」

「いますぐ。きょう。朝から」

「どこにそんな活力が……。せめて新しいジャケットに切り替えたらどうだ。どうしてもそんないじましい仕事をするなら」

「このジャケットを捨てろと？　これは書くときの習慣《ライティング・ハビット》なんですよ……乗馬服《ライディング・ハビット》じゃなくて」

「駄洒落でごまかすつもりなら」父親は声を荒らげて勢いよく席を立った。「好きにするがいい。夜に会おう」


そこでクイーン氏はあらためて書斎へはいってドアを閉め、作家としてのすべてを出しきる態勢を整える。

作品を身ごもるための準備過程は、生み出すための準備過程と厳密にはちがう。生み出す段階では、タイプライターを点検して掃除したり、インクリボンを取り替えたり、鉛筆を削ったり、最も手の届きやすい場所にきれいな紙を置いたり、メモや概要を正確な角度でタイプライターに立てかけたりすればいい。だが困ったことに、概念が形をとりはじめる段階はそれとはまるでちがう。作家の頭がアイディアで満杯で、抑えきれない火花が散っていたとしても、道具立てはいっさい要らず、物を整えたり置いたりする必要もない。

一枚の敷物と哀れな自分自身だけでじゅうぶんだ。

では、ヴァン・ホーン事件の翌年八月の晴れた朝、書斎にこもっているクイーン氏を見てみよう。

力強い意志に火がついている。敷物の上を将軍のように悠々と歩き、頭のなかで大軍を集める。晴れやかな眉。まなざしはひたむきだが静かだ。足運びはゆっくりと落ち着いている。両手は動かない。

こんどは、二十分後のクイーン氏を見てみよう。

脚の動きがせわしない。目つきが荒々しい。眉が険しく動く。両手がむなしくこぶしを作る。壁に寄りかかって、冷たい漆喰《しっくい》に涼を求める。椅子へ突進して座面の端にすわり、哀願するかのように両手を膝のあいだで組む。急に立ちあがってパイプに葉を詰めたかと思うと、それを置いて煙草に火をつけ、二回吸うが、火が消え、それでも唇にはさんだままにする。爪を嚙む。頭をさする。虫歯の穴を探る。鼻柱をつまむ。ジャケットのポケットに両手を突っこむ。椅子を蹴る。机に置いてある朝刊の見出しをちらりと見るが、潔く目を離す。窓辺へ行き、網戸を這うハエにすぐさま科学的な興味を覚える。右ポケットにある煙草のかすを指でまるめて玉にし、たまたま同じポケットにあった紙切れで包みこむ。その紙をポケットから出し、目をやる。

それにはこう書いてある。

ヴァン・ホーン
ノース・ヒル通り
ライツヴィル

1

エラリイは書斎机の椅子に腰をおろした。その紙切れをデスクマットへ置き、前かがみの姿勢で両腕を机につけて両手に顎を載せると、鼻から二インチの距離でそれを見つめた。

ヴァン・ホーン。ノース・ヒル通り。ライツヴィル。

ヴァン・ホーン事件の名残はこれだけだ。

エラリイはおよそ一年前の光景を思い出した。

あのときも、このスモーキング・ジャケットを着ていた（そうか、あのときから袖を通

していなかった）。

家へ帰るための金をハワードに渡して階下へ連れていったあと、ハワードがタクシーを呼び止め、歩道で握手を交わしたそのとき、エラリイはハワードがどこに住んでいるかを知らないことに気づいた。互いに声をあげて笑ったのち、ハワードはエラリイから借りて着ていたスーツから黒い手帳を取り出し、ページを破って住所を書いた。

このページだ。

そしてエラリイは階上へもどってライツヴィルに思いをめぐらしたが、この紙切れはスモーキング・ジャケットのポケットに押しこんだままになった。翌日クロゼットにジャケットを吊して以来、出番がなかったからだ。

これだけが名残だ。

小さいくっきりとした字をながめるうちに、ハワードの姿がよみがえる。サリー、ディードリッチ、ウルファート、あの老女もだ。エラリイは全員のことを思った。

ハエが〝ヴァン〟の文字に止まり、横柄にも居座っている。エラリイは唇をすぼめて息を吹きつけた。ハエが飛び去り、紙が裏返しになる。

裏にも何か書いてあるではないか。

同じく、小さな刻みつけるような筆跡だ。ただし、こちらの面には字がぎっしり詰まっている。

エラリイは姿勢を正し、興味を誘われて紙に手を伸ばした。

ハワードの筆跡。黒い手帳。しかし、記されているのは住所でも電話番号でもなかった。

一ページまるごと、小さな文字で埋められている。いくつもの文だ。

日記か？

文の途中からはじまっていた。

とはばかばかしい愛称をSにつけたものだ。ふたりきりだと思っているとき以外は使わない程度の分別はあるようだが。ぼくの知ったことじゃない。とはいえ、あの歳であきれるよ。まあ、正直に言おう。理由はわかる……。でも、あまりにもばかばかしい。結婚前、彼女は〝リア〟と呼ばれていた――リア!!! ただそんなふうにね。舞いあがって勢いよく書いた父のメモをぼくは見つ……――そして結婚したら〝サロミナ〟だ。どこからそんな名を思いついたんだ!? あまりにもかわいい――あの偉大なるD・ヴァン・Hが。あまりにも純情だ。サロミナ――サリー――サル――ばかみたいに名前がどんどん変わっていく。そもそも、ほんとうの名前のどこがいけないんだ？ ぼくはサラのままがいい。ぼくが愛し――いや、やめておこう。書くことすら、いけない。そんなことは父の勝手だし、彼女の勝手だ。やめよう。ベッドにはいって、眠ろう。眠りたい。

やはり日記だ。

ハワードが一度も言わなかったことだ。

リア。サロミナ。

ふたつの名前がなぜか頭から離れない。

リア。サロミナ。そんな名前をディードリッチはどこから持ってきたのか。ある考えが行きつもどりつするうちに、突然正しい位置におさまり、エラリイはケトノキス湖のほとりのコンバーチブルでサリーの隣にすわっていた場面へ立ち返った。サリーが体の向きを変え、両膝を折り曲げてすわったが、あれはみごとな脚だった。ハワードが苔むした岩のそばで石を蹴っていた。エラリイはサリーに煙草を差し出した。

「わたしの名前はサラ・メイソンだった」

その声と、湖面の丸太からいっせいに飛び立つ鳥の羽音が耳に残っている。

「サリーと呼びはじめたのはディーズなのよ。ほかにも呼び名はあったけど」

ほかにも呼び名はあった。リアとサロミナか。

結婚前、彼女は〝リア〟と呼ばれていた……結婚前。サラ・メイソンではない。〝リア・メイソン〟だ。ディードリッチは〝サラ〟という名を好まなかったのだろう。〝サラ・メイソン〟は異なるイメージを呼び起こす。たとえば、寡黙な女教師。あるいは、艶のない髪を塵よけの布で覆って客間のブラインドを引きおろすニューイングランドの家政婦。〝リア・メイソン〟なら若々しくて柔らかく、謎めいた響きさえある。サリーにはこのほうが似合っていた。しかも、その名はディードリッチ・ヴァン・ホーンにまつわるものを伝えている。どことなく秘めやかな、よいものを。

結婚してからはサロミナになった。聞き覚えのある響きだ。いや、そんなことはない。なじみがあるように聞こえるのは最初の二音節のせいだ。ヘロデアの娘か……。エラリイは笑みを漏らした。では、なぜ〝サロメ〟にしなかったのか。なぜ〝サロミナ〟と？　語尾をミナにして女性らしくした。いや、たぶんちがう。〝リア〟と同じで、ディードリッチならではの発明だろう。たしかに響きが心地よい。ポーが思いつきそうな名だ。

エラリイは椅子にもたれると、パイプに火をつけて機嫌よく吹かしたが、思考の手綱を放さなかった。放せば、また敷物の上をむやみに歩きまわるしかない。

鉛筆を手にとり、メモ用紙にさっと書いてみた。

リア・メイソン？

名前を書き留めた。うん、とてもいい。
ブロック体の大文字でもう一度書いた。

LIA　MASON

ほう、これではどうだ。LIA　MASON――A　SILO　MAN（サイロの男）！
農芸の香りがするその語句を書き留めると、こうなった。

LIA　MASON
A　SILO　MAN

さらにもう一分、名前の文字をじっくり見てから、こう書いた。

O　ANIMALS（ああ、動物たちよ）

呪文かな。忍び笑いをした。
つぎのことばはすぐに思いついた。

NAIL　AMOS（預言者アモスを釘づけにせよ）

さらに――

SIAM　LOAN（シャムの借款）
MAIL　A　SON（息子に郵送しろ）
ALAMO　SIN（アラモ砦の罪）
MONA　LISA（モナ・リザ）
SAL

モナ・リザ。
モナ・リザ？
モナ・リザ！

そうか。そうだったのか。あの微笑み。思慮深くて悲しげな、不可解で忘れがたい、矛盾を含んだあの微笑み！　サリーと以前に会ったような気がして、エラリイは不思議に思ったものだ。一度も会ったことがなかったのに。それは、ラ・ジョコンダの代わりにダ・ヴィンチの肖像画のモデルになったと言ってもいいほど、サリーはモナ・リザと同じ微笑みを持っていたからであり、そして……。

そして、ディードリッチはそれを見たのだろうか。

もちろん見たにちがいない。ディードリッチは恋していた。

ディードリッチは気づいたのだろうか。そのことに。

エラリイの目が曇った。

メモ用紙をじっと見る。

MONA　LISA

SAL

エラリイはほとんど無意識のうちに書きかけの語を完成させた。

SALOMINA

サロミナ。

リア・メイソン、モナ・リザ、サロミナ。

リア・メイソン、モナ・リザ、サロミナ。

こめかみに脈動を感じはじめた。

男が女に恋している。女はどこかで見たような、人を惑わす笑みを浮かべ、男はそれがモナ・リザの微笑みだと気づく。女の名前はメイソン。男は盛りを過ぎ、女は若くて、男にとっては最初で唯一の恋人だ。男の情熱は燃えたぎり、飽くことを知らない。特に結婚前は、渇望の対象に夢中になるはずだ。その女にすっかり心を奪われ、彼女のすべてが大きくくっきりと目に映るだろう。また、その男は元来感受性が強く、観察に長けている。モナ・リザの発見は甘美だ。男はその思いつきと戯れる。愉快になる。書き留める。MONA LISAと。

そして突然、サラ・メイソンの姓の五文字MASONが〝モナ・リザ〟の文字にすべて含まれていると気づく。もはや愉快どころか、大喜びだ。そこで、MONA LISAからM、A、S、O、Nの五文字を抜く。残ったのはL、I、Aの三文字だ。なんと、それ自体が名前となりうる！　Ｌｅａｈ（リーア）と音が似ているが、それよりずっと感じがいい。リア……リア・メイソン……モナ・リザ、リア・メイソン。

人知れず、男は恋人にあらためて洗礼を施す。それ以来、男の心の奥で、サラはリアとなる。

やがて、ある日のこと、男は女の扉をあける。その名を言う。声に出して言う。〝リア〟。おずおずと。だが彼女は女で、これは愛慕をこめた呼びかけだ。彼女はそれを気に入る。ふたりは秘密を分かち合う。ふたりきりになると、男は女を呼ぶ。〝リア〟と。

ふたりは結婚し、ハネムーンへ行く。

こうして共生がはじまり、生命体の結合と融合が起こると、愛する者との結びつき以外に何もなくなる。友人も仕事も、気をそらすものも、気をそらしそうなものもない。どちらも相手に夢中だ。生活は脇へ退けられる。家よりも伴侶のほうが大切であり、ひとつの名前が宇宙の神秘となりうる。女はリアという名をどのように思いついたのかと尋ねる。すでに話したことがあっても、男はもう一度説明する。男は陽気で、大胆で、創意に富んでいる。もう〝リア・メイソン〟は使えない。女はもはやメイソンではない。別の名前を考えなくてはならない。ディードリッチ、紙と鉛筆を手にとって、尽きることのない才能を見せてよ。あなたって、なんて自分勝手で頭がよくて、ロマンチックな若き老犬なんでしょう。勇猛果敢なヘンリー卿だかダルタニアンだか。困難なんかへっちゃら！　あらあら不思議！　アブラカダブラ！　ほうら！　〝サロミナ〟よ！

そしてふたりは笑い合い、〝サロミナ〟は〝イヴ〟以来いちばんすてきな名前だけれど、ちょっと説明しづらいんじゃないかと女が言ったにちがいない。男が神妙にうなずき、ふたりはやむをえず、社交上〝サリー〟で通すことにした。そのとき女は、このすばらしい巨人の愛が得られるならそのくらいの犠牲は払うと思ったはずだ。

エラリイは吐息をついた。

おそらく、これとはまったく異なる成り行きだったのだろう。

いまとなっては、こんなことにたいした意味はあるまい。

まだ生まれ出ていない作品を流産させるために、勝手に組み立てた妄想にすぎない。

そうか……。

エラリイは机から離れると、さっきの位置にもどり、敷物の上を歩いて準備に取りかかり――

それにしても、あのディードリッチがアナグラムを楽しむ人間だと知り、いまさらながら、なんとも興味深かった。そう言えば、あのころ、ディードリッチの机にクロスワードパズルの本があるのを見かけたが――

アナグラム？

アナグラム！　そうだ、そういうことか。〝リア・メイソン〟と〝サロミナ〟は〝モナ・リザ〟と同じアルファベットで表されるのだから、アナグラムだ。それと同じことだったのに気づかずにいたなんて、まったくどうかしている。

アナグラムというのは……

アナグラムというのは……

「自分の彫った像に〝H・H・ウェイ〟という名を刻むことで、ハワードはつぎの戒律を破りました。〝汝の神エホバの名をみだりに口にあぐべからず〟。そしてこれは、罪深い病に冒されながら……実に興味深い例です。ハワードはここで秘教に少し目を配り……魔術的な神智学者……特に聖典のひとつひとつの文字、語、数、抑揚に隠された意味があると信じていました……そして、H・H・Wayeという名を構成する文字を考えれば、それがYahwehの綴り替え《アナグラム》であることがおわかりになるでしょう」

H・H・Waye――Yahweh。アナグラム。何番目かはともかく、これはハワードの棺に打ちこまれた十本の釘のひとつだ。

頭のなかで小刻みなうずきが起こりはじめたのがわかる。小うるさい脈拍と同じものだ。いったいなぜ興奮する？　苛立たしい思いで、脈拍に問いかける。つまり、ディードリッチは手すさびにアナグラムを楽しんだ。アナグラムで知的欲求を満足させた。そして、運悪くハワードもそうだった。

運悪く……。

エラリイは自分自身に本気で腹を立てた。

ひとつ屋根の下で、ふたりの男がどちらもアナグラム好きということはありうるだろうか。

ありうるとも。ひとつ屋根の下で、ふたりの男がどちらもバーボン好きなのと同じだ。とにかく、そうだった。とにかく、ハワードはディードリッチの影響で興味を持ったのだろう。それにしても、いまここで脳みそを絞って何をひねり出すつもりだ?

エラリイは自分に憤った。

事件は終わった。結論には一分の隙もなかった。この愚か者。事件のことも、一年前に死んで葬られた人たちのことを思い悩むのもやめて、仕事にもどれ。

だが、クイーン氏の頭脳が生み出す考えは、ことごとくアナグラムを中心にまわった。

十分後、エラリイはふたたび机の前にすわって爪を嚙んでいた。

それにしても、もしハワードがディードリッチの影響を受けていて、そろってアナグラムを楽しんでいたのなら——そもそもアナグラムをたしなむ男なら——〝リア〟や〝サロミナ〟という愛称について、なぜ〝どこからそんな名を思いついたんだ⁉〟などと書いたのか。

そのふたつの名前がハワードの頭を悩ませていた。ハワードは気にかけていた。それなのに、ずっと名前の由来に気づかなかった。アナグラム好きのエラリイは五分足らずで突き止めたのに。

えい、ばかばかしい！

エラリイはまた仕事にかかろうとした。

そして、また失敗した。

コンヘーヴンへ長距離電話をかけたのは、十時を数分まわったころだった。

電話をかけるだけだ、とエラリイは自分に言い聞かせた。そうしたら仕事にもどれる。

「〈コンヘーヴン探偵社〉です」男の声が聞こえた。「バーマーが承ります」

「ああ、もしもし」エラリイは言う。「エラリイ・クイーンという者ですが、実は——」

「ニューヨークのエラリイ・クイーンさんですか？」

「そうです。実は、バーマーさん、以前手がけた事件で気になることがあって、念のためにちょっと調べていましてね。老婦人が揺り椅子と編み棒をほしがるようなものです」

「かまいませんよ、エラリイさん。なんでもしましょう」バーマーは気さくに言う。「うちが調査した事件ですか」

「ええ、まあ、ある意味ではね」

「どの事件ですか」

「ヴァン・ホーン事件です。ライツヴィルの。一年前でした」

「ヴァン・ホーン事件？　やあ、あれは驚きましたね。できればうちもかかわりたかった。そうすれば、あなたが載った新聞のスペースの片端にでも割りこめたのに」バーマーは笑い声をあげ、率直な胸の内を見せた。

「でも、そちらもかかわっていましたよね」エラリイは言う。「いえ、事件の本筋とはちがいますが、ディードリッチ・ヴァン・ホーンの依頼で調査をして――」

「だれに頼まれて調査をしたと？」

「ディードリッチ・ヴァン・ホーンですよ。ハワード・ヴァン・ホーンの父親です」

〝今回はコンヘーヴンにある評判のいい探偵社にまかせた〟

「殺人犯の父親ですか。エラリイさん、だれがそんなことを言ったんですか」バーマーは驚いているらしい。

「本人ですよ」

「だれですって?」

「殺人犯の父親です。こう聞きましたよ。〝今回はコンヘーヴンにある評判のいい探偵社にまかせた〟と」

「そうですか。うちじゃありませんね。ヴァン・ホーン家とはまったくお付き合いがないんですよ、残念ながら。ボストンの探偵社のことかもしれませんね」

「いえ、コンヘーヴンと言っていました」

「わたしたちのどっちかが酔っぱらってるんですよ! 何を調査することになってたんですか」

「息子のほんとうの両親の所在です。つまり、ハワードの」

〝何分か前にコンヘーヴンから電話があった。探偵社の社長からだ。すっかり突き止めたと……〟

「わけがわかりません」

「あなたはそちらの探偵社の代表ですよね」

「そうですよ」

「去年の代表はだれですか」

「わたしです。わたしの会社です。十五年前からここで営業してます」

「おそらく、調査員のひとりが――」

「わが社の調査員はひとりだけでしてね。それがわたしです」

エラリイは黙した。

やがてこう言う。「ああ、そうなんですね。けさはどうも頭が働かなくて。コンヘーヴンにある別の探偵社はなんという名前のですか」

「コンヘーヴンに別の探偵社はありませんよ」

「去年の時点では？」

「去年の時点でも」

「どういうことですか」

「コンヘーヴンにある探偵社は、これまでずっとうちだけです」

エラリイはまた黙した。

「いったいどういうことですか、エラリイさん」興味をそそられたバーマーが尋ねた。

「わたしでお役に立てるなら……」

「ディードリッチ・ヴァン・ホーンと話したことはないんですね」

「一度も」

「仕事を頼まれたことも？」

「もちろん」

エラリイが黙すのはこれで三度目だった。

「もしもし、そこにいらっしゃいますか」バーマーが呼びかけた。

「はい。バーマーさん、教えてください。ウェイという名を聞いたことがありますか。ウェイですよ。アーロン・ウェイ。マッティ・ウェイ。フィデリティ墓地に埋葬されています」

「いいえ」

「サウスブリッジ医師も？」

「サウスブリッジ？　いいえ」

「ありがとう。お手数をおかけしました」

エラリイは電話を切った。数秒待ったのち、思いきってラ・ガーディア空港の番号をダイヤルした。

2

午後のまだ早い時刻、エラリイはライツヴィル空港で飛行機をおり、管理棟を突っ切ってタクシー乗り場へと急いだ。

コートの襟を立て、帽子のつばをしきりに引きさげる。

こっそりとタクシーに乗った。

「図書館へ。ステート街だ」

《ライツヴィル・レコード》紙の社屋は避けたい。

ライツヴィルは八月の陽光のなかでうたた寝をしていた。ステート街ではニレの並木の下を数人がぶらつくだけだ。郡裁判所の階段では、ふたりの警官が首の汗をぬぐっている。ひとりはジープだった。

エラリイは震えた。

「公共図書館ですよ、だんな」タクシーの運転手が言った。

「ここで待っていてくれ」

エラリイは図書館の前の階段を駆けあがったが、入口のホールで歩をゆるめた。帽子をとって、重い足どりで剝製のワシの前を過ぎ、あけ放たれたドアからミス・エイキンの領地へ足を踏み入れてからは、熱帯無風帯にしばしの涼を求めて訪れた町の住人のふりをする。ミス・エイキンがいないことを願う。だが、そこにいた――昔と変わらぬとがった顔立ちの妖女ゴルゴンだ。本の返却が三日遅れた罰として、十一歳ぐらいの怯えた様子の少女に一冊六セントの罰金を課していた。ミス・エイキンが抽斗をあけながらうさんくさそうに顔をあげたが、コートに身を包んだエラリイはハンカチで顔を拭きつづけ、そのまま顔を拭きながらミス・エイキンの机を通り過ぎて、斜めに伸びた廊下へ進んだ。

ハンカチをポケットに突っこみ、〈定期刊行物閲覧室〉のドアへとすばやく歩いていく。定期刊行物の司書の机にはだれもいなかった。部屋にいるのはひとりだけで、若い女が《サタデー・イブニング・ポスト》誌のバックナンバーの束に突っ伏して、元気な寝息を立てていた。

エラリイは《ライツヴィル・レコード》紙の綴じこみのあるところへ忍び足で近づいた。一九一七年と記された重い巻を引っ張り出すと、細心の注意を払って、眠れる美女の前を通り、書見台でそっと開いた。

〝夏の激しい雷雨……〟

けれども、エラリイは春から調べようと思い、四月の号から取りかかった。

地元の医師が分娩の世話をして帰る途中に馬の暴走事故で死んだという記事は、一九一七年のライツヴィルの主要新聞の第一面に載ったにちがいない。それでも、エラリイはすべての紙面に目を走らせた。さいわい、当時の《レコード》紙はたったの四面だった。ついでに《アン・パサント》、各号の死亡記事欄も見た。

十二月の半ばまで来たところでエラリイはあきらめ、綴じこみをもとの場所へもどしてから、雑誌の上で威勢よく寝息を立てる若い女を残し、〝通行禁止〟とはっきり書かれた横側のドアを通って、ライツヴィル公立図書館から抜け出した。

ひどく気分が悪かった。

エラリイは震える手をポケットに入れ、アッパー・ホイッスリング街へ重い足を向けた。〈州北部電話局〉の入口で心を鎮めようとしたが、しばらく時間がかかった。

やがて中へはいり、局長と面会したいと告げた。

その職員にどんな話をしたのかはっきり思い出せないが、それは作り話で、それによって探し物を手に入れた。一九一六年と一九一七年のライツヴィルの電話帳だ。

一九一六年の電話帳にサウスブリッジという名が載っていないとわかるまで、きっかり二十五秒だった。

一九一七年度版にも載っていないとわかるまで、さらに二十秒かかった。エラリイは不安に満ちた目つきで、ほかの電話帳を見せてくれと言った。一九一四年、一九一五年、一九一八年、一九一九年、一九二〇年。

どれにもサウスブリッジという名はなかった。医師であれ、ほかの職業であれ。

エラリイは体調不良をはっきり感じながら、帽子へ手を伸ばした。

広場を避けて進んだ。代わりにアッパー・ホイッスリング街を通って、ジェズリール横丁とロワー・メインを抜け、スローカム街へ向かった。スローカム街に着くと、長い一街区を急いで歩き、ワシントン街へはいった。

ローガンの店はハエがうるさく飛んでいた。スローカム街とワシントン街の交差点は閑散としている。これ幸いと、エラリイはワシントン街を渡ってプロフェッショナル・ビルディングへ飛びこんだ。隣の〈ライツヴィル生花店〉にアンディ・バイロベティアンの片腕とアルメニア人らしい端整な顔がちらりと見えたが、いまは花やアルメニアに心を寄せている場合ではなかった。

エラリイはプロフェッショナル・ビルディングの幅広い木の階段を踏みしめてあがり、年代物の踏み板のきしみに神経をとがらせた。

階段をのぼりきった右側に懐かしい看板があった。

医学博士　マイロ・ウィロビー

エラリイは笑みを作り、深く息をついてから中へはいった。

診察室のドアは閉まっていた。

顔が黄色く、目に苦痛をたたえた農夫が椅子にすわっている。

若い妊婦が夢心地のまなざしで別の椅子にいる。

エラリイも腰をおろして待った。以前と同じく、不恰好な緑の張りぐるみのソファーや椅子、カリアー&アイヴズ印刷工房の色褪せた石版画、頭上で音を立ててまわる古びたファンがある。

診察室のドアがあき、待っている女ほど若くない別の妊婦が、顔を輝かせながらよたよたと出てきた。そして、ウィロビー老医師も現れた。歳をとったものだ。干からびている。しぼんでいる。鋭かった眼光が鈍り、まぶたが垂れている。医師は一瞬、エラリイを疑わしげに見てから言う。「あと二、三分で呼びますから」そして、もうひとりの女にうなずいた。

その女が立ちあがり、茶色の袋に包んだ小さな品をつかんで診察室へはいったあと、ウィロビー医師がドアを閉めた。

女がその袋を持たずに現れ、ウィロビー医師は農夫に手招きをした。

農夫が出てきたので、エラリイは診察室へ足を踏み入れた。

「ぼくを覚えていらっしゃらないんですね、ウィロビー先生」

老医師は鼻の上の眼鏡を押しあげ、しげしげと見た。

「なんとまあ、クイーンくんじゃないか！」

医師の手は柔らかくて湿っぽく、震えていた。

「去年、町に来ていたらしいな」そう言って、ウィロビー医師は楽しげに椅子を引き寄せる。「あの恐ろしい事件が報道されるずっと前から。なぜ顔を見せてくれなかったんだね。ハーミー・ライトがへそを曲げていたよ。わたしも心外だった」

「町には九日しかいなかったんですよ、先生。それに、あれこれ忙しくて」エラリイはうっすらと笑みを浮かべた。「イーライ判事はお元気でしょうか。クラリスは？」

「歳をとったよ。だれもかれもな。ところで、この町でいま何を？　まあ、それはどうでもいい。さっそくハーマイオニーに電話して――」

「いいえ、どうぞおかまいなく」とエラリイ。「せっかくですが、きょうだけしかいられないもので」

「事件かね」医師はいぶかしげな目を向ける。

「ええ、はい。実はそうでして」エラリイは笑った。「おそらく、お尋ねしたいことがなければ、今回も素通りして無礼を働くところでした」

「そうしていたら、生きているわたしには二度と会えなかったろうな」医師は小さく笑った。

「どういうことですか」

「なんでもない。いつもの冗談だよ」

「お加減が悪いんですか」

「人からよくそう訊かれるが」ウィロビー医師は言った。「そのたびにヒポクラテスの箴《しん》言《げん》を思い出すよ。〝老人は若者よりかかる病が少ないが、その病から逃れられない〟。なに、そんなことはいい。問題は、たいした仕事をしていないことだ。手術ができなくてな……」ひどくたるんで腐ったかのような、血色の悪い皮膚。水気を絞られて縮んだように見える体の各部分。癌か？「何を知りたいのかね、クイーンくん」

「一九一七年の夏に事故で亡くなった男のことです。名前はサウスブリッジ。心あたりがありますか」

「サウスブリッジ」医師は眉根を寄せた。

「亡くなった人も含めて、ライツヴィルのだれよりも多くの住民のことを先生はご存じでしょう。サウスブリッジです」

「サウスブリッジという一家がスローカムで貸し馬車屋をやっていたのが、たしか一九〇六年ごろ――」

「いえ、この人はサウスブリッジという名の医者です」

「医者?」ウィロビー医師は驚いたようだった。

「はい」

「開業医かね」

「そうだと思います」

「サウスブリッジ医師……。ライツヴィルで開業していたとは思えんな。それを言うなら、郡全体でもだ。いたらわたしの耳に届いたはずだよ」

「ぼくが聞いた話では、その人はライツヴィルで開業していました。産科などの診療で」

「何かのまちがいだろう」老医師は首を左右に振った。

エラリイはゆっくりと言った。「そのようですね、ウィロビー先生。電話を貸していただけませんか」

「いいとも」

エラリイは警察本部へ電話をかけた。

「ディキン署長を……ディキンさんですか。エラリイ・クイーンです……。はい、もどってきました……。いいえ、きょう一日だけです。お元気ですか」

「絶好調だとも」ディキン署長が明るい声で言った。「こっちへ立ち寄ってくれよ」

「ディキンさん。そうもしていられないんです。とにかく時間がなくて。ひとつうかがいますが、コンヘーヴンのバーマーという人物について何かご存じですか」

「バーマー？　探偵社をやっている男かな」

「そうです。評判はどうでしょう。正直な男ですか？　信頼できますか？」

「うん、そうだな、はっきり言って……」

「はい」

「この州でわたしが迷わず信頼できる私立探偵はバーマーだけだ。十四年前からの知り合いだよ、クイーンくん。あの男と仕事をしようと考えているなら、第一級の人物だと保証するよ。約束をたがえない男だ」

「ありがとうございます」

エラリイは電話を切った。

「ジョージ・バーマーはわたしの患者だよ」ウィロビー医師が言った。「わざわざコンヘーヴンからかよってくる。痔があってな」

「信用できる男だと思いますか」

「ジョージのことなら一も二もなく信用するよ」

「それでは」エラリイは立ちあがった。「先生、そろそろおいとまします」

「こんなに早く帰るのは許さんぞ」

「ぼくも自分をけっして許しませんよ。先生、どうぞお大事に」

「わたしは万物の大いなる癒し手から治療を受けているさ」ウィロビー医師は微笑んで握手した。


エラリイはワシントン街を広場へ向かってのろのろと歩いていった。

ディードリッチ・ヴァン・ホーンは嘘をついていた。

去年の九月、ディードリッチ・ヴァン・ホーンは事の顛末を長々と語って聞かせたが、それはすべて嘘だった。

信じられない。だが、現実だ。

なぜだろう。赤ん坊のときから大切に育てた養子に対して、存在もしない両親をなぜでっちあげたのか。

待てよ。

ひょっとしたら、マッティとアーロンのウェイ夫妻というのは……。何か別の形で説明できるのかもしれない。

エラリイはホリス・ホテルの前に停まっていたタクシーにすばやく乗って、大声で言った。

「フィデリティ墓地へ」

3

エラリイは運転手を待たせておいた。

石塀を乗り越え、雑草が生い茂る墓地を早足で進んでいく。日が傾いている。

少し探し、ふたつ並んだその墓を見つけた。低い墓石は、どちらもほとんど下草に隠れていた。

エラリイは膝を突いて、雑草を掻き分けた。

AARON AND MATTIE WAYE

文字は柔らかくて砕けやすい石に刻まれていた。

AARON AND MATTIE WAYE

その名前をじっくり観察した。

それはどこか妙だった。しかし、それを言うなら、墓地全体が妙だ。一年前、エラリイがここに来たのは、夜の嵐が吹き荒れて静まるころだった。煙草のライターの揺らめく火で墓石を調べ、銘がゆらゆらと踊って見えたものだ。

前へ身を乗り出した。

文字のひとつがどうもおかしい。

妙に感じたのはこのせいだった。断じて、薄暗さによる目の迷いでも記憶が混乱しているのでもない。

最後の文字だ。

ＷＡＹＥのＥが、ほかの文字と彫られ方がちがう。それはあまり深く刻まれていなかった。職人の手によるものには見えない。よく観察すると、ほかの文字にないぎこちなさや乱れが見てとれる。最後のＥを見れば見るほど、ちがいが際立った。輪郭にほかよりも鋭さがある。それどころか、ずいぶんとがって見えた。

エラリイは完璧を期す性格なので、墓からドクムギを引っこ抜いて、先端部分をむしりとり、残った茎を物差し代わりにして、墓石の左端からＡＡＲＯＮのＡまでの長さを測った。そして、長さを親指の爪で正確に茎に刻みつけてから、その緑の物差しを墓石の右端に当てた。

ＷＡＹＥのＥから右端までの長さは、左端からＡＡＲＯＮのＡまでより短かった。

まだ満足できず、エラリイは親指を墓石の右端にあてて、ドクムギの先端がどこまで届くかを調べた。

先端はＷＡＹＥのちょうどＹのところに達した。

エラリイはこの結果から目をそらそうとつとめた。しかし、逃れようがなかった。

墓石を仕立てた石工は、もともとこう彫っていた。

ＡＡＲＯＮ　ＡＮＤ　ＭＡＴＴＩＥ　ＷＡＹ

ずいぶんあとになってから、別の人間がEを加えた。

それが事実だ。

エラリイは草を捨てて、周囲を見まわした。近くの伸び放題の草むらに、ひび割れた石のベンチがある。

そこまで歩いていき、腰をおろして草を嚙みはじめた。


「ねえ、だんな」

エラリイははっと気づいた。墓地が消え、自分は濃い闇のなかですわっている。前方で黄色の奇妙な円錐形が暗闇を裂く。

コートの内側で身を震わせた。

「だれだ」エラリイは言った。「見えないんだ」

「てっきり、あたしのことなんか忘れたのかと思いましたよ」その男の声が聞こえる。

「でも、払うものは払ってもらいますよ、だんな。代金をね。メーターはずっと動いてました。待ってろと言ったでしょう」

いまは夜で、自分はまだフィデリティ墓地の壊れた石のベンチにいる。そして、この男はタクシーの運転手で、懐中電灯を手にしている。

「ああ、そうだった」エラリイは言った。立ちあがって伸びをする。体の節々がこわばって痛むが、胸中には伸びをしても治らない別の痛みがあった。「もちろんわかっているさ。かかったぶんは払う」

「忘れられたのかと思いましたよ、だんな」運転手は言ったが、こんどは口調が穏やかだ。「足もとに気をつけて。さあ、あたしが懐中電灯で照らしますから。お先にどうぞ」

エラリイは荒れた墓地を石塀まで歩いた。塀を乗り越えるとき、墓地の入口がついにわからずじまいだったと自嘲気味に思った。

かつて、この道が……

「おつぎはどこです、だんな」タクシーの運転手が尋ねた。

「えっ？」

「どこへ行くのかって訊いたんですよ」

「ああ」エラリイはタクシーの座席にもたれた。「ヒル通りへ頼む」

フィデリティからヒル通りへ出るには、途中でかならずノース・ヒル通りを抜けることになるので、エラリイは待った。

見覚えのある大理石の柱が並ぶ前を通りかかるや、エラリイは身を乗り出した。

「いま通っているここはどこかな」

「はあ？　ああ、ヴァン・ホーン家の地所ですよ」

「ヴァン・ホーン。へえ、そうか。思い出したよ。屋敷はまだ使われているのかな。住人は？」

「もちろん使われてますよ」

「ヴァン・ホーン兄弟がまだ住んでいるのか。ふたりとも？」

「そうですよ。それと、あの老婦人も」運転手が座席で体をひねる。「あそこは荒れ果てましたな。まったくひどいもんです。ディードリッチ・ヴァン・ホーンの奥方が殺されてからですよ。去年のことでした」

「そうだったかな」

「そうですよ。ディードリッチさんはすっかり参っちまいましてね。自分の母親より老けこんで、母親のほうは神さまより歳をとったって話ですよ。息子が死んだのがこたえたらしい。ハワードって名前でね。彫刻家でした」運転手はまた体をひねり、声を落とした。

「実は、奥方をやったのはハワードなんです」

「ああ、そうらしいね。新聞で読んだ」

運転手は前へ向きなおった。「その後、ディードリッチ・ヴァン・ホーンはまったく姿を見せません。前はこの町を牛耳ってたのに。いまは弟が全部やってますよ。ウルファートっていうんですがね。ディードリッチは屋敷にこもりきりです」

「なるほど」

「まったく、とんでもない事件でしたよ。ええと、ここでノース・ヒル通りからヒル通りに変わります。ヒル通りのどのへんへ行きますか、だんな」

「すぐそこの家でいい」

「ウィーラーさんとこですか。わかりました」

「中まではいらなくていいよ。そこの歩道でおりる」

「かしこまりました」タクシーが停まり、エラリイがおりる。「あれあれ、メーターの金額が中国の戦債並みだ」

「ぼくがいけないんだ。さあ、これをとってくれ」

「こりゃ、どうも。ありがとうございます！」

「助かったよ。待たせてすまなかった」

運転手はギアを入れた。「かまいませんよ、だんな。墓地へ行くと、時が経つのをいくぶん忘れるもんです。けっこうなことじゃないですか」

運転手が声をあげて笑い、タクシーは丘をくだって走り去った。

テールライトがカーブでまたたいて消えるまで、エラリイは待った。

それから、坂道をのぼってノース・ヒル通りへと引き返した。

4

エラリイが二本の石柱のあいだを抜けて私道を歩きはじめたとき、月がのぼっていた。

以前はここにいくつも明かりがあったものだ、と思い起こす。

いまはまったくない。

それでも月は明るく、足もとの危ない道を進むにはありがたかった。記憶にある優雅でなめらかな路面は、轍と窪みと瓦礫に変わっている。糸杉とイチイの並ぶ道を通り、丘の頂への螺旋ののぼり坂がはじまるあたりで、エラリイは両脇の木々のあいだに配された珍しい低木のたぐいが無節操にはびこる植物に埋もれつつあるのに気づいた。

たしかに荒れ果てている、と思った。

まさしく廃墟。あたり一帯が廃墟だ。

母屋の正面は暗かった。建物の北側も同じだ——北側のテラス、整形庭園、ゲストハウス。

エラリイはテラスをまわって、庭園とプールへ向かった。プールには水がなく、朽ちた葉が半ばまで埋まっていた。

ゲストハウスのほうを見やった。

窓に板が張られ、ドアに南京錠がかけられている。

庭園はもはや跡形もなく、雑草が伸び放題のまま見捨てられている。

エラリイは少しのあいだそこに立っていた。

やがて、用心しながら裏へまわった。

楔形の光が目を惹いた。エラリイは忍び足で近づき、厨房をのぞいた。

クリスティーナ・ヴァン・ホーンが流しにかがんで皿を洗っていた。年寄りらしく曲がったあの背中は見まちがえようがない。ところが、手から水をしたたらせながら一瞬振り向いた姿は、なんとクリスティーナではなくローラだった。

蒸し暑くさえ感じる夜だったが、エラリイは両手をポケットへ入れて、豚革の手袋にふれた。

ゆっくりと取り出してはめる。

それから、厨房の窓の下を裏手の壁伝いに進んだ。

向こうの角を曲がったところで立ち止まった。こちら側では一本の光の筋が闇を貫き、南側のテラスの鉄柵まで達している。

書斎の明かりだ。

エラリイは足を忍ばせて壁沿いに進み、テラスの段をあがった。

光の筋の外に立って、用心深く室内を見た。

カーテンがしっかり合わさっていない。

書斎の一角が見えるが、細長くてよくわからない。そのなかに、すわっているらしい男の顔の一部があった。

きわめて年老いた男、灰色のたるんだ肌を持つ男の顔の一部だ。

それを見ても、エラリイにはだれだかわからなかった。

けれども、ややあってその顔が少し動き、暗闇の割れ目に一方の目が据えられた。その目に見覚えがあった。大きくて深みのある、きらびやかで美しい目だ。それなら、いま見えているのはディードリッチ・ヴァン・ホーンだ。

エラリイは手袋に覆われた指関節をフレンチドアの手近なガラスにあて、こつこつと叩いた。

その目が動いて視界から消えた。もう一方の目が現れる。エラリイへ視線を向けている。あるいはそう見える。

エラリイはもう一度叩いた。

横へ体をずらしたそのとき、ほとんど使われていない車輪の発するような耳障りな音が中から聞こえた。

「だれだね」

その声は顔の断片に劣らず異様だった。年老いた灰色の声だ。

エラリイはフレンチドアに口を近づけた。

「クイーンです。エラリイ・クイーン」

取っ手をつかみ、まわして押す。

錠がかかっていた。

エラリイは取っ手を揺り動かした。「ヴァン・ホーンさん！　あけてください」

鍵が錠に差しこまれる音が聞こえ、エラリイはあとずさった。

ドアがあいた。

その向こうに、車椅子にすわったディードリッチがいた。黄色い毛布を肩にかけ、両手で車輪をしっかり握っている。エラリイをもっとよく見ようとするかのように、顔をしかめて目を凝らす。

エラリイは中へ足を踏み入れてフレンチドアを閉めると、鍵をかけ、カーテンを引いて合わせた。

「なぜもどってきたのかね」

そう、母親と同じ程度に老いている。いや、それ以上だ。頑健さがすっかり失われ、骨格さえ崩れている。薄汚れた色の白髪はまばらで、死んだように垂れさがっている。

「そうするしかなかったからです」エラリイは言った。

書斎は記憶しているとおりだった。机、ランプ、本、肘掛け椅子。ただし、以前より大きく見えた。ディードリッチが小さくなったからだ。

この男が縮んで死ねば、部屋はあらゆる方向へ拡張し、ふくらみすぎた石鹸泡のように、跡形もなくはじけて消えるのではないか。

車輪がきしむ音に首をめぐらすと、車椅子のディードリッチが書斎の中央、卓上ランプの明かりが届かない場所へ後退するのが見えた。脚だけに照明があたり、あとは暗がりに隠れている。

「そうするしかなかった？」暗がりからディードリッチの声が響く。困惑しているらしい。

エラリイは回転椅子に腰をおろし、ぐったりと背を預けた。コートが乱れたままで、帽子もとらず、手袋をはめた手を肘掛けに置く。

「そうです、ヴァン・ホーンさん」エラリイは言った。「というのも、けさ、スモーキング・ジャケットのポケットにハワードの日記帳の切れ端を見つけ、裏ページに書いてあったものをはじめて読んだからです」

「帰ってもらえないかな、クイーンさん」ディードリッチの幽霊の声が聞こえた。

エラリイはかまわず言った。「ヴァン・ホーンさん、あなたがアナグラム愛好家であることを発見しましたよ。ぼくは〝リア・メイソン〟や〝サロミナ〟について知りませんでした。あなたがそういう考え方をするとは知りませんでした」

車椅子は動かない。しかし、その声は強くなり、ぬくもりが感じられた。「すっかり忘れていたよ。サリーにはかわいそうなことをした」

「ええ」

「ところで、そんな〝発見〟のせいで、わたしに会いにわざわざここまで来たのかね、クイーンさん。ずいぶん親切だな」

「ちがいます。ヴァン・ホーンさん、それを発見したので、ぼくは〈コンヘーヴン探偵社〉に電話をかけたんです」

車輪がきしみをあげた。

だが、声はこう言う。「ほう、そうか」

「そして、電話のあと、飛行機でやってきました。ヴァン・ホーンさん」エラリイは回転椅子にいっそう深く身を沈めた。「ぼくはフィデリティ墓地へ行ったんですよ。アーロンとマッティのウェイ夫妻の墓石をじっくり見てきました」

「あの人たちの墓石をか。まだあそこにあるのかね。人は死に、石は残る。不公平だと思わないか、クイーンさん」

「ヴァン・ホーンさん、あなたはハワードの両親の消息を〈コンヘーヴン探偵社〉に調べさせたりしなかった。ハワードが赤ん坊だったころ、あなたの言ったファイフィールドに両親を探させたのはほんとうでしょう。しかし、成果がまったくなかったので、それで打ち切りにした。そこから先はあなたの捏造です。

ウェイ夫妻の墓を見つけたのはコンヘーヴンのバーマーではなく、あなたですね、ヴァン・ホーンさん。ハワードの誕生物語を伝えたのはバーマーじゃない。あなたが話を作ったんです。ハワードの両親がだれなのか神のみぞ知るところですが、ウェイ夫妻じゃない。サウスブリッジ医師とやらは実在しなかった。何から何まで、空想の産物です。まずあなたは、〝WAY〟の墓石によけいなEを刻みつけて〝WAYE〟にした。あなたはハワードに偽の両親を与えたんですよ、ヴァン・ホーンさん。そして、偽の名前をハワードに授けた」

車椅子の男は無言だ。

「では、なぜあなたはハワードに偽の名前を授けたのでしょうか。

それはですね、ヴァン・ホーンさん」エラリイはつづける。「偽の名前が――はじめはなかったeを足したWayeが――ハワード・ヘンドリックの頭文字H・Hと合わさると、H・H・Wayeとなります。eを足して、去年ぼくが華々しく披露していまや世界的に有名となった分析に従えば、それはYahweh（ヤハウェ）のアナグラムになるんですよ、ヴァン・ホーンさん。これによって、ハワードは十戒のひとつを破ったことになりました。〝汝の神エホバの名をみだりに口にあぐべからず〟です」

ディードリッチが言った。「わたしは以前のような人間ではないのだよ、クイーンさん。まるでおどかすように辛辣なことを言うが、わたしにはわけがわからない。なんの話をしているのか」

「あなたの記憶が抜け落ちているなら」エラリイは言った。「思い出させてあげましょう、ヴァン・ホーンさん。あのとき、ハワードに姓だけを伝えて名前を教えなければ、養子に迎えられたときの洗礼名ハワード・ヘンドリックをそのまま使うしかないことをあなたは知っていました。また、ハワードが自分の作品にかならず〝H・H・ヴァン・ホーン〟と署名していたのも知っていました。となると、真正とされるウェイという姓を使う場合、ハワードは当然〝H・H・ウェイ〟――eのあるWaye――と署名するはずです。そして、ハワードは彫像制作の大仕事に取り組んでいましたから、作品の原型にはおそらく〝新しい〟名前を刻むでしょう。

しかし、仮にハワードがそうしなかったとしても、あなたがすることもできたんですよ、ヴァン・ホーンさん。というのも、ハワードが記憶喪失に陥っているあいだ、あなたは絶好の機会に恵まれていたんですから。あなたが〝H・H・ウェイ〟――eのあるWaye――と彫ったとしても、それはハワードが記憶喪失のさなかにしたことと見なされるはずです。ハワード自身も含めて、だれがそれを否定できるでしょう？　どちらになっても、あなたは目的を果たせたんですよ。

結果としては、ご存じのとおり、ハワード自身が原型のひとつと多くのスケッチに〝H・H・ウェイ〟と署名しました」

「何を言われているのか、まったくわからない」ディードリッチは車椅子で力なく言った。たるんだ皮膚に血管が浮いた大きな手を目もとへやる。「神の名にかけて、わたしがなぜそんなことをするというのか」

「神の名を簡単に持ち出すんですね、ヴァン・ホーンさん」エラリイは言う。「あのときのあなたと同じですよ。なぜあなたはそれをしたのか。それは、神の名をアナグラムにした罪をハワードにかぶせるためです」

ディードリッチは沈黙した。

それでも、やがてこう言った。「こんな仕打ちを受けるとは、とうてい信じられない。きみは本気で言っているのかね――つまり――神の名をアナグラムにした罪をハワードに負わせるだの、そのためにハワードの出生のいきさつをでっちあげるだのと。そんな荒唐無稽な話は聞いたことがない」

「そう、荒唐無稽です」エラリイは言った。「しかし、現実に起こりました。そう考えるしかありません。ほかに説明のしようがないんです。あなたはハワードの両親のことで嘘をつき、フィデリティ墓地で苗字のあとにeの字を刻んで付け足しました。その文字からぼくは神の名のアナグラムを思いつき、それを手がかりとして、ハワードが十戒のひとつを破ったと断じた。おっしゃるとおり、荒唐無稽です。ありえないほど現実離れしている。それでも、実際に起こったのですよ、ヴァン・ホーンさん。人間の本質を恐ろしいほど的確に見抜く力と、途方もない想像力をあなたがお持ちだからです。そしてヴァン・ホーンさん、あなたが相手にしていたのは、荒唐無稽な話や現実離れした出来事に魅せられる男だった。ぼくが求めるものを見抜いていたんだ！」

珍しく激したエラリィは半分腰を浮かせたが、すぐに深々とすわりなおした。ふたたび話しはじめたときは、静かな口調にもどっていた。

「ヴァン・ホーンさん、あなたは荒唐無稽な結末をめざす必要があったが、用いる手立ては現実的で、あたりまえで、理にかなったものでした。あなたの計画では、神の名のアナグラムをハワードに思いつかせなくてはならなかった。となると、どの名前にするかを決めなくてはならない。候補はふたつに絞られたと思います。Ｊｅｈｏｖａｈ（エホバ）とＹａｈｗｅｈ（ヤハウェ）。でも、Ｊｅｈｏｖａｈのほうはうまくいきませんでした。Ｊｅｈｏｖａｈから頭文字になるふたつのＨを抜くと、残るのはｊｅｏｖａで、もっともらしい姓に綴り変えるには無理があります。一方、Ｙａｈｗｅｈなら、ふたつのＨをとった残りはｙａｗｅで、Ｗａｙｅ（ウェイ）というじゅうぶん無理のない姓を作れます。あとはウェイという夫婦の墓を見つけるだけでいい。急ぐなら女ひとりの墓でもいいが、夫と妻がそろっているほうが望ましい。場所はライツヴィルの町かその周辺、またはスローカムかコンヘーヴン、さらには郡のどこか、州のどこかでもいい。ウェイという姓を持ち、ハワードの誕生日よりあとに死んで、遺族がいない人間を探すわけです。

あなたはＷａｙｅを見つけられなかったが、Ｗａｙなら見つかった。Ｗａｙはアングロサクソン起源の単語です。ニューイングランドはだいたいがイギリス系の人間ですから、Wayがひとりも見つからないはずがなく、よりどりみどりだったでしょう。アーロンとマッティのウェイ夫妻についてですが、あなたはこの夫妻の身の上もでっちあげたんでしょうね。あるいは、あなたが言ったとおり、貧しい農民だったのかもしれません。それはあまり重要なことではありません。あなたは目的に合わせて事実を形作ることができたし、事実に合わせて手段を講じることもできた。あれこれ細工する余裕がたっぷりあった」

腹部の痛みは消えていたが、寒けはまだ覚えている。エラリイはヴァン・ホーンへ目を向けなかった。

車椅子の老人は言った。「クイーンさん、きみは何を証明したいんだね。こんな――こんなくだらん話で」

「つまりこうです」エラリイは言った。「ハワードは十の戒律のすべてを破ったわけではなかった。いまの段階で言えるのは、十戒のうち、ハワードが破ったとされるものの少なくともひとつについては、実はハワードのしわざではなく、あなたのしわざだったとぼくが知っているということですよ、ヴァン・ホーンさん。

そこで、きょうの夕暮れどき、フィデリティ墓地にすわってぼくは自分にこう問いかけました。ハワードが十戒のひとつを破らなかったのなら、ほかのいくつかの戒律も破らなかったのではないか、と」

5

ディードリッチが激しく咳きこんだので、車椅子が揺れた。背をまるめ、血走った目で机のほうを懸命に指し示す。

机に銀の水差しがあったので、エラリイはすばやく立ってグラスに水を注ぎ、咳をしている老人のもとへ急いだ。唇にグラスをあてがう。

ようやくディードリッチは言った。「ありがとう、クイーンさん」そこでエラリイはグラスを机にもどし、もう一度すわった。

ディードリッチの大きな顎が胸に載って動かない。目が閉じられ、眠っているように見える。

それでも、エラリイは言った。「ぼくは新たな疑問を自分に投げかけました。ハワードが犯したとぼくが思っていた十の罪のうち、ほんとうに犯したものはどれか、と。そのように見せられた罪ではなく、そう仕向けられた罪ではなく、押しつけられた罪ではなく——

——ハワードみずからが直接犯した、自由意志による罪です。あなたにはおわかりでしょうか」エラリイは笑みを浮かべた。「一年前のあの日、ぼくがハワードの頭の上に積みあげた十の罪のうち、いま確信をもって——もう手遅れではありますが——まちがいなくハワードが犯したと言いきれるのは、ふたつだけです」

まぶたが引きつった。

「ハワードがサリーを欲していたか、欲していると思いこんでいたのはまぎれもない事実です。ハワード本人から聞きました。また、ハワードがサリーと一夜をともにしたのも、まぎれもない事実です。ふたりから聞きました」

両手が小刻みに動いた。

「ですから、ハワードがふたつの戒律を破ったことがわかりました。〝汝の隣人の妻を貪るなかれ〟と〝汝、姦淫するなかれ〟です。

しかし、あとの八つはどうでしょう。神の名にまつわる戒律を破ったのは、ヴァン・ホーンさん、あなただとぼくが立証しました。まだ説明されていない七つの罪もあなたが犯したということはありうるでしょうか」

突然、エラリイは立ちあがった。ディードリッチの目が大きく開いた。

「ぼくは今夜、暗いフィデリティ墓地の壊れた石のベンチにいました。そして、ある種の地獄をくぐり抜けました。あなたを地獄の旅へお連れしますよ、ヴァン・ホーンさん。かまいませんか」

ディードリッチは口をあけた。もう一度何か言おうとして、しゃがれ声が出た。「わたしは老人だ。頭が混乱している」

だがエラリイは言った。「去年、ぼくはまずハワードが十戒を破ったことを立証しました。〝汝、わが面《かお》の前に、われのほか何物をも神とすべからず〟、そして〝汝、おのれのためになんの偶像をも彫《きざ》むべからず〟。ところで、ぼくの示した証拠はどんなことに基づいていたでしょうか？　ハワードが古代の神々の彫像を制作中だったことです。それは決定的な証拠でした――それ自体はね。でもヴァン・ホーンさん、そのことだけではじゅうぶんではありません。というのも、しっかり事実を照らし合わせればわかりますが、ハワードが古代の神々の彫像を作れるようにしたのはだれだったでしょうか？

あなたですよ、ヴァン・ホーンさん――あなたしかいません。資金調達運動で目標額にまったく届かなかったとき、ライツヴィル美術館設立委員会へ救いの手を差し伸べたのはあなたです。莫大な不足額を穴埋めするのと引き換えに、美術館の外にハワード作の彫像を飾る約束を取りつけたのはあなたです。資金援助の条件として、ハワードが作る彫像を古代の神々にすると決めたのはあなたです」

6

車椅子が後ろへさがり、ディードリッチがすっかり陰に隠れた。前にも同じ光景を見た気がして、エラリイははっとした。しかし少し経って、それは車椅子におさまる大きな影の塊が、遠く過ぎたあの夜にはじめて見た、庭園にすわる老女の影に似ているだけだと気づいた。

「それからぼくは、ハワードが〝汝、盗むなかれ〟の戒律を破ったと言いました。これについては、確固たる根拠があると思っていたんです。ハワードが二万五千ドルを盗んで、サリーの恐喝者に払うためにケトノキス湖でぼくに渡したという事実に、疑う余地などあったでしょうか。少しもありません。金はこの部屋の壁にある金庫から持ち出され、あなたのものでした。ぼくが五百ドル紙幣五十枚の通し番号のリストをあなたから預かり、ハワードから渡された五十枚の紙幣と照合したところ、番号は最後の一枚まで一致しました。いまごろなぜこんなことを蒸し返しているのか。あなたの金庫から金を盗んだことは、ハワード自身が認めたというのに。

それでも今夜あの墓地で、ぼくは自分にこう問いかけざるをえませんでしたよ、ヴァン・ホーンさん。ハワードがあの金を盗んだのは、もともと盗癖があったか、誘惑に屈しやすい性格だったからだろうか。それとも、ただならぬことが起こったせいでいつになく強い衝動が湧き起こり、ふだんはこうした誘惑と無縁であるにもかかわらず、盗まざるをえなかったのだろうか、と。そして、盗まざるをえない事情があったとしたら、その事情を作ったのはだれだったでしょうか、ヴァン・ホーンさん。

そして、これがぼくを事件の核心へと導きました」

ディードリッチは暗い繭のなかでうごめき、いまにも立ちあがりそうな気配を漂わせている。

「いまわかっているのは、咎《とが》があるとされたいくつかの罪について、ハワードは罠にかけられてそれを犯したということです。

そこで、ぼくは罠にかけた人物について考えました。

その人物を抽象的な存在として、数学の問題における一要素——未知数として考察したんです。ハワードは罠にかけられた。となると、罠にかけた者がいます。ぼくはさっそく自分にこう問いかけました。未知数とはいえ、この無視できない存在にはどれほどの重みがあるのか。この謎のX氏の値《あたい》は?

さて、破られた五つの戒律のうち、三つがXのしわざだとぼくにはわかりました。そうすると、X氏が悪者に見えてきます。ひどい悪者です。ぼくは去年ひとつの答に達しましたが、それはハワードが十戒を破ったというものでした。いまぼくは、それが重要な点でまちがいだったと知っています。Xはハワードが十戒を——少なくともぼくが検証した五つのうちの三つを——破ったと見せかける錯覚をうまく引き起こしたんです。だから、数学的に言えば、Xの値はこうでしょう——〝物事を巧みに操り、ハワードが十戒のすべてを破ろうとしたかのように見せかけた者〟。

しかし、だとしたら、X——つまりハワードを罠にかけた者は、何を知っていたんでしょうか。Xは基本的な事実として、ハワード自身がなんの誘導もなく、自分の意志でふたつの戒律を破ったことを知っていました。十戒と呼ばれる倫理規定に反するふたつの罪を犯したこと、と言ってもいい。策士Xはこれを知っていたはずですね、ヴァン・ホーンさん。というのも、仮に知らなかった場合、策士Xは十戒に基づくこの驚くべき計画をハワードの行動と関係なく編み出したことになるからです。そんなことはありえない。ハワードが人妻に恋慕して密通し、戒律を破ったからこそ、策士Xはハワードに十戒のすべてを破らせるという、より大がかりで壮大な筋書きを思いついたんです。あるいは、ひとつを除いたすべての戒律と呼ぶべきでしょうか、ヴァン・ホーンさん。しかし、一連の目くらましがそのひとつへ向かっていて、ぼくの推論はそこで最高潮に達します。順を追って話しましょう」

エラリイは自分が飲むための水をグラスに注いだ。口もとへ持っていく。けれども、ちらりとグラスを見たあと、唇がふれた部分を手袋の指で拭き、そのままグラスを下へ置いた。

「ハワードがサリーを欲し、その後思いをとげたことを、策士Xはどうして知りえたのでしょうか。方法はひとつしかありません。はじめはふたりだけ、ハワードとサリーしか知りませんでした。どちらも、打ち明けた相手はぼくだけです。そして、ぼくはだれにも言わなかった。ぼくたち三人のうちのだれか、特にハワードとサリーが四人目の人間に話すなど、何があろうと起こりえないことでした。あのふたりの口が固かったからこそ、厄介な事態になったのですから。ふたりに頼みこまれて、ぼくも沈黙を守らざるをえなくなりました。

では、策士Xはどうやって知ったのか。なぜわかったのか。露見するきっかけでもあったんでしょうか。

ありました! ハワードの恋情とふたりの密通の事実を記した記録。ファリシー湖での出来事のあと、ハワードが愚かにも書き綴った四通の手紙です。

結論ですか？　策士Xはその手紙を読んだのです。

ただし、ここは注目すべきところですよ、ヴァン・ホーンさん」エラリイは語気を強める。「というのも、ほかのだれかがその手紙を読み……その謎の人物が手紙の内容を知ったので、サリーを強請ることができた。いまぼくは、ほかのだれかと言いましたか？　ほかのだれかなどと言う必要はありません。こう言うべきなんです……策士Xが手紙を読み、恐喝者が手紙を読んだ。すなわち、策士Xが恐喝者である、と」

ディードリッチはエラリイが机に置いたグラスをじっと見ていた。グラスに心を奪われたように見える。

「ところで、ヴァン・ホーンさん」エラリイは震える声で言った。「そろそろ数学の記号を捨てて、人間の話にもどりましょう。策士Xとはだれでしょうか。ぼくはすでに証明しました。あなたですよ、ヴァン・ホーンさん。そして、Xイコール恐喝者である。したがって、ハワードとサリーを恐喝した人物はあなたです」

ディードリッチが頭をあげたので、顔全体が見えた。エラリイはその顔に浮かぶものを読みとり、いまためらえば戦いに負けるという気持ちに襲われて、さらに先を急いだ。

「今夜、あのベンチにすわって考えたなかで最悪のことはそれでしょうね、ヴァン・ホーンさん。去年、自分が輝かしい分析をし、無慈悲かつ完璧な推理でハワードに死の打撃をもたらしたことを思い出しましたからね。そして気づいたんですよ、ヴァン・ホーンさん」エラリイがそう言って鋭く冷たい視線を投げたので、部屋の向こうの大きなふたつの目がきらりと光った。「ぼくの推理は無慈悲ではあったが、完璧からはかけ離れていた。甘くて見かけ倒しだったばかりか、大きな穴を隠してしまった。恐喝者はだれかという きわめて重要な問題を、ぼくは無視していたんです。恐喝者はただの泥棒だろうという意見を何度も聞かされるうちに、愚かにも無意識のうちにそれを受け入れた。でも、そうではなかったんです。泥棒などいなかった。あなただったんですよ、ヴァン・ホーンさん。恐喝者はあなただった」

そこでことばを切ったが、ディードリッチが何も言わないので、エラリイは先へ進んだ。

「あなたはどのように恐喝者になったんでしょうか。とても単純ないきさつだったと思います。去年の五月か、六月のはじめ、あなたはサリーの漆塗りの宝石箱が二重底になっているのを発見した。そして四通の手紙を見つけた。偶然の成り行きだったのかもしれません。サリーの宝石を出し入れしていて、手から箱が落ち、二重底が開いて手紙が見えた。その手紙は隠してあったので――好奇心からか、妻のことにはなんでも夢中になるからか――つい読んでしまった。あるいは、読むつもりはなかったけれど、ほんの短い語句が目にはいったのかもしれない――封筒はなかったでしょうからね。それがある種の語句だったなら、きっと読んだでしょう。まちがいなく」

ディードリッチはなおも無言だ。

「秘密を知ったことを、あなたは息子と妻に言わなかった。そう、隠したんです。あのふたりは滑稽なほどあなたを見誤っていましたよ。あなたからはまったく疑われていないと何度断言したことか。なんという見当ちがい、子供じみた見当ちがいでしょう。何カ月も前から知られていたのに、感づかれまいとしていたんですからね。そして、あなたは何も疑わない無邪気な夫の役を実に巧みに演じました。けれども、あなたはずっと前から知っていて、ずっと前から機会をうかがっていた。事が発覚したら、あなたはだまって離婚して財産を分けてくれるだろうとサリーはぼくに言いました。

かわいそうなサリー」そう言ってエラリイは微笑を漂わせた。

そして話をつづける。「無垢で疑うことを知らない寝取られ男を演じつづけるため、そしてより大きな計画に欠かせない状況を作るため、あなたは宝石箱を中身ごと奪い、プロの泥棒がサリーの寝室にはいって中の宝石ほしさにその箱を盗んだと思わせる痕跡をでっちあげました。そして、宝石がさまざまな都市の質屋に流れるように抜け目なく手をまわしました。去年のあなたの行動を調べれば、緊急かつ重要な〝出張〟がいくつか見つかるはずです。もちろん、宝石が帰ってくるのをあなたは知っていました。

ヴァン・ホーンさん、あなたは手紙を保管しておき、頃合を見計らって狡猾な強請に使いました。そうやって恐喝者になったんですね。いまでも思い出すと赤面しますよ。〝恐喝者〟が電話をかけてくるときはいつでも、また、姿を見せなかったとはいえ、一度自分で出向いたときなど――ホリス・ホテルのあの部屋の抽斗から金をとったときですが――あなたはこの家にいなかった」

エラリイは煙草を取り出した。何気なくそうした。しかし、指にはさんだ煙草を見ると、そっとポケットへもどした。

「あなたが恐喝を思いついたのは、四通の手紙を見つけた五月か六月の初旬でしょうが、あなたの脳裏に十戒という構想があったかどうかは疑問です。いえ、きっとなかったはずです。そのころは、ハワードとサリーの神経を参らせるための下準備をしていたのではないでしょうか。十戒を使うという考えは、もっとあとから、これとは無関係の物事が――たとえば美術館設立の計画などが――起こるうちに、手に入れた手紙の内容をもとに芽を出しました。ハワードがニューヨークのぼくのアパートメントから電話をかけ、ぼくをライツヴィルの家に客として迎えると告げた日まで、その構想は完全な形を成していなかったのではないでしょうか。でも、その話はあとにします」

エラリイは居心地が悪そうに身じろぎをした。

「では、恐喝そのものにまつわる出来事から考えていきましょう。恐喝者のあなたは二万五千ドルの現金をサリーに要求しました。一回目の要求です。サリーがハワードに知らせるのは想定していました。サリーもハワードもそんな大金を持っておらず、ふたりの金を合わせても二万五千ドルに届かないことはわかっていました。ふたりのことをよく知るあなたは、ふたりがあなたに恩義を感じ、傷つけるのを異常なほど恐れているのを見抜いていたので、あなたに手紙を見せるという〝脅し〟を〝恐喝者〟に実行させないためならどんなことでもすると踏みました。書斎の金庫にいつも大金があることにふたりとも気づいているのも知っていました。追いつめられたハワードがその金のことに思い至り、金庫から持ち出すであろうことも。だから、あなたはちょうど足りるだけの金を金庫に入れておいたんです。あるいは、そのとき金庫にはいっていた金額を要求額にしたのかもしれません」

「結論はこうなります、ヴァン・ホーンさん。ハワードは戒律を破って盗みを働いたが、それは盗まざるをえない状況に追いこまれたからであり、まさしくそうなる状況を作り出したのはあなただった」

ディードリッチは車椅子で明るい場所へ進み出て、微笑を浮かべた。

笑顔で歯を見せ、力強く、上機嫌とも言える声でこう言った。「きみの驚くべきご高説を畏敬の念をもって拝聴したよ、クイーンさん。実に巧みで、実に入り組んでいる」声をあげて笑う。「しかし、度が過ぎると思わないかね。きみはわたしをある種の神に仕立てている。神そのものだ！　わたしがこれを作り出した、わたしがあれを作り出した――ハワードがこうするのが〝わかっていた〟、ハワードがああするのを〝知っていた〟……。わたしを買いかぶりすぎじゃないか、クイーンさん。つまり……それでは、わたしはまるで……」

「全知全能の神だと？」

「そうだ。わたしにしろ、ほかのだれにしろ、どうして何もかも確実にわかるというのか」

「あなたはどんなときも確信していたわけじゃありません」エラリイは静かに言った。「また、つねにそうである必要もなかった。計画は柔軟なもので、じゅうぶんな余裕があったんです。

でもヴァン・ホーンさん、あなたはこの非道な筋書きの最初から終わりまで、ハワードとサリーが何に突き動かされるかを隅々まで深く理解したうえで、計画を立て、実行しました。あのふたりはあなたという人間を見誤りましたが、あなたはふたりの性格を読みそこなわなかった。ふたりの心の奥の仕組みを、自分自身のものに劣らずよく知っていた。ふたりが何を感じ、考え、どんな行動に及ぶかを、あなたはいつも実に正確に予測でき、実際に予測した。約三十年にわたってハワードを観察し、九歳からサリーを知っていたからです。サリーが言っていましたが、手紙をやりとりしていたころ、サリーは多くの娘が母親にもなかなか言えないことまでをあなたに打ち明けたそうですね。サリーについて言えば、あなたの知識は結婚というごく親密な関係によって頂点に達しました。自己流とはいえ、ヴァン・ホーンさん、あなたは心理学の大家ですよ。その才能をもっと有意義に生かせなかったのが残念です」

「どうやら」ディードリッチは暗い笑みを浮かべて言った。「お世辞を言われたわけではなさそうだ」

「一方、あなたは毎回正確である必要はなかった。糸を引いたときに、ちょっとした勘ちがいや、微妙な感情のずれや予測不能の出来事のせいで、ハワードとサリーが思わぬ方向へ動いたとしても、あなたは別の糸を引くだけで別の出来事を引き起こすことができた。遅かれ早かれ、ハワードはあなたの望むとおりに動いたんです。

しかし、いまにして思えば、あなたの判断は驚くほど正確でした。正しい刺激を必要なだけ与えられ、正しい場所に正しい圧力を必要なだけ加えられたハワードとサリーは、まさしくあなたの望みどおりに動きました。

さらに、こう言ってもいいでしょう」エラリイはこの上なく小さな声で言った。「それはハワードとサリーだけのことではありませんでした」

7

「つづけてくれ」ややあって、ディードリッチ・ヴァン・ホーンが言った。

エラリイは驚いて顔をあげた。「ああ、これは失礼。

ぼくのこれまでの考察によると、あなたはハワードに三つの罪を着せ、四つ目の罪を犯すように仕向けました。

では、〝安息日を覚えて、これを聖潔《きよく》すべし〟〝汝の父母を敬え〟というふたつの戒律をハワードが破ったとぼくが考えたのは、どんな出来事をもとにしていたでしょうか。それは、日曜の早朝の暗い時刻にフィデリティ墓地へ行き、あなたから両親だと教わったふたりの人物の墓を冒瀆したという事実です。

実を言うと」エラリイは言った。「さっき自説を考えなおそうとしてこの問題にぶつかったとき、ぼくは八方ふさがりになりましたよ。いくらあなたがハワードの行動を鋭く見抜いていたとしても、ウェイ夫妻の墓を冒瀆することまでは期待できないし、ましてや、それが日曜におこなわれるのをあてにするのは無茶な話です。ぼくの推論の骨組みは危うく崩れ去るところでした。けれども、やがて答にちがいないものが見えました。ハワードが墓へ行くのをあてにできず、無理に行かせることもできないのなら、代わりにあなたが行けばいいんです。

考えれば考えるほど、そうにちがいないと思えてきました。あのとき、ハワードの顔はちらりとも見えず、声も聞こえなかった。ぼくが目にしたのはハワードの車と、ハワードのコートと帽子を身につけたハワードと同じ背恰好の男で、その男は彫刻用の木槌と鑿を使っていた……。あなたの計画ではハワードがあの墓地へ行くことが必要ですが、本人を動かすことがとうていかなわなかったとなると、ほかのだれかがあの夜ハワードの役を演じたにちがいありません。そして、これはあなたの計画であり、あなたとハワードは同じ体格ですから、ほかのだれかというのはあなたに決まっています。

そう考えると、あとは簡単でした。おそらくあの土曜の夜、かなり遅くなって、ほかの全員が寝室に引きとったあとで、あなたはハワードのアトリエか寝室に顔を出して寝酒に誘ったのでしょう。父と息子の時間ですよ、ヴァン・ホーンさん。そして、ハワードに一服盛ったのではないでしょうか。邪魔がはいらなければ朝までけっして目を覚まさない程度の薬を酒に入れたんです。ハワードが眠りこけると、明らかにハワードだと見えるように、本人のつば広のステットソン帽をかぶって、丈長のトレンチコートを着こみ、本人の靴下と靴とズボンも身につけました。それから、ハワードを寝室またはアトリエで眠らせたまま、そっと階段をおりて外へ行き、ガレージに向かいました。そこでサリーのコンバーチブルにイグニッション・キーを差し——ぼくが使えるようにです——あなたはハワードのロードスターに乗りこみました。そして家の正面へまわり、わざとエンジンを吹かしました。もちろん、ゲストハウスにいるぼくの注意を惹くためです。念のため、車寄せのところでもわざとエンストさせました……ぼくが服を着ていない場合、身支度ができるようにですよ。ひょっとしたら、車を出す前にぼくを偵察にきて、ゲストハウスのポーチでうたた寝しているのを見たのかもしれません。だからエンストをさせて、ぼくがコートをとりにいく時間を作った。とにかく、ぼくが庭を駆け抜けるのを見て、あなたは車を発進させました。

ヴァン・ホーンさん、あなたはあの夜、老練な釣り師が大きな獲物と勝負するようにぼくを操ったんです。はじめから終わりまで、間のとり方が絶妙だった。やすやすと追いつかれるような愚は犯さず、ちょうどいい距離を置いてぼくが食らいつくように誘った。もしぼくがあなたを見失ったら、もう一度姿を見せて追わせるつもりだった。

雨が降っていたのは好都合でしたが、雨がなくても支障はありませんでした。闇夜でしたし、そのことは前からわかっていましたからね。いずれにせよ、ぼくが近づきすぎたり制止を試みたりしないことをあなたは知っていました。ぼくがあなたをハワードだと思いこんでいて、阻止ではなく観察のために来ていることを承知していたんですから。

そして、ウェイ夫妻の墓で、あなたはハワードのアトリエから持ち出した木槌と鑿を使って墓石を傷つけました。

そのあとの出来事は、周囲の人々や状況をあなたが完璧に把握していたことを示しています。事業で成功なさるのはもっともだと思わせてくれる才能です。

あなたは車で家へ帰りました。ぼくがすぐに追ってこないのはわかっていました。ぼくは傷ついた墓石をじっくり調べるはずです。ノース・ヒル通りにもどっても、上の階へあがってハワードの帰宅をたしかめる前に、まずまちがいなく濡れた服を着替えるはずです。そう、あなたはそうなるほうに賭けたんですが、用心深く練られた計画にも想定内の危険がかならず含まれているものであり、この場合は大きな危険ではありませんでした。ぼくの立場からすれば、翌日に言いわけしなくてはならない泥だらけの足跡を母屋に残したくないはずです――たとえ肺炎の心配をしなくても。

ぼくがゲストハウスで着替えているあいだ、あなたはこの家の最上階で精巧な偽装に最後の仕上げを施していました。まず、濡れた靴下と泥のこびりついた靴を脱いで、ハワードの足に履かせる。濡れて泥はねのあるズボンも脱いで、ハワードの脚に穿かせる。トレンチコートも脱いで、ハワードの体を起こしてから腕に袖を通し、布地を引き寄せてボタンをかける。びしょ濡れの帽子は枕のそばに置く。そのあとで、静かに自分のベッドへもどったんです」

エラリイはつづけた。「ぼくがハワードの部屋へ朝まで行かない可能性もあなたは考えたでしょうね。とはいえ、すぐにだろうと数時間経ってからだろうと、ぼくがハワードの様子を見にいくのはたしかでした。そうすれば、いつもの記憶喪失の発作が起こったにちがいないハワードが、墓地でただならぬことをしたと見てとれる、濡れて泥だらけの服を着たままの姿でいるのを発見するでしょう。

そうです。安息日の掟を破る、ハワードの〝両親〟を貶《おとし》めるというふたつの罪を犯し、そうすることによって、十戒を破ったのはハワードだとぼくに信じさせたのは、ヴァン・ホーンさん、あなただったのですよ」

8

またディードリッチが言った。「つづけたまえ、クイーンさん」

「はい、そうします」エラリイは言った。「さて、これから話すことはあなたの人間観察の鋭さの最も顕著な例かもしれません。

去年、ぼくは軽率にも、ハワードがこの戒律を破ったとしました――〝汝、その隣人に対して虚妄《いつわり》の証《あかし》を立つるなかれ〟。ぼくにネックレスを渡して質入れさせたことをハワードが否定したというのがその根拠でした。もちろん、それは事実でした。ハワードはたしかにネックレスをぼくに渡して質に入れさせ、そんなことは頼んでいないと嘘をついたんです。

とはいえ、ハワードの心を正確に読みながらさまざまな出来事を操ることによって、あのように嘘をつかざるをえない立場へ本人を追いこんだのは、またしてもあなたでした。ヴァン・ホーンさん、あなたは恐喝者の役を演じるなかで、あらためて二万五千ドルを要求しました――一度目の恐喝に対して金が支払われたすぐあとのことです。言うまでもなく、それは最も弱いところに最大限の圧力をかけるためでした。サリーとハワードは、二度目の二万五千ドルをどうやって手に入れられるのというのか。盗んでくれとばかりに置いてあったあなたの金はもうありません。嗅ぎつけられるのを承知で借金をするにしても、ふたりにはそのあてがなかった。しかし、それだけの大金に換えられそうなものがひとつだけありました。サリーのネックレスです。ふたりのどちらかが、恐喝者の第二の要求をそのネックレスで満たすことを考えるのは、ほぼまちがいなかった。

ほかにもあります。一回目の受け渡しでぼくがサリーの代理人となった以上、二回目の支払金を作るときにぼくが同じ役まわりを演じるのはあまりにも自明だとあなたは知っていました。仮にぼくが拒んだとしても、あなたはきっと別の筋書きを用意し、ぼくが巻きこまれて同じ結果になるように仕向けたでしょう。つまり、いずれハワードがぼくのことばを否定するように。

けれども、ぼくは承諾してその役割を果たした。こうして、あなたの極上の心理劇を披露するための舞台が整いました。

ぼくがネックレスを質入れし、指示どおりにライツヴィル駅構内に金を置くとすぐ、あなたはつぎの一手を打ちました。

こんどは弟のウルファートがあなたの道具になりましたね、ヴァン・ホーンさん。サリーやハワードをよく知るように、あなたはウルファートのことも知りつくしていた。ウルファートはなんと言っていたでしょうか？　寄付のことで美術館設立委員会に〝大騒ぎしてもらいたくない〟とあなたが漏らしていた、と言っていましたね。妬み深く辛辣で底意地の悪いウルファートに向かって、そのような願いを口にするのは、願いをぶち壊しにしてくれと言うのと同じです。実際、ウルファートは高笑いをして〝準備したのはわたしだ〟と言いました。あの朝、朝食の席でそう言ったのを覚えてますよ。ある意味ではウルファートの言うとおりでしたが、あの人はただの道具でした——あなたの道具です。あなたは妻と息子に対してしたのと同じように、ウルファートをうまく操りましたね、ヴァン・ホーンさん。あなたをいやがらせるために、ウルファートは委員会をせっついて、感謝を表すための晩餐会、つまりあなたが大きらいな、正装で出席するパーティーを用意しました。しかし、あなたはまさしくそれを望んでいたんです。そういう機会があれば、ダイヤモンドのネックレスをつけるよう、さりげなくサリーに勧めることができますからね。もちろん、あなたはそれがすでにサリーの手もとにないことを知っていました。

そのように勧められれば、サリーはネックレスがないことを打ち明けざるをえなくなります。真実を話すでしょうか。無理です。話したら、一連の恐喝やその理由についても打ち明けるしかありません。打ち明けるくらいなら死んだほうがましだと思っていることを、あなたは知っていました。そうなるくらいならサリーを殺したほうがましだとハワードが思っていることも。そして、これもまたあなたの的確な推測どおり、ふたりは作り話でネックレスの紛失を説明しようとしました。そこで盗難という案が浮かびます。ハワードは現金を盗んで、外部の泥棒のしわざに見せようとしました。また盗難事件が起こって、ネックレスが盗まれたことにすればいい、と。

そして、サリーが事務所に電話をかけて、ネックレスが〝盗まれた〟と告げたとき、あなたは自分の予測が正しかったと知り、そこで最後の圧力をかけました。ディキン署長を呼んだのです。

そこから先は、首尾よく進むはずです。ディキンがネックレスをシンプソンの質店で見つける。サリーとハワードがネックレスを見せられる。それを質入れしたのはぼくだとシンプソンが言う。わが身を守るため、ぼくはハワードから頼まれたと打ち明けざるをえない。そして、ハワードはサリーとの密通を隠すためにそれを否定する——つまり、偽りの証言をする」エラリイは言う。「ことのほか愚かな隣人に対して」

エラリイはさらにつづけた。「シナイ山で授かった十戒に反する九つの罪は、ふたつだけがハワードの自由意志で犯されましたが、あとの七つはあなたによる誘導か、あなたがハワードの代わりに実行して本人に罪をなすりつけたものでした。

九つの罪が犯され、ぼくが大いなる法則に気づいて十番目の罪がかならず犯されると予見したとき、ヴァン・ホーンさん、あなたはぼくを待ちかまえていたんでしょう。最高潮を迎える準備はすべて整っていました。

あなたが導こうとしていたのは殺人でしたからね」エラリイは言った。「ふたりを殺し、冷たい憤怒を復讐によって鎮めること……不実な妻を殺し、妻の愛情を盗んだ養子を殺すこと。ハワードもあなたに殺された被害者ですよ、ヴァン・ホーンさん。犯してもいない殺人のために死刑を執行されるのであれ、自分が殺したと思いこんで自殺したのであれ、その死は殺人となんら変わりません。そして、殺人者はあなたであり、あなたがその大きな手でハワードを絞め殺したも同然です。現にその手でサリーを絞め殺したのと同じでね」

9

ディードリッチの顎がまた胸に載り、もう一度目が閉じられた。車椅子にすわったまま、いまもまた眠っているように見える。

それでもエラリイはつづけた。「ヴァン・ホーンさん、あの夜、ぼくが電話をかけてあなたの命が危ないと言ったとき、ついにそのときが来たとあなたは悟りました。多少の懸念があったとしても、到着まで四十分か四十五分かかるとぼくが言ったのを聞いて、迷いは消えた。あれ以上うってつけの機会はなかったでしょうね。四十分か四十五分あれば、必要なことをすませるにはじゅうぶんです。

ただ、ぼくが十戒の法則を発見しようがしまいが、ヴァン・ホーンさん、あなたはあの夜はサリーを殺すつもりだったのではないでしょうか。仮にサリーの殺害前にぼくが法則を見つけなかったとしても、あなたが作った証拠によって、あとで否応なく気づかされたでしょう。また、最悪の場合、つまり、ぼくが愚かにも法則の発見と指摘に至らなかったときには、当然ながらほかの手も用意してありました。あなた自身があっさり法則を明かしてもいいし、何か思わせぶりなヒントを出してぼくに最後の機会を与えてもいい。偶然に頼るということは、ほとんどなかったはずです。あのころあなたは、しきりに〝十〟という数をほのめかしてきました。恐喝者と接触する場所としてわざわざホリス・ホテルの一〇一〇号室を使ったり、アパム・ハウスの十号室に四通の手紙を保管したり、ライツヴィル駅の十番ロッカーを二度目の二万五千ドルの置き場所に指定したり。

もう一度言いますが、あなたにはじゅうぶんな時間がありました。ウルファートは不在でした。あんな夜遅くに事務所で過ごす急用が突然見つかったというのも、あなたの差し金でしょうか、ヴァン・ホーンさん。あなたのお母さんはおそらく部屋に閉じこもりきりで、たとえ出てきたとしてもあなたがたやすく扱えたでしょう。ローラとアイリーンは眠っていました。ライツヴィルの奉公人は仕事を切りあげるのが早いですからね。だから、邪魔がはいる心配はまったくと言っていいほどありませんでした。一五九〇年から変わらず使われている決まり文句のとおりですよ、ヴァン・ホーンさん——沿岸に敵なし（英仏百年戦争当時の密輸船に由来すると言われる）。

さて、あなたの〝安全〟のためにぼくが命懸けでライツヴィルへ車を飛ばしているあいだ、あなたは静かにハワードの部屋へあがって、またしても寝酒を飲ませ、このときも一服盛った。そして二階へおりてサリーを自分の寝室へ誘い、そこで絞め殺してから死体をベッドに寝かせた。それから三階へもどり、ハワードの手にサリーの髪の毛を四本からませたうえに、ピンセットを使ってサリーの首についていた血染めの肉片をハワードの爪の先に埋めこんだ。それからようやくこの書斎へ来て、指示されたとおりに閉じこもった。あとはぼくの到着を待つだけでした。

これで完成です。最高の絵画に最後のひと刷毛《はけ》が加えられました。あと少し嘘をつき、演技をもう一度披露すればそれで終わりです。あなたほど並はずれた想像力と才能をお持ちなら、造作もないでしょう。実際、あの夜の演技は最高の出来栄えでしたよ。あなたの嘘は、特にサリーが〝大事なこと〟を話したいから寝室で待たせてくれと懇願したというくだりは――密通を告白するつもりだったとにおわせたわけですが――みごとと言うほかありません。そのうえ、ぼくを手の上で転がして、サリーがあなたの寝室で待っていると気づかせるやり口はまさに天才の所業でした。

　だから、ぼくはすっかり信じてしまったんですよ、ヴァン・ホーンさん」エラリイはうつろな声で言った。「何から何まで完敗です。あなたから獲物を差し出されると、このエラリイ・クイーンは――この高慢ちきな頭でっかちは――とどめの一撃《クー・ド・グラース》を食わせました。ぼくの〝才気あふれる〟推論と、ハワードの手にあったサリーの毛髪と肉片という動かしがたい証拠によって、ハワードはすっかり追いこまれました……あるいは、追いこまれたのはぼくだったのか。

　というのも」エラリイはゆっくりと言う。「ハワードに濡れ衣を着せるというあなたの大胆な計画を、ぼく自身が成功へ導いたと言えるからですよ、ヴァン・ホーンさん。ぼくなしでは、あれほど完璧にはいかなかったでしょう。つまり、ぼくはあなたがハワードを殺すのを手伝った。そして終始一貫して、ブリキの神のごとく、あなたの小ざかしい助手役をつとめていたんです」

　ようやくディードリッチの大きな頭があがって目が開き、皮膚のたるんだ手が苛立ちのそぶりを示した。

「この途方もない罪を犯したのはわたしだときみは責める」声にいくらか生気が宿っている。「そして、聞いていて、その言い分がかなりもっともらしく感じられるのは認めよう。だが、真実の探求のために言わせてもらえば、きみの仮説はそれを叩きつぶすであろうひとつの問題を考慮していないと思う」

「そうですか」エラリイは言った。「ヴァン・ホーンさん、それを聞いてありがたいかぎりです。自分の分析をこれほど強く叩きつぶしたいと感じたのは生まれてはじめてですから」

「なるほど、それなら気を楽に持ちなさい、クイーンさん」ディードリッチの声にかつての深い響きがうかがえる。しなびた頬をわずかに赤らめながら、車椅子を机の近くに寄せた。「ハワードがわたしの妻を殺さなかったときみは言う。しかしもちろん、わたしを手にかけているとか勘ちがいしてあいつがやったことだ。クイーンさん、ハワードが無実だったのなら、きみに殺人犯だと糾弾されたときになぜ少しも否定しなかったのかね。それに、そのあとハワードは何をした？　みずから命を絶ったんだよ！　わからないかね。きみの説では説明がつかない。やはり、ハワードがやったのだよ。あいつはきみにすっかり追いつめられ、まったく否定できなかった。だから、自殺して自分の罪を認めた」

だが、エラリイは首を左右に振っていた。「いいえ、ヴァン・ホーンさん。この事件のさまざまな要素と同じく、あなたがいまあげたふたつの点は真実ですが、部分的なものでしかありません。あなたは真実の片割れ、うわべの真実を、あまりにも巧みにずっと利用してきました。

ハワードが罪を犯したことを否定しなかったのは事実です。しかしそれは、実際に罪を犯したからでなく、自分が罪を犯したと思いこんでいたからです！」

ハワードはあなたに一服盛られたことを知らなかったんですよ、ヴァン・ホーンさん。彼は――ぼくもですが――また記憶喪失の発作を起こしたと考えた。意識を失っているあいだに何があったのか、ハワードはしじゅう気にしていた。ニューヨークにぼくを訪ねてきたときも、そのことで頭がいっぱいだった。だから、ライツヴィルへ来てくれとぼくに頼んだ理由も、まさにそのことだったんです。つねに自分を見張り、こんど意識を失ったときには尾行し、何をしているかを――自分が何者なのか、本人のことばによれば、ジキル博士なのかハイドなのかを――見届けてもらいたい。なんと言っても、記憶喪失で何ひとつ覚えていないのだから。

あなたはハワードの記憶喪失のことをよくご存じでしたね、ヴァン・ホーンさん。それがあなたの築いたアーチの要石でした。記憶喪失のあいだに犯罪に手を染めたのではないかという恐怖にハワードは取り憑かれていた。あなたはそれを知っていた。そして、ハワードが記憶喪失の再発らしきもの——ぼくも含めて、あなた以外の全員がそう思うであろうもの——から目覚め、そのあいだにサリーが絞め殺されて、自分の手に彼女の毛髪と肉片が付着しているのを見れば……自分がやったと思いこむのをあなたは知っていた。それまで記憶喪失の状態をいくつか経験してきた結果、自分が犯人だという証拠をなんでも疑わずに受け入れるようになっていたんです。

そのあとの自殺については、ハワードにはもともとそうした傾向がありました。ハワードのような心理のあり方は、自殺という終着点へ向かいかねません。たとえば、本人が言ったところでは、ニューヨークで発作に見舞われてから、われに返ったとき——それがきっかけでぼくを訪ねたんですが——安宿の窓から身を投げようかと本気で考えたそうです。実のところ、最初にハワードと話したときに、ぼくは無意識型の自殺を疑い、記憶喪失から覚めたときに自殺を試みていたことがあるかと尋ねました。するとハワードは、はっきりそうだと言える経験が三度あると認めたんです。

だから、ぼくがハワードの〝有罪〟を証明したあとで本人が自己破壊行動へ走ったことには、なんの不思議もないんですよ、ヴァン・ホーンさん。自分がサリーを殺したと信じたハワードは万事休すと悟り、その性格をよく知る者ならだれでも——もちろんあなたもですよ、ヴァン・ホーンさん——じゅうぶんに予見していたであろう逃げ道を選んだ。

さらに言えば」エラリイは突然思いついて言う。「去年、あなたのためにぼくがハワードを死に追いやったとき、ほぼすべての手がかりがあなたこそ機械を操る神だと示していたことが、ぼくにはわかっていたはずなんです。あなたが心理学にくわしいという手がかりさえ、目の前にありました。すでに言ったとおり、そうした知識がなければこの犯罪計画を組み立てることはできなかったはずです。初対面の夜、あなたは夕食の席でその手がかりを実にさりげなくぼくに示しました。本の話題を持ち出して、本と現実の人生との関係を語ったんです。あなたがほんとうに役に立つ数少ない書物として例示したなかに、〝人間心理に関する研究書〟がありました。どういった本でしょうか、ヴァン・ホーンさん。残念ながら、ぼくはあなたの蔵書をじっくりとは拝見しなかったんですよ」

ディードリッチはわずかに笑みを浮かべたままだが、それがウルファートの笑みと似ていることに、いまになってエラリイは気づいた。顔の肉づきがよかったころには見られなかった特徴だ。

「クイーンさん、知ってのとおり、わたしは昔からきみを高く評価してきた。小説でも実生活でもすばらしい仕事をする」ディードリッチは言った。「だが、去年ここに滞在してくれたあいだに、こう言っておくべきだったよ。高く評価しているとはいえ、きみの手法には——賞賛に値する〝クイーン方式〟には——大きな弱点がひとつあるとわたしはつねづね考えている」

「ひとつではすまないと思いますよ」エラリイは言った。「ところで、それはどんなものでしょう」

「法的証拠だ」ディードリッチは明るい声で答えた。「ある者が罪に問われたとき、予断を持たない警察官と、事実をよりどころとする訓練を積んだ地方検事と、法に基づいて判決をくだす裁判官が要求する証拠だよ。残念ながら、論理がいくらみごとでも法は影響を受けない。納得のいく証拠があってはじめて、被告人が有罪となる可能性が生じる」

「いいところを突きますね」エラリイはうなずいた。「自己弁護をするつもりはありませんが、証拠集めについてはいつもその筋の専門家にまかせてきたとだけ言っておきましょう。ぼくの役目は犯人を見つけることであって、罰することではなかった。たしかに、ぼくが論理に基づいて名指しした人物が、証拠集めの人たちを手こずらせたことはたびたびありました。

それでも」声が険しくなる。「今回、警察はあまり苦労せずにすむと思いますよ」

「そうかね」ディードリッチの笑みは、いまやウルファートのそれにそっくりだった。

「そうです。ざっと見渡すかぎり、今回のあなたのお手並みは実にみごとでしたが、それでもところどころに穴があります。あなた自身で恐喝者を演じるという計画自体が、大胆かつ独創性に富むとはいえ、まさに自分の首を絞めかねないものだったんですよ。去年、あなたはサリーの宝石類をさまざまな質店へ持ちこみましたが、店主たちはあいまいな人相風体しか言えなかった。よりどころとする人相書きがなかったからです。これからはあなたの写真を見せることができるし、あるいは直接顔を見てもらえばもっといい。月日が経ったとはいえ、あの宝石を質入れした男があなただとわかる店主がひとりやふたりいてもおかしくないでしょう。

それから、恐喝者が最初の二万五千ドルの受け渡しのために押さえた、ホリス・ホテルとアパム・ハウスの部屋の件があります。交渉を決裂させてはいけないと思ったので、こちらはあのとき、よけいな探りを入れていません——もちろん、あなたはそれをあてこんでいた。でも、今後は徹底的に調べられるでしょうね。あなたはふたつの宿帳に署名を書いたはずだ。専門家があなたの筆跡だと鑑定するでしょう。受付係だって、あなたを見れば、あの部屋を予約した人間だとわかるかもしれません。

写真複写の件ははったりだったのかもしれませんが、手紙をまだ持っていることを示して脅迫する事態に備えて、少なくとも一式は用意したのではないでしょうか。それが事実なら、写真複写の線をたどればあなたへ行き着きます。ご自身が所有する《ライツヴィル・レコード》紙の設備を使ったのではありませんか。

あの金自体はどうでしょう。ここにあるあなたの金庫から五十枚の五百ドル紙幣がハワードによって盗まれてぼくの手に渡り、ぼくはそれを〝恐喝者〟へ届けた——つまり、あなたのもとへもどした」エラリイは身を乗り出して穏やかに言う。「あの二万五千ドルは処分しましたか、ヴァン・ホーンさん。していない気がします。あなたの計画の最大の弱点は、自分がぜったいに疑われないと信じこんでいる点です。五十枚の五百ドル紙幣を燃やす——しかも自分の金を——という考えはまず頭に浮かばなかったでしょうね。貧しい境遇から苦労を重ねて大実業家になったかたですから。かといって、使ってしまったとも思えない。だから、その紙幣はどこかにしまいこんであるんじゃないですか、ヴァン・ホーンさん。言っておきますが、もう処分する機会はありませんよ。それはそうと——あの紙幣の通し番号を控えた紙をぼくはまだ持っています。とっておいたんですよ……ぼくの最も華々しい〝成功〟の記念として」

ディードリッチは唇をすぼめ、眉間に皺を寄せている。

「二回目の二万五千ドル、J・P・シンプソンから受けとってライツヴィル駅のロッカーにぼくが置いた金を、あなたがどうしたかは知りませんが、銀行にその紙幣の記録が残っているかもしれませんね。その紙幣がもう一方の紙幣と同じ場所にあれば、あなたの棺に打ちこむ釘がもう一本増えます」

「きみの話についていこうとしているんだよ、クイーンさん」ディードリッチは言った。「敬意をもってね。ほんとうだよ。しかし、こう指摘したら、まちがいだろうか——たとえここまでの話がすべて真実だとしても、それはわたしと恐喝者を結びつけている、ただそれだけではないのかね」

「ただそれだけ？　ヴァン・ホーンさん」エラリイは声をあげて笑った。「あなたが恐喝者だったと証明することは検察側の重要な仕事です。それによって、妻とハワードの不倫をあなたが知っていたことが明らかになるからです。このことは、はじめからずっと心理的にあなたを守っていた壁、すなわち、何が起こっているのかをあなたが知らなかったという前提を打ち破ります。あなたの動機がはっきりするんですよ、ヴァン・ホーンさん。事件全体であなたは不利な立場に陥ります。

あなたに対して検察側がどう出るかを考えてみましょう」エラリイはつづける。「むずかしいとはいえ、検察側はまずつぎの二点を立証しようとするでしょう。妻と息子の不倫関係をあなたが知っていたこと。そして、そのふたりを——妻を直接殺害し、息子を妻殺しの犯人に仕立てることによって——罰する計画を立てたこと。

あなたが知っていたという事実は、恐喝者であったことによって立証されます。ふたりを罰する計画を立てたという事実は、ハワードが故意に十戒を破ったと思わせる一連の出来事の裏にあなたがいたこと——つまり、あなたがハワードを陥れたこと——を示せば立証できます。これについては、ぼくの証言が威力を発揮するでしょう。コンヘーヴン探偵社を使ってハワードの両親を探した——それが嘘であることをぼくは追及し、バーマーもそうするはずです（付け加えて言うと、バーマーは州内でもすこぶる評判のよい探偵です）。〝サウスブリッジ医師〟なる人物が存在しないこと——ぼくはその嘘も追及し、あなたが嘘つきであると断じます。そして、ぼくが証言をすればウルファートがかならず加勢するでしょう。これは見ものでしょうね、ヴァン・ホーンさん。あなたへの長年の憎しみにウルファートが屈する光景というのは。

警察はほかにもいろいろな角度から調べますよ、ヴァン・ホーンさん。たとえば、ハワードを眠らせるために少なくとも二度使ったにちがいない薬とか。薬物の痕跡をたしかめるには、ハワードの遺体を掘り出すのもいたしかたないでしょう。もし掘り出されたら、あなたをその薬の購入と結びつけることはそうむずかしくないかもしれない。そういったことです」

だが、ディードリッチはまたもや薄笑いを浮かべている。「仮定の話ばかりがつづくようだな、クイーンさん。しかし、たとえきみの話を全部認めるにしても、わたしをその行為自体と……つまり殺人と結びつけることばはまったく聞いていない」

「そうですね」エラリイは言った。「ええ、そのとおりです。おそらく不可能でしょう。でもヴァン・ホーンさん、直接証拠で有罪になる殺人犯はほとんどいないんですよ。状況証拠だとしても、それが集まればあなたは殺人の容疑で裁かれます……。そう」ひと息ついて言う。「これはゆゆしき事態でしょうね、ヴァン・ホーンさん。あなたは訴追されて裁判にかけられ、すべてが明るみに出る。偉大なるディードリッチ・ヴァン・ホーン、これまでは裏切られた夫かつ父として世間の同情を集めていた人物が正体を暴かれるんです——復讐のために人殺しをするきわめて自分本位な男として。裏切られたと知って逆上した勢いで思わず手にかけたのではなく、冷静かつ慎重に計画を立て、あらかじめ考え抜いたうえで殺した、と。

ヴァン・ホーンさん、あなたはもうご高齢です。死それ自体をたいして恐ろしく感じてはいない——そういうかただと思います。それでも、世間に暴露されるのは恐ろしいはずです。そのほうがあなたにとってははるかにつらい死となる。はるかに恐ろしい罰となる。墓の下に横たわっても、なお受けているような罰です」

いまやディードリッチは笑みを浮かべていなくて、また浮かべることもない。車椅子にただじっとすわっている。エラリイはそのままにし、立ったままひたすら老人を見つめた。

それでも、やがてディードリッチは顔をあげ、きびしい声で尋ねた。「では、仮にわたしの目的があの雌犬を殺し、雄犬を罠にかけることだったとして、なぜただそうしなかったんだ。十戒などという大げさで空想じみた考えをなぜ持ち出したのかね」

エラリイはいままでと変わらない口調で答えたが、顔に浮かんだ興奮を隠しきれなかった。

「探偵ならひとつの答を出すでしょう。そして、心理学者なら別の答を。真実はふたつの答の組み合わせです。

体格が立派で、長年にわたって商売に携わってきたにもかかわらず、ヴァン・ホーンさん、あなたは本質的には理知の人ですね。専制君主というのもそういうものです。衝動にまかせて行動したことなど一度もない。あらゆる物事を戦争や政変と同じように考え抜き、しっかり計画しなくてはならない。あなたは幼少のころからハワードを型に入れ、考えていたとおりの形に作りあげた。サリーについても、ハワードが彫刻を考案するのと変わらぬ周到さで育てようとした。サリーはあなたが突然恋に落ちたと思っていますが、それはちがいます。サリーは知らなかったけれど、あなたはロウ・ヴィレッジからサリーを摘みとったその日に彼女を結婚相手と決め、末長く自分の王国を分かち合える女性に作り変えはじめた。

十戒という着想は、いろいろな意味であなたの知的生活から生じた霊感の最高潮でした。

それは奥行きがあり、ひろがりを持ち、力強い。途方もない大きさがある。まさにディードリッチ・ヴァン・ホーンにふさわしいものだった。

すべての論理の出発点と同じく、それも前提を立てることからはじまりました。あなたの前提はふたつです。裏切り者たちに罰を与えること。そして、罰しながらも自分は疑われないこと。もっと露骨に言えば、殺人罪を免れること。あなたがこうむった痛手は、そもそも自我の、それも誇大妄想の自我の痛みです。だから、侮辱された全能の支配者は、刃向かう無礼者に報復するしかなかった。そして、咎めを受けない報復によって――凡人を統《す》べる法をおのれが超越していること、おのれの力が法をしのぐことを示すことによって――自我の傷を癒すしかなかった。

しかし、殺人を犯してその罪を無実の人間に着せたうえに、容疑を免れつづけるのは容易なことではありません。あなたがすんなりと簡単にサリーを殺していたら、あなたもハワードも同等の疑いをかけられていたでしょう。むしろ、あなたのほうが強い嫌疑をかけられていたと思います。また、あなたがハワードをすんなりと簡単に罠にはめていたら、ハワードは震えあがってサリーとの関係を洗いざらいしゃべったかもしれず、そうなると最も強い動機の持ち主はあなただと知られてしまう。しかも、それはあなたしか持てない動機です。

だから、あなたの計画の要は、ハワードを容疑者となりうるただひとりの人物に見せかけることでした。けれど、仮にハワードがだれかを殺す動機を持っていたとしても、それまでのいきさつを考えれば、そのだれかはあなたであってサリーではない。したがって、ハワードがサリーをあなたとまちがえて殺したと見えるように犯行計画を立てる必要があった。そのうえ、ハワード自身に自分のしわざだと思いこませなくてはいけなかった。

それらすべてによって、あなたのすべきことが決まりました。複雑な筋書きを考えざるをえません。あなたはそうなることをむしろ楽しんだのではないでしょうか。ナポレオン流の精神は困難にぶつかったときに精彩を放つものです。みずから困難を求め、ときには困難を作り出しもする。

あなたはじっくり考えた。サリーの宝石箱の手紙を見つけたのを隠すために必要な対策をとり、泥棒が侵入したという話を作りあげた。それでもまだ行動を起こさず、構想を練った。六月から九月の初旬までのあいだ、あなたは狙った獲物について考え、分析し、知識を研ぎ澄ました。仮の計画をいくつか立てたものの、実行には移さなかった。

あなたがまだ踏みとどまっていたのは、犯罪計画が複雑になればなるほど危険が増すことを知っていたからでしょう。複雑になる要素が加わるたびに、手ちがいや落とし穴や予測不能の出来事、トマス・ハーディが言うところの〝偶発事態〟が起こる可能性が増える。

この大きな難題をどうしたものかと考えあぐねていたところへ、ハワード自身が好機を与えてくれました」

ふとエラリイはディードリッチの視線をとらえた。ふたりはしっかりと目を合わせ、そのまま冷たくにらみ合った。

「ハワードがニューヨークから電話をかけてよこし、ぼくをライツヴィルへ連れて帰ると言ったんです。正確には、ハワードがすぐに帰宅し、ぼくは二、三日のうちに訪ねるという報告でした。

それがどういうことなのか、あなたは瞬時に理解しました。無実に見せるための目くらまし、考えても思いつかずにいたものを、このぼくが存分に提供しようとしている。有名な探偵があなたの望みどおりに事件を解決したら、あなたの無実を疑う者、嫌疑をかける者など、どこにいようか。それがすべてに対する答でした。

ええ、それでも」エラリイは言った。「危険はともないますがね。ある意味で、ぼくがまったく関与しないよりも危険は大きい。けれども、エラリイ・クイーンが殺人に加担するという構想の痛快さ、壮大さ、ある種の綱渡り感が、あなたの想像力を奮い立たせた。それはナポレオン自身にもふさわしい軍事作戦であり、闘いだった。

おそらくあなたは少しもためらわなかった」

エラリイはそこで話を止めた。ディードリッチは大きな目でじっと見据え、冷ややかに言った。「つづけなさい」

「ハワードは火曜の午前中にあなたに電話をかけました。ぼくがライツヴィルに着いたのは木曜です。あなたには二日の余裕がありました。その二日間で、あなたは十戒から着想を得て、ぼくの到着までにあらゆる準備をした。コンヘーヴン探偵社とその〝調査〟の話を作りあげた。ヤハウェのアナグラムを考え、フィデリティ墓地でアーロンとマッティのウェイ夫妻の墓を見つけ、姓にEの字を加えた。美術館建設計画を軌道に乗せた。あなたは木曜の夜、美術館建設費用の不足ぶんの提供を〝きのう〟申し出たとぼくに言いましたね。つまりそれは水曜、ハワードが電話した翌日です。そして、じっくりあたためていた恐喝作戦をいよいよ開始した。言うまでもなく、恐喝者がはじめてサリーに電話をかけたのも水曜、ぼくがライツヴィルへ行くとハワードが言った翌日ですね。

ぼくの来訪が告げられ、すべてが動きはじめたんです。

そうですよ、ヴァン・ホーンさん。共犯者の役を与えられたぼくは、あなたの思惑どおり、その罠に飛びつきました。あなたが仕組んだことをひとつ残らずおこない、どの段階でもあなたの曲に合わせて踊った。あなたにとって、これはまさに大勝利ですよ、ヴァン・ホーンさん。ぼくはあなたの最も従順な操り人形だったんですから」

エラリイはまたことばを切った。そして、やりきれない様子で話をつづけた。

「十戒の構想は完全にぼくのために考えられました。あなたの望みどおりに事件が解決されるためには、ぼくのもともとの好みに合った事件を用意する必要があったんです。あなたはぼくのことを知りつくしていた。前に会ったことはありませんが、ぼくの著書をすべて読み、ぼくの仕事ぶりを新聞で読んだと自分でおっしゃっていました。〝わたしはクイーンの専門家だ〟という言い方だった気がします。たしかにそのとおりですよ、ヴァン・ホーンさん。そんなふうに利用されることがあるなんて、ぼくはずっと夢にも思っていませんでしたけどね。

あなたはぼく以上にぼくのことを知っていた。ぼくの仕事の進め方を。ぼくの弱点を。ぼくが夢中になるような事件を与え、苦労のすえに輝かしい――しかも正しいと信じる――結論をともなう解決へ導かなくてはならないことを、あなたは知っていた。

ぼくがわかりきった答よりも精緻な解をつねに好むのを、あなたは知っていた。単純より複雑、凡庸さより知の花火に惹かれるのを。

ぼくがかなり気どった心理傾向の持ち主なのをあなたは見抜いていましたね、ヴァン・ホーンさん。自覚があったかどうかはともかく、ぼくは心理の驚異に携わるのが自分の仕事だと考えがちでした。そして、あなたはまさにそれを与えてくれた――取り組むべきある種の驚異を。壮大な枠組み。迷路のように険しく入り組んだ痕跡。目もくらむほどの驚くべきクライマックス。そして、ぼくはあなたのためにやってみせたんですよ、ヴァン・ホーンさん。あなたのためにすばらしい結論を導き出し、だれもがぼくの賢明さに感じ入ってひれ伏した――その一方で、あなたは一度として疑われなかった。

それにしても十戒とはね」エラリイは言った。「新聞がなんと書きましたっけ。〝エラリイ・クイーン最大の事件〟だったか」

そして、相変わらず冷静に淡々と話をつづける。「しかし、気づいてみるとおもしろいものです。ぼくを正確に見きわめて分析したうえで、十戒の構想をぼくに植えつけて演じさせたにもかかわらず、そこには何やらあなた自身の根源のようなものが垣間見えるんですよ、ヴァン・ホーンさん」

その目に好奇の光が宿った。

「はじめからぼくは、ハワードの心の問題は父親像への神経症じみた崇拝が原因だと考えていました。それはまちがいないと思います。しかし、ハワードが十戒のすべてを破って最高の父親像、父なる神にあえて逆らおうとしたと解釈をひろげた時点で、ぼくは明らかにまちがいを犯しました。十戒の構想はハワードが考えついたのではなかったんですから。あなたの思いつきだった。

なぜあなたの頭脳はあの着想を生み、それに固執したんでしょうね、ヴァン・ホーンさん。どうやって考えついたのか。なぜ十戒だったのか。ぼくを惹きつけて操れるだけの着想なら、ほかにいくらでも思いついたはずだ。それなのに――あなたは十戒を選んだ。なぜでしょうか。

理由を言いましょう、ヴァン・ホーンさん。今夜のぼくの話で、あなたにとって耳新しいのはこれだけです。気づくだけの頭脳がぼくにありさえすれば、あなたが十戒を選んだことこそが、あなたを名指しする手がかり、あなたを突き動かす心の作りを知る手がかりでした。ハワードではなく、あなたの心を。

去年、ぼくが派手派手しい自説を得意になってチャランスキー検事やデイキン署長やコーンブランチ医師に披露したときのことですが、あのときぼくは、ハワードが十戒を武器に選んだ原因は――神という父親像を壊すことであなたという父親像を壊したという説でしたが――子供時代の環境に根ざしていると説明しました。祖母が宗教に取り憑かれている養家で育ったとか、そういうことです。しかしよく考えたら、この理屈をハワードにあてはめても説得力がかなり弱い。ヴァン・ホーンさん、あなたの話によると、あなたのお母さんはここの家庭生活に進んでかかわったことはまったくなかったということでした――少なくともハワードが来てからは。めったに姿を見せず、現れたとしてもろくに気にかける者もいなかった。それに、ハワードは乳母と家庭教師に育てられた。大きな影響を与えたのはあなたのお母さんではなく、そうした人たちのほうでしょう。また、あなたのお母さんを除けば、この家は宗教でがんじがらめの家庭ではなかったはずです。

　ところが、あなたはどうでしょう、ヴァン・ホーンさん。あなたが子供のころはどうでしたか。感じやすい子供時代にどんな環境で育ちましたか。あなたのお父さんは伝道師で、神人同形論を説く過激な原理主義者で、厳罰に訴えるきらいがあり、旧約聖書の不寛容な神そのもので、あなたの話では、あなたと弟は〝ひどくぶたれてばかり〟だったらしい。死ぬほどお父さんを恐れていた。ハワードは父親を愛していたんですよ、ヴァン・ホーンさん。一方、あなたは自分の父親を憎んでいた。十戒の着想が生まれたのはその憎しみゆえです……あなたは自分でも気づかずに、父親が脳卒中で死去して五十年も経ってから、父親自身の武器を殺人の道具にした」

　そして、エラリイの口調が速まった。「そういうことだと思いますよ、ヴァン・ホーンさん。あなたはサリーを殺し、ハワードにその罪を着せた。したがって、ハワードの死もあなたの手によるものです。ぼくはそういうあなたの犯罪に協力した。ぼくたちはどちらも、それぞれ自分なりに報いを受けなくてはなりません」

「報い？」ディードリッチが言う。「ふたりともかね」

「それぞれ自分なりにです」エラリイは答えた。「ヴァン・ホーンさん、あなたはぼくを木っ端微塵にした。わかりますか。木っ端微塵ですよ」

「わかるとも」ディードリッチ・ヴァン・ホーンは言った。

「あなたはぼくがいだいていた自信を完全に打ち壊しました。ちっぽけなブリキの神の役をいまさらどうして演じられるでしょう。無理です。できるはずがない。ぼくは人の命で賭け事をする趣味を持ち合わせてはいませんよ、ヴァン・ホーンさん。ぼくが選んできた副業では、人の命を、命とは言わないまでも人生を、あるいは男や女の幸福をしばしば危険にさらすことがあるんです。

あなたのせいで、ぼくはこれ以上そういうことをつづけられなくなりました。もう終わりです。事件の捜査は二度と引き受けません」

そこでエラリイは口を閉じた。

するとディードリッチはうなずき、ある種の諧謔《かいぎゃく》をこめた声で尋ねた。「では、わたしの報いは？　クイーンさん」

エラリイは回転椅子を後ろへ押し、手袋をはめた手でヴァン・ホーンの机の最上段の抽斗をあけた。

10

「きみにもわかっているとおり」ディードリッチはそう言ってエラリイの手に注目する。「いまさら世間に知らせたところでなんの益もない。真実を語ってもサリーは帰ってこないからな。そして、ハワードも。

クイーンさん、きみは自分自身がもう終わりだと思っているが、終わったのはこのわたしだよ。わたしは老人だ。残された時間は多くない。わたしは生涯かけて何某《なにがし》かのものを築いてきたが、それはどうでもいい」骨張った手がかすかに揺れる。「金も、ほかの些細なものもどうでもいい。大事なのは人生だ。名だ。ひとりの男がわずかばかりのむなしさとともに墓へ携えていくものがほしい。

きみには深い洞察力がある。わたしが自分のおこないで勝利や満足を少しも感じていないのを知っているはずだ。これまで気づかなかったとしても、いまのわたしのありさまを見たらわかるだろう。『リア王』の台詞になんとあったか。〝震えるがいい、罪をひた隠し、正義の鞭を逃れたる者よ〟。クイーンさん、もはや死にかけている男にとって、それだけでじゅうぶんな報いではないか」

それに対し、エラリイは答えた。「いいえ」

すぐさまディードリッチは言った。「わたしはとても裕福な男だ、クイーンさん。たとえば、きみに――」

しかし、エラリイは言った。「いいえ」

「すまない」そう言ってディードリッチはうなずく。「要らぬことをつい口走った。わたしたちどちらにも価値のないものだ。それでも、わたしときみで多くの善行を積むことはできる。慈善団体の名をひとつあげてくれたら、百万ドルの小切手を書こう」

エラリイは言った。「いいえ」

「五百万ドルでもいい」

「五千万ドルでも問題外です」

ディードリッチは沈黙した。

だが、しばらくして言う。「きみにとって金自体が無意味なのはわかる。それでも、金がもたらす力を考えて――」

「いいえ」

ディードリッチはまた沈黙した。

エラリイも。

そして、書斎も。時計さえ置かれていなかった。

ついにディードリッチは言った。「何かあるはずだ。ほしいものがない人間などいない。きみをデイキンのもとへ行かせないために、わたしにできることが何かあるだろうか」

そこでエラリイは言った。「あります」

車椅子がすばやく前へ出た。

「それは？」ディードリッチは勢いこんで尋ねた。「それはなんだね。言ってもらえれば、そのとおりにしよう」

手袋をはめたエラリイの手が机の抽斗から出た。

その手には、荒らされた金庫をヴァン・ホーンに見せてもらった夜にエラリイが目にした、短銃身のスミス&ウェッソン三八口径セイフティ・ハンマーレスが光っていた。

ディードリッチの口もとが引きつったが、それだけだった。

エラリイはそのリボルバーを抽斗へもどした。

抽斗は閉めない。

それから立ちあがった。

「はじめに手紙を書いてください。どんな理由を書いても、もっともらしく聞こえるでしょう——悲嘆とか、病弱とか。

ぼくは書斎の外で待ちます。まさかあなたがぼくを撃とうとして、さらにご自分の品位をさげることはないと思いますが、もしそのような考えを少しでもお持ちなら忘れることです。その車椅子で机のこちら側へまわって銃を手にするころには、ぼくはほかの部屋で暗闇に隠れます。

それだけです、ヴァン・ホーンさん」

ディードリッチは顔をあげた。

エラリイはその顔を見た。

ディードリッチはゆっくりとうなずく。

エラリイは腕時計に目をやった。「三分間差しあげます」それから、机、椅子、床とすばやく見まわす。「さようなら」

ディードリッチは返事をしなかった。

エラリイは足早に机をまわり、沈黙する老人のそばを通って書斎を横切ると、部屋の外の暗がりへ歩を進めた。

横へ寄って待つあいだも、壁に寄りかからないように気をつける。腕時計を顔に近づけた。

数秒後、光る文字盤がはっきり見えてくる。

一分経つ。

書斎は静かだった。

さらに二十五秒。

ペンがこすれる音が聞こえる。

その音は七十五秒つづいた。やがてそれがやみ、新たな音が――車椅子がきしむかすかな音がする。

車椅子のきしみがやんだ。

こんどはさらに別の、カチリという音。

そしてすぐあとに、銃声が一回。

エラリイは壁にふれないようにしてもどり、書斎の明かりが漏れている場所の近くを避けて、離れた闇に立った。

書斎をちらりとのぞく。

それからきびすを返し、暗い場所を急がずに進んで、広間と玄関扉へ向かった。

玄関扉をそっとあけたとき、階上のドアがひとつ、ふたつ、三つと開く音が聞こえた。

ウルファートか。ローラか。老クリスティーナか。

ウルファートのやや高く耳障りな声が家じゅうに響いた。「ディードリッチ！　下にいるのか」

エラリイは玄関扉を音もなく閉めた。

家のそこかしこで明かりがつく。

だが、エラリイはヴァン・ホーン家の私道に足を踏み入れ、ライツヴィルへの長い夜道を歩きだした。

解説
クイーン異形の傑作

エラリイ・クイーン研究家
飯城勇三

その刊行──十年間の不思議

一九四八年に刊行された本作は、クイーンの代表作の一つとして高い評価を得ています。また、神学テーマに挑んだ作としても、名探偵の挫折を描いた作としても、〈後期クイーン的問題〉を生み出した作としても有名です。

ですが、それだけではありません。本作は、「クイーン作品中、最も難産だった作品」なのです。その根拠として、以下の四つを挙げましょう。

①前作『フォックス家の殺人』（一九四五年）との間が三年も開いていること。『ドラゴンの歯』（一九三九年）と『災厄の町』（一九四二年）の間の空白はフレデリック・ダ

ネイが交通事故に遭ったためで、『最後の一撃』（一九五八年）と『盤面の敵』（一九六三年）の間の空白はマンフレッド・リーのスランプのためと、理由がはっきりしています。しかし、本作の出版までの空白には理由らしい理由はありません。明らかに、完成までに時間がかかったのです。

②クイーン（ダネイ）が一九七七年に来日した際に行われたイーデス・ハンソンとの対談（《週刊文春》一九七七年十月六日号掲載）には、こんな言葉があります。

リーといっしょに十年もかかって一つの作品を書いたことがあるんですよ。いろんな問題が多くて、なかなか解決できなかった。アイディアが浮かんでは、またそれが壁にぶつかり……という繰り返しで、完成するのに結局十年もかかったんです。

（略）『十日間の不思議』という作品なんだけど、本当にむずかしかったな。

③エラリイ・クイーンの作品は、ダネイがプロットを考えて梗概にまとめ、リーがそれを小説化しています。その創作時に交わされた書簡をまとめたのが、二〇一二年に出た『エラリー・クイーン　創作の秘密』。この本では、『十日間』の創作をめぐるやりとりが二割を占めています。そして、そこでダネイは、「この梗概は、私が最初に書こうとしたものを捨てて、新たに書いたものだ。二箇月にわたる、濃密で根を詰める仕事だったよ」と語っています。つまり、十年近く取り組んでいたプロットを廃棄したわけですね。

『十日間の不思議』初刊本の表紙

④この梗概を受け取ったリーは、「僕には彼（ハワード）が理解不能だ」などと、いくつも疑問点を挙げ、「執筆に取りかかることはできない」と語り、ダネイと長く熱い議論を繰り広げます（――というわけで、本書を読み終えた人は、『エラリー・クイーン創作の秘密』をどうぞ。日本版は拙訳で国書刊行会から近刊予定です）。

では、これだけの難産の末に生み出された『十日間の不思議』とは、どのような作品なのでしょうか？

その魅力――文学性対人工性

私は『フォックス家』の解説で、クイーンのライツヴィルものでは、初期作品に見られた人工性が抑えられ、文学性が高まっていることを指摘しました。本作も、八日目までは、同じ指摘ができます。ハワード、サリー、ディードリッチの織りなすドラマは、上質の文学作品と言えるでしょう。――しかし、九日目からは物語が劇的に反転し、徹底して人工的な〈本格ミステリ〉が幕を開けます。いや、正確に言うと、切り替わったわけではありません。八日目までは、文学の流れの底に、本格ミステリが潜んでいたのです。

これが本作の魅力に他なりません。文学とミステリを両立させたのではなく、文学とミステリを絡み合わせたのです。初期の国名シリーズで人工性を追い求め、中期の『災厄の町』や『フォックス家』で文学性を追い求めたクイーンにしか書けない、奇蹟のような傑作だと言えるでしょう。

しかし、これこそが難産の理由でした。文学作品に登場するような生き生きとした人間が、ミステリ的なプロットが要求する不自然な行動をとるでしょうか？

実は、リーの苦労は、まさにこの点にあったのです。彼は前述の書簡の中で、ダネイに「きみの設定したような人物は、きみのプロットに沿った動きはしない」という意味の批判をぶつけ、本作の作中人物に肉付けする苦労を語っています。言い換えると、本作では、ダネイの考えた人物とプロットの不自然さを、リーが筆力で押さえ込んでいるのです。おそらく、読み終えたみなさんは、本作にあふれかえる人工性を、読んでいる最中はまったく意識しなかったことに気づくに違いありません。

本作の魅力はまだありますが、真相に触れてしまうので、最後に回しましょう。ここでは、ファン向けの小ネタを四つ。

〔その1〕 冒頭に出てくる「When Irish Eyes Are Smiling」と、『九尾の猫』の11章に登場する「My Wild Irish Rose」は、どちらもアイルランド系アメリカ人の歌手・俳優・作曲家のチョーンシー・オルコットの曲です。クイーンのお気に入りなのでしょうか？

〔その2〕「三日目」で名前が出てくる〝ジミー・ヴァレンタイン〟は、O・ヘンリーの「よみがえった改心」に登場する金庫破りで、歌や舞台や映画やラジオで人気を博しました。そして、クイーンはラジオ版『エラリイ・クイーンの冒険』での脚本執筆の練習として、このラジオドラマの脚本を書いたことがあるのです。

〔その3〕「十日目」の冒頭に出てくる「アデリーナ・モンキュー事件」は、対応する作品がない、いわゆる〝語られざる事件〟です。そこに目を付けたクイーン研究家のフランシス・M・ネヴィンズが、一九七二年に、この事件を扱った贋作を発表しました。「生存者への公開状」という題で、邦訳は『エラリー・クイーンの災難』(論創社)に収録。良く出来た贋作なので、クイーン・ファンは、ぜひ読んでみてください。

〔その4〕クイーン作品には他作家の作品からヒントを得たと思《おぼ》しき作品がいくつもあります。例えば、『災厄の町』はクリスティーの『邪悪の家』(一九三二年)、『フォックス家の殺人』はこれまたクリスティーの『五匹の子豚』(一九四二年)、そして『十日間の不思議』はアルゼンチンの作家ホルヘ・ルイス・ボルヘスの「死とコンパス」(一九四二年/『伝奇集』収録)。ダネイが『十日間』を構想していた時期は、盟友のアンソニー・バウチャーがボルヘスを気に入って、ダネイに自身が英訳した作品を読ませたりしていたようです(そのバウチャーによる英訳版「八岐の園」は、クイーンが編集する《エラリイ・クイーンズ・ミステリ・マガジン》の一九四八年八月号に掲載されました）。従って、ダネイが「死とコンパス」を読んでいた可能性はかなり高いと思うのですが……。

その映画——絶対的失敗

本作は一九七一年にフランスの名監督クロード・シャブロルによって映画化されました。ディードリッチ役がオーソン・ウェルズ、ハワード役がアンソニー・パーキンス、サリー役がマルレーヌ・ジョベール。エラリイは探偵ではなくハワードの恩師の哲学教授に変えられ、ミシェル・ピコリが演じています。

映画の公開に合わせて刊行されたフランス版『十日間の不思議』に寄せた序文（米版DVDには英訳が収録）の中で、シャブロルはドイツ占領時代にクイーン作品に夢中になり、戦後、『十日間の不思議』を読んだ際は、「もし自分が映画を撮る時が来たら、この物語を映像化することになるだろう」と感じたと語っています。そして、そう感じた理由として挙げているのが、以下の三つでした。

・謎の解明が謎そのものより奇蹟のように魅力的で、まったく別の次元を作品に与えていること。

・この作は大衆小説の要素を用いているが、精神分析の大流行の最中に書かれたため、その要素に予想もしなかった輝きが生じている。この輝きが、作者たちが持つ論理的推理に対するこだわりと一体となり、摩訶不思議な雰囲気をもたらしていること。
・自分がこの物語を映像によって豊かにできると信じていたこと。

では、その映画化作品は、どのような内容なのでしょうか？　実は、人物もプロットも、ほぼ小説通りなのです。どれくらい忠実かというと、小説を読んでさえいれば、英語もフランス語もわからなくても映画の内容を理解できるくらい、と言えば良いでしょう。これは、シャブロルの映画としては、驚くべきことなのです。なぜならば彼は、ニコラス・ブレイクの『野獣死すべし』を映画化する際に、登場人物から名探偵ナイジェル・ストレンジウェイズを外し、物語から謎解き部分をカットした監督だからです。おそらく、少しでも変えたらプロットが空中分解してしまうことに気づいたのでしょうね。

しかし、一流の俳優を揃え、原作に忠実に映像化したにもかかわらず、本作は不評だったようです。シャブロル自身もまた、インタビュー集『不完全さの醍醐味　クロード・シャブロルとの対話』（大久保清朗訳／清流出版）の中で、『十日間』の映画化を「映画を完成させたとき、最初の要求を遙かに下まわるものになってしまった」、「絶対的失敗」だったと認めています。イメージにぴったりの屋敷をインドで見つけたが予算の都合で断

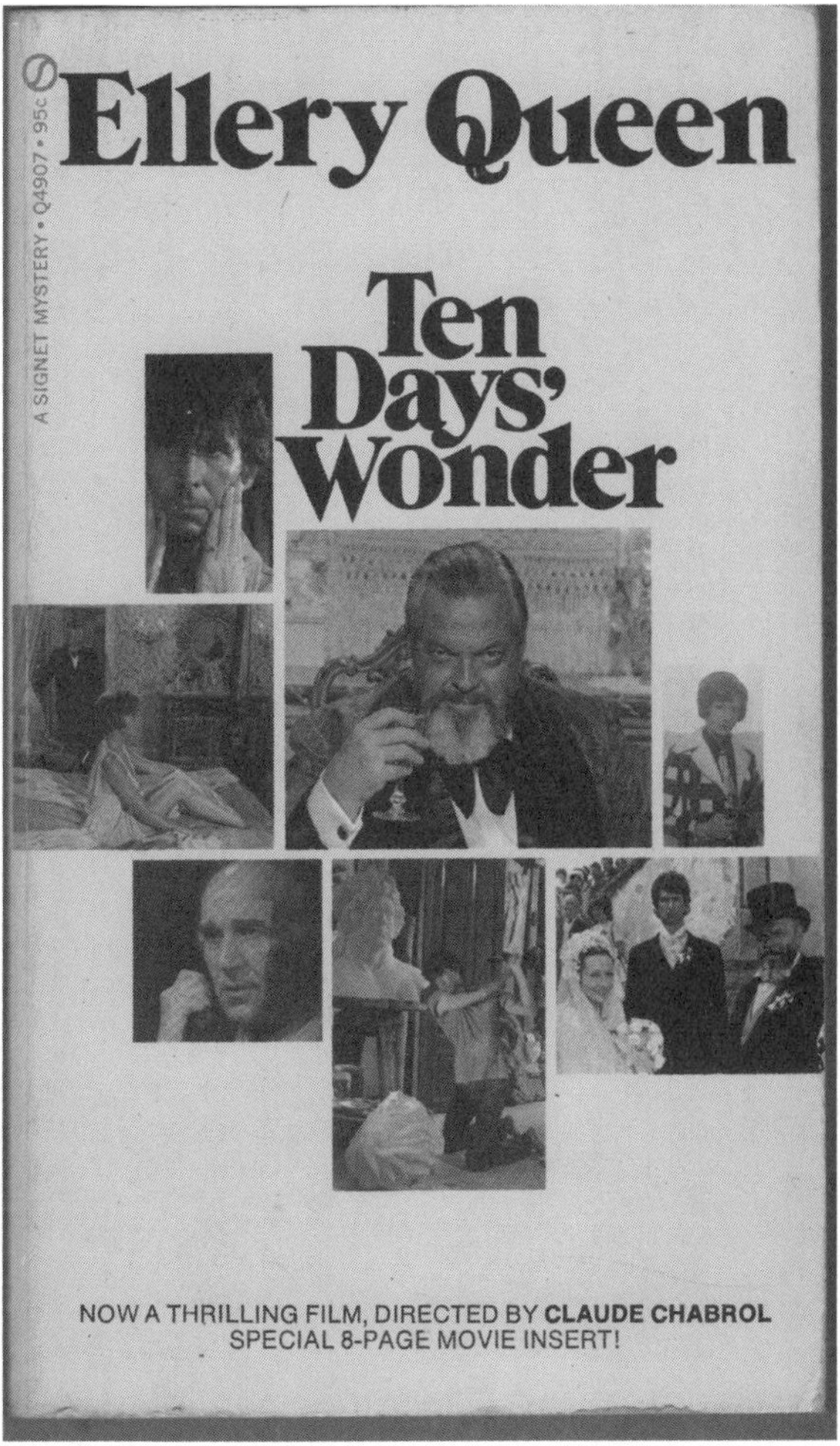

『十日間の不思議』の映画とのタイアップ版（シグネット／一九七二年）

念、サリー役はカトリーヌ・ドヌーブにしたかったがスケジュールの都合で断念、といった妥協の積み重ねが失敗を招いたそうです。そして、失敗の最大の理由は——

私が十分わきまえなかったのは、たとえば帰納と演繹のちがいだよ。帰納という思考法は、人を高次の実在を信じるように導くものだ。この帰納が大きなあやまちをまねくものであるというためには、そもそも帰納とは何か説明しなければならなかったんだ。小説では、それははっきりしていたよ。後年になってから作者のエラリー・クイーンは『第八の日』を書いた。彼らはもういちど帰納法の招くあやまちを説いている。

その来日——誰の視点か

『十日間の不思議』の本邦初訳は一九五九年のポケミス版で、訳者は青田勝。一九七六年には同じ訳でハヤカワ・ミステリ文庫に収められました。この訳は、当時としては立派な訳でしたが、『フォックス家の殺人』の解説でも書いたように、現在の目から見ると、物足りない点があります。本作の場合、最も大きな不満は、旧訳では前述の書簡集を参考にできなかったという点でしょう。もちろん、青田氏には責任はありませんが……。

例えば、冒頭に出てくる「モップがけをする老人」について、書簡集でダネイは「不要ではないか」と問いかけ、リーはその必要性を語っています。このやりとりを頭に入れて冒頭を訳すかどうかで、翻訳の質が違ってくることは、言うまでもありません。そしてもちろん、本書の訳者である越前敏弥氏が、書簡集のやりとりを頭に入れて訳していることも、言うまでもありません。――実を言うと、書簡集の邦訳書に出てくる『十日間』の引用文は、越前氏が本書より先に訳したものなのですよ。

時代による違いについて、もう一つ。旧訳文庫版の解説で、探偵作家の鮎川哲也は、本作の一場面を「三人称の地の文に嘘を書いているので〝アンフェア〟だ」と批判しています。しかし、その後、綾辻行人以降の新本格作家たちが叙述トリックを多用したため、叙述や視点に対する作者や読者の意識が高まりました。その結果、「三人称でも視点が作中人物にある場合は、作中人物がそう思い込んでいれば、事実と異なることを地の文に書いてもアンフェアにならない」という考えも出てきたのです。そして、探偵クイーンものは、まさにこの形式に他なりません（レーンものは二つの事情により探偵視点では描きづらくなっていて、それが叙述上の問題を引き起こしていますが）。実際に鮎川が指摘した場面を読んでみると、人影を見たエラリイが「あの人影はA氏に違いない」と考え、それを受けて、初めて地の文に「A氏は～」という表現が出ていることに気づくはずです。

そして、本作のプロットは、この叙述形式を最大限に利用しています。九日目までエラリイ主観で見ていたあの場面やこの台詞が、十日目でひっくり返るのを見せられた読者は衝撃を受けるに違いありません。訳者もそれを意識して、エラリイの述懐（原文はイタリック）をいつもの傍点ではなく、フォントを教科書体に変えて訳しているのです。

その問題——探偵を殺すミステリ

※注意‼　ここから先は本篇読了後に読んでください。

書簡集でのダネイの言葉を引くならば、本作は「探偵小説と小説中の探偵を摘発する部分を持っている」、「エラリイ最後の事件」に他なりません。「神ならぬ人間が、常に真相にたどりつくことができるのか、過ちを犯さずにすむことができるのか」——この問いに対し、本作では「できない」という答えが提示され、エラリイの過ちによって犠牲者が生まれます。そして、深く傷ついたエラリイは、探偵をやめると宣言しました。

この「摘発」のためにダネイが用いたアイデアが、「名探偵の推理さえも操る犯人」です。偽の犯人を考え出し、偽の推理を考え出し、偽の手がかりを作り出して探偵を操る——まるで本格ミステリの作家ではありませんか。こんな犯人が存在した場合、作中探偵は、手がかりの真偽を見分けることができるのでしょうか？

これが、法月綸太郎が提示し、笠井潔が命名し、多くの小説や評論のテーマとなり、最近では陸秋槎の『文学少女対数学少女』や谷川流の『涼宮ハルヒの直観』でも扱われている〈後期クイーン的問題〉に他なりません。クイーンは作家のキャリアとして初期にあたる一九三二年の『ギリシャ棺の秘密』でもこの問題を扱っていますが、そこでの探偵エラリイは何とか犠牲者を出さずに解決できました。しかし、本作では犠牲者が出て、しかも、その責任はエラリイにあるのです。さらに、これ以降の作品においても、犠牲者を防ぐことはできませんでした。だから笠井は、本作以降の作品群を初期に対して「後期」と位置づけ、〈後期クイーン的問題〉と命名したわけですね。

さて、本作によって、自分が〝過ちを犯すことを避けられない名探偵〟だと知ったエラリイは、このまま探偵をやめてしまうのでしょうか？　その答えは、次作『九尾の猫』で描かれています。この作を未読の人は、ぜひ読んでみてください。既読の人は、最終章だけでも、もう一度読んでみてください。そうすれば、よくわかると思います——この最終章への道を拓《ひら》いた『十日間の不思議』が、偉大なミステリ文学であることを。そして、『災厄の町』『フォックス家の殺人』『十日間の不思議』『九尾の猫』と続くエラリイの推理機械から人間への道のりを、すばらしい新訳で味わうことができる喜びを感じつつ、『ダブル・ダブル』（一九五〇年）以降の新訳を期待しようではありませんか。

本書は、一九七六年四月にハヤカワ・ミステリ文庫より刊行された『十日間の不思議』の新訳版です。

九尾の猫〈新訳版〉

Cat of Many Tails

エラリイ・クイーン

越前敏弥訳

次々と殺人を犯し、ニューヨークを震撼させた連続絞殺魔〈猫〉事件。〈猫〉が風のように街を通りすぎた後に残るものはただ二つ——死体とその首に巻きついたタッサーシルクの紐だけだった。〈猫〉の正体とその目的は？　過去の呪縛に苦しむエラリイと〈猫〉との頭脳戦が展開される。待望の新訳。　解説／飯城勇三

ホッグ連続殺人

ウィリアム・L・デアンドリア

The HOG Murders

真崎義博訳

雪に閉ざされた町は、殺人鬼の凶行に震え上がった。彼は被害者を選ばない。手口も選ばない。どんな状況でも確実に獲物をとらえ、事故や自殺を偽装した上で声明文をよこす。署名はＨＯＧ――この難事件に、天才犯罪研究家ベネデッティ教授が挑む！　アメリカ探偵作家クラブ賞に輝く傑作本格推理。解説／福井健太

くじ

The Lottery : Or, The Adventures of James Harris

シャーリイ・ジャクスン
深町眞理子訳

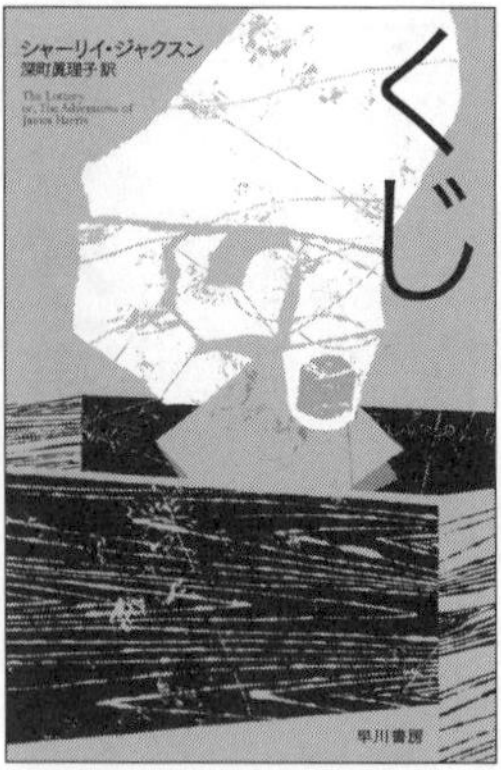

毎年恒例のくじ引きのために村の皆々が広場へと集まった。子供たちは笑い、大人たちは静かにほほえむ。この行事の目的を知りながら……。発表当時から絶大な反響を呼び、今なお読者に衝撃を与える表題作をふくむ二十二篇を収録。日々の営みに隠された黒い感情を、鬼才ジャクスンが容赦なく描いた珠玉の短篇集。

ハヤカワ文庫

時の娘

The Daughter of Time

ジョセフィン・テイ
小泉喜美子訳

英国史上最も悪名高い王、リチャード三世——彼は本当に残虐非道を尽した悪人だったのか？　退屈な入院生活を送るグラント警部はつれづれなるままに歴史書をひもとき、純粋に文献のみからリチャード王の素顔を推理する。安楽椅子探偵ならぬベッド探偵登場！　探偵小説史上に燦然と輝く歴史ミステリ不朽の名作

訳者略歴　1961年生，東京大学文学部国文科卒，翻訳家　訳書『生か、死か』ロボサム，『氷の闇を越えて』『解錠師』ハミルトン，『災厄の町〔新訳版〕』『フォックス家の殺人〔新訳版〕』『九尾の猫〔新訳版〕』クイーン（以上早川書房刊）他多数

HM=Hayakawa Mystery
SF=Science Fiction
JA=Japanese Author
NV=Novel
NF=Nonfiction
FT=Fantasy

十日間《とおかかん》の不思議《ふしぎ》
〔新訳版〕

〈HM②-54〉

二〇二一年二月二十五日　発行
二〇二三年四月　十五　日　二刷

（定価はカバーに表示してあります）

著者　エラリイ・クイーン
訳者　越《えち》前《ぜん》敏《とし》弥《や》
発行者　早川　浩
発行所　株式会社　早川書房
郵便番号　一〇一 - 〇〇四六
東京都千代田区神田多町二ノ二
電話　〇三 - 三二五二 - 三一一一
振替　〇〇一六〇 - 三 - 四七七九九
https://www.hayakawa-online.co.jp

乱丁・落丁本は小社制作部宛お送り下さい。
送料小社負担にてお取りかえいたします。

印刷・信毎書籍印刷株式会社　製本・株式会社明光社
Printed and bound in Japan
ISBN978-4-15-070154-3 C0197

本書は活字が大きく読みやすい〈トールサイズ〉です。